厦门大学哲学社会科学繁荣计划资助项目

Academic Series of
College of Foreign Languages
and Cultures,
Xiamen University

厦门大学外文学院学术文库

教育部人文社会科学研究青年基金资助项目

司马辽太郎的日本战后民族主义
——以其记者时期的思想为中心

司馬遼太郎における戦後ナショナリズム
——その記者活動期の思想を中心に

王 海◎著

图书在版编目(CIP)数据

司马辽太郎的日本战后民族主义:以其记者时期的思想为中心/王海著.—厦门:厦门大学出版社,2019.12
(厦门大学外文学院学术文库)
ISBN 978-7-5615-7438-6

Ⅰ.①司… Ⅱ.①王… Ⅲ.①司马辽太郎—小说研究 Ⅳ.①I313.074

中国版本图书馆 CIP 数据核字(2019)第 176957 号

出 版 人	郑文礼
责任编辑	高奕欢

出版发行	
社　　址	厦门市软件园二期望海路 39 号
邮政编码	361008
总　　机	0592-2181111　0592-2181406(传真)
营销中心	0592-2184458　0592-2181365
网　　址	http://www.xmupress.com
邮　　箱	xmup@xmupress.com
印　　刷	厦门集大印刷厂

开本	720 mm×1 000 mm　1/16
印张	18.5
插页	1
字数	358 千字
版次	2019 年 12 月第 1 版
印次	2019 年 12 月第 1 次印刷
定价	75.00 元

本书如有印装质量问题请直接寄承印厂调换

厦门大学出版社
微信二维码

厦门大学出版社
微博二维码

"厦门大学外文学院学术文库"
编委会

顾问：（按姓氏音序排列）
连淑能　林郁如　吴建平　杨仁敬　杨信彰

主任：
陈　菁

编委：（按姓氏音序排列）
吴光辉　辛志英　杨士焯　周郁蓓

まえがき

　本書は2013年に関西大学に提出した学位論文の一部をまとめたものである。いま読み返すと、司馬遼太郎を絶対視するような筆調や自身の日本語能力の限界など、その未熟さに反省すべきところが多い。一抹の達成感があるとすれば、資料調査のため夜行バスで大阪と東京を数十回行き来し、国会図書館で『大阪新聞』からオリジナル資料を多数発掘したことであろう。新しい発見があるたびに心躍らせた記憶はいまも鮮明に残っている。このような「足」であげた成果は付録に記載した通りである。戦後日本の社会史あるいは司馬の個人史研究にわずかなりとも役立つならば幸いである。

　筆者の研究生活は関西大学文化交渉学研究科で始まった。文部科学省のグローバルCOEプログラムで奨学金をもらいながら、東アジア研究の錚々たる先生方に囲まれ研究に打ち込む日々だった。指導教官の陶徳民先生をはじめ、河田悌一先生、カイト由利子先生、子安宣邦先生、井上克人先生、増田周子先生、ジェニー・ヒートン先生、藤田高夫先生、吾妻重二先生、松浦章先生など多くの先生方からご教示をいただき、司馬遼太郎研究のキーワードを「戦後ナショナリズム」にしぼることにした。

　学位取得後は、筆者は同大学の大阪都市遺産研究センターでポストドクターとして勤務した。同センターは中之島図書館、住吉大社、道頓堀五座、天六商店街などを対象とする地元研究や社会活動を精力的に展開しており、近代大阪の歩みをたどりながら市民文化を発信する拠点である。そこで、藪田貫センター長や、高橋隆博先生、大谷渡先生、朝治啓三先生、桜木潤研究員、内田吉哉研究員、常行貞臣さん、速水裕子さん、相良真理子さん、岩田陽子さん、吉野なつこさんなど、優れた先生方、同僚に教わったのは大きい。司馬の戦後ナショナリズムがいかに「大阪郷土意識」まで縮み、いかに「国民国家」の再構築に向かっていったのかという、思想の成り行きを明らかにしたいと考えるようになった。要する

に、国家という全体だけでなく、その中の特定した地域にも注目すべきだという認識は同センターの学術的環境から学び得たものである。

　末筆ながら筆者の祖母に感謝を捧げたい。高齢にもかかわらず大阪まで赴き、半年にわたって資料のデジタル化作業を手伝ってくれた。あの世へ去って五年になるが、撮影時に映りこんだ指を見るたび、祖母の面影が浮かぶ。①

---

① 本書は「2015年度教育部人文社会科学青年項目（15YJCZH164）」および「厦門大学2018年度学長基金（20720181080）」科研費を受けたものである。

目次

序章　司馬遼太郎と戦後日本の文脈 …… 1
- 第一節　『坂の上の雲』にこだわる研究史 …… 1
- 第二節　その記者活動期の戦後ナショナリズム …… 5
- 第三節　各章のあらすじ …… 8

第一章　戦時中の市立御蔵跡図書館と司馬遼太郎
　　　　――「大和民族」という精神的自覚 …… 12
- 第一節　市立御蔵跡図書館での独学 …… 14
- 第二節　戦時中吉川英治小説の文脈 …… 17
- 第三節　生活様式としての武士 …… 20

第二章　宗教記者時代の司馬遼太郎の成長歴
　　　　「不遇な青年」から「門徒」まで …… 26
- 第一節　学生運動への冷たい目線 …… 28
- 第二節　失墜した仏教界 …… 30
- 第三節　宗教界での日々 …… 33
- 第四節　法隆寺、金閣寺炎上 …… 34

第三章　『大阪新聞』と司馬遼太郎
　　　　――その地域主義の出発 …… 40
- 第一節　年譜への再考から …… 42
- 第二節　『大阪新聞』という居場所 …… 44
- 第三節　「風神」の活躍 …… 47
- 第四節　「大阪第一主義」を掲げた文化欄 …… 50
- 第五節　司馬の地域主義的認識 …… 52

第四章　「逆コース」論争と司馬遼太郎
　　　　「思想」が横行する時代において …… 63
- 第一節　「逆コース」論争 …… 65
- 第二節　「思想」が横行する時代において …… 69
- 第三節　「戦後、この民族は歴史を喪った」 …… 75

i

第五章　司馬遼太郎の世相論
　　　　　　その「保守精神」の顕在化 …………………………… 81
　　第一節　高度成長初期の『大阪新聞』 ………………………… 83
　　第二節　「世相アラカルト」における「反世相」 ……………… 85
　　第三節　幕末と「保守精神」 …………………………………… 88
　　第四節　内省の姿勢 ……………………………………………… 92

第六章　司馬遼太郎と世代論
　　　　　　その戦争記憶の表面化 ………………………………… 99
　　第一節　60年代前半世代論の構図 …………………………… 101
　　第二節　戦争体験を語りはじめた司馬 ………………………… 104
　　第三節　「気の若い時代」 ………………………………………… 108

終章　『坂の上の雲』にいたる軌跡 …………………………………… 114
　　第一節　「戦後ナショナリズム」をめぐって ………………… 114
　　第二節　『坂の上の雲』という難渋な作品 ……………………… 116
　　第三節　戦後ナショナリズムの一典型としての司馬遼太郎 …… 118

付録　資料集 …………………………………………………………… 120
　　「風神」の記事 …………………………………………………… 120
　　「世相アラカルト」コラムにおける寄稿 ……………………… 209
　　仏教雑誌『信仰』における寄稿 ………………………………… 271

参考文献 ………………………………………………………………… 282

序章　司馬遼太郎と戦後日本の文脈

第一節　『坂の上の雲』にこだわる研究史

　1996年2月12日、司馬遼太郎（本名福田定一）は腹部大動脈破裂のため急逝した。その死去はテレビや新聞紙、雑誌で大きく報道された。司馬遼太郎ブームはその時から盛り上がったのである。司馬の業績を広げるため、同年に司馬遼太郎財団が発足した。司馬遼太郎賞、司馬遼太郎記念館、坂の上の雲ミュージアム、雑誌『遼』、記念学術講演会など、同財団は積極的にイベントや企画を行なってきた。その中に、司馬の命日を記念する「菜の花の忌」シンポジウムは一番重要な行事である。筆者は2009年から2013年まで東京、大阪で開かれた同行事を観察したところ、2000人余りの会場はいつも満席で、司馬ファンが殺到したため、出席者を抽選で決めるという光景さえ見られた。その死去から二十年も近い今日、司馬遼太郎ブームは一時的なものというよりも、持続的社会現象として注意すべきところであろう。そこに、日本人の心の琴線に触れ続ける何かを感じざるを得ない。

　司馬遼太郎ブームを契機に、その作品に関する基礎的作業はより盛んに行われた。『司馬遼太郎全集』（全68巻）のほかに、『司馬遼太郎が考えたこと』（全15巻）『司馬遼太郎短編小説全集』（全12巻）『司馬遼太郎対話選集』（全10巻）『司馬遼太郎全講演』（全3巻）など、司馬の文献はコレクションの形で体系的に公開された。さらに『司馬遼太郎事典』『司馬遼太郎書誌研究文献目録』といった研究者向きの辞書類も出てきた。小説だけでなく、対話、講演など、司馬を観察する上でひつような複数の視点を提供してくれる。日本の図書館では、司馬の書籍は大抵「現代文学」及び「日本史」に配置され、司馬研究においてこの二つの流れがあることが看取できる。この二つの流れは重なる部分があり、時に密接な関

係を示すため、厳密に分けて論述することができない。にもかかわらず、この二つの流れは研究者の異なった関心を映しているため、それを手がかりにして先行研究を整理することができなくもない。

　文学的研究の場合、1960年代司馬が直木賞を受賞してから注目されるようになった。同人誌「近代説話」の仲間、大衆文学評論家である尾崎秀樹は70・80年代において、『司馬遼太郎全集』各巻に評論や解説を付し、先駆的な業績を残した。90年代に入り、文学研究者で司馬と親交のある谷沢永一は『司馬遼太郎』(計4巻)を著し、小説の登場人物について論じた。そこで司馬の小説は魅力的な人物像に成功したとし、その作品は「知恵と気概の人間讃歌」だと絶賛する。21世紀初頭、文学研究者、小説家である関川夏央も司馬の文学作品を称賛する姿勢を受け継いでいる。司馬の小説は、私小説を超越する「反近代」的性格を持ち、しかも政治、軍事、経済を文学にした「全体小説」だと評価する。このように、人物、叙事、環境といった文学的視座から、司馬の「国民作家」に相応しい素質が力説されたわけである。純文学と比べ、大衆文学が軽く扱われる現代日本文学では、これらの論者は司馬を大衆文学の代表的作家として是認し、大衆文学の価値を発信する動機があった。

　歴史小説を執筆するため史料を丹念に調べたが、自分は歴史家ではない、つまりプロの歴史研究はしていない、ということを司馬自身は常に表明したことがある。ところが司馬の歴史小説は広く愛読され、とりわけ近代日本を描いた代表作『坂の上の雲』が「国民作家」的な気分で親しまれた社会状況において、歴史研究者たちは司馬を等閑視してはいられなくなった。『坂の上の雲』において司馬は何度も言及したこと、すなわち明治を絶頂とした日本の近代は日露戦争を境に次第に悪質化していくという近代史認識は、いわゆる「司馬史観」の核心として捉えられている。この「司馬史観」をめぐって、日本近現代史研究者の間では賛否両論が目立っている。とりわけ2009年、すなわち「朝鮮併合100周年」テレビドラマ『坂の上の雲』上演の直前に、この対立は一層激化したように思われる。初期的、一貫性のある文学的研究を想起すれば、歴史的研究の分野では複雑な様相を呈している。本書はこの複雑な様相自体を問題にしているため、ここでそれらを類型化してみたい。

　第一類として、司馬の研究をしているわけではないが、『坂の上の雲』の影響を受けた歴史研究者は少なからずにいる。例えば和田春樹の『日露戦争　起源と開戦』では、「司馬遼太郎の見方」という小見出しを冒頭

に設け、「司馬のこの作品は日本近代史の栄光と悲惨を国民的に総括するために極めて重要な意味を持ち続けている」と評価する①。 また、加藤陽子も『坂の上の雲』に触れながら、昭和戦前期の軍部を痛烈に批判するという戦後国民の反省を指摘し、日本の近代戦争に至る論理を緻密に論じた②。 以上の論者はそれぞれの研究を行う時、いずれも『坂の上の雲』を念頭に置いたのは明白である。 この意味で、小説家としての司馬は結果的に歴史研究も推し進める刺激剤になった。

　第二類として、「司馬史観」を厳しく批判する研究者がいる。 中村政則は『「坂の上の雲」と司馬史観』において、「明治と昭和の間にそれほど大きな非連続や断絶を置くことはあまりに単純化であるし、この間における国際関係の重大な変化を見落とす危険がある」と指摘する③。 中塚明は近代の朝鮮に触れず「明治の栄光」だけを謳歌するという司馬の主張を批判する④。 歴史小説を歴史事実として無批判的に受け入れられるという社会状況が懸念されている。 そこに日本の戦争責任といった「負」の遺産を追究する歴史家の凛とした姿勢を見せてくれる。

　第三類として、「司馬史観」はオーソドックスな歴史研究では触れられない課題を提示できたとし、司馬を評価する歴史研究者もいる。 『「坂の上の雲」と日本近現代史』原田敬一は司馬が戦後という視点から日本近現代史を見直す新たな視点を提供してくれたと論じる⑤。 成田龍一の『戦後思想家としての司馬遼太郎』では、「『国民国家』が成立し『日本国民』を創出した日本の近代が、「戦時」に破局を迎えたという意識のもとで、「戦後」はその近代のやり直しがなされる過程と考え、司馬はそうした議論をリードした」と指摘する⑥。 いずれも司馬は小説家を超えた次元での「思想家」として位置づけられる。

---

① 和田春樹『日露戦争 起源と開戦』「司馬遼太郎の見方」(岩波書店、2009) pp. 3-16。
② 加藤陽子『戦争の論理――日露戦争から太平洋戦争まで』(勁草書房、2009) pp. i-xi。
③ 中村政則『「坂の上の雲」と司馬史観』(岩波書店、2009) p. 157。
④ 中塚明『司馬遼太郎の歴史観――その「朝鮮観」と「明治栄光論」を問う』(高文研、2009)。
⑤ 原田敬一『「坂の上の雲」と日本近現代史』(新日本出版社、2011)。
⑥ 成田龍一『戦後思想家としての司馬遼太郎』「プロローグ」(筑摩書房、2009) p. 11。

他にも、例えば司馬を同時代の知識人と比較し、その思想的特質を析出する試みや、司馬の武士的思想に対する考察など、雑多な先行研究がなされているが、研究史の主な流れとしては、これらの代表的論者が語った通りである。そこで、「司馬史観」をめぐって近代日本はどのように位置づけ、その歩みは日本の将来とどのようにつながるか、という研究者の共通した問題意識があった。第三類のように、「戦後」を提示しながらも、「戦後」そのものが話題にならなかった。換言すれば、「昭和日本の悪質化」を考えつつあった司馬は、他の研究者と共通した問題意識があったため、近代日本を語る良い端緒として議論されているわけである。このような論理で司馬は語られているのである。では、司馬自身は果たして「近代日本」を最も重要な課題として意識しているのだろうか。

『司馬遼太郎全作品大事典』という司馬の作品を個々に紹介する書物がある。文末においては、司馬の長編小説38点・短編小説102点(1952—1984)を内容年代順でまとめた「歴史小説時代別一覧」と、出版年代順でまとめた「連載・掲載年代一覧」という二つの統計表が附されている[①]。「歴史小説時代別一覧」では、明治期を描く作品は長編小説4点、短編小説10点だけで、そのほかの作品は幕末と戦国期に集中している。明治期を描く作品を「連載・掲載年代一覧」に合わせて見れば、これらの作品は司馬が44歳以降に書かれたものが分かる。二つの表は司馬が歴史小説を書く時期におけるある事実を教えてくれる。すなわち、明治期は司馬が最初から扱った時代でもなく、また一番注目した時代でもないのである。従って少なくとも小説を書く段階では「近代日本」が必ずしも司馬の重要な課題ではない。研究者たちの関心と司馬自身の関心との間には、かなりの距離が存在しているのである。

では、司馬は歴史小説を執筆する際、何を一番の問題意識としていたのだろうか。結論を先に言えば、司馬は「近代日本」ではなく、新聞記者として「戦後日本」を観察し、「戦後日本」を強く意識しながらその歴史小説を次々完成させたのである。換言すれば司馬を「司馬」という視点から、「戦後日本」そのものを見直す新たな可能性が生まれるというのである。この方向での最初の試みとして、本書は「戦後日本」という文脈において司馬の個人史を再構築しようとするのである。

---

① 『司馬遼太郎全作品大事典』(新人物往来社、1998) pp. 404-411。

第二節　その記者活動期の戦後ナショナリズム

　「司馬と戦後日本」を個人史的に考察すれば、その証拠として彼が戦後に対するストレートな発言が大量に求められる。ところが『司馬遼太郎が考えること』（全15巻）では、司馬は現代に対する発言が散見されても、その莫大な歴史小説群と比較すれば非常に貧弱に見える。このような文献的状況は、「司馬と戦後日本」を実証的に検討するのに大きな壁となっている。その現代的発言を探すべく、筆者はその歴史小説に先立つ十数年の記者生活に注目している。その記者生活については次の記述から窺える。

　　四六時中、何がニュースになるかと考えあぐね観察しあぐね、朝起きれば他紙の朝刊を死の宣言をまつような気持ちでひろげ、万が一にもヌカれやしないかと眼を血走らせて読みあさる。夜、勤務が退けても、あるいは不慮な事件でも起きはすまいかと持場の警察を一廻りし、たまに酒をのむことがあって記事の功名話か失敗話が中心になる[①]。

　記者を勤め、ニュースのネタを一日中気にしていたため私生活がない、という司馬の感想である。その一方、司馬は自ら社会を観察し記事を書きながら、他の記事に対するコメント、すなわち時論も執筆していたことが示唆される。ところで司馬が『大阪新聞』で書いた記事や時論の一部は『新聞記者司馬遼太郎』において公開されている。「近江絹系と仏教」「講談復活」「新中国の文学」といった題目だけ見ても、司馬はその時期執筆した文章では、現代社会を対象にしたものが多いことが確認される。残念ながら同書ではわずか15点掲載されただけで、その記者時代の全体像を討論することが制限されている状況である。
　このような経緯で筆者は、『大阪新聞』という戦後大阪地元の有力紙を手がかりに調査を始めた。その結果『大阪新聞』では司馬の『全集』や『選集』に収録されていない記事を大量に発見し、1953年から1956年まで

[①] 『司馬遼太郎が考えたこと1』「影なき男」（新潮社、2001）p.46、初出『大乗』第六巻第五号、1955年5月。

司马辽太郎的日本战后民族主义——以其记者时期的思想为中心

計91点、さらに1962年から1963年まで計29点が明らかになった。一般的に司馬の記者歴は終戦直後から1961年産経新聞社退社まで十六年間と思われるが、実際に新聞社をやめても司馬は定期的に記事を執筆していた。その記者活動期は少なくとも十八年間もある。この十八年の間に、司馬は精力的に記事を書き、この時期における小説創作に匹敵する分量でさえある。つまり専業的小説活動を決意するまで、司馬は非常に長い期間で社会を観察し、精力的にコメントしていたわけである。『大阪新聞』における未収録作品群を発掘したことによって、司馬を小説家ではなく新聞記者として見直す可能性ができ、その記者的発言から彼の戦後認識を考察するのは一層現実味を浴びるようになった。

『大阪新聞』において、司馬は美術、文学、文化、宗教など幅広い議論をしていた。それまで新聞社からの指示や司馬自身が担当した分野と関係している。中にも「戦後」、或いは似たような表現で戦後に触れた箇所は数多く存在する。例えば1956年1月12日付の「歴史物の流行」において、司馬は当時剣豪小説の流行は、「史的ロマンを愛する社会的気温は十分に加熱された」と評価し、歴史小説と歴史読物の現状について次のように述べている。

> 戦後、この民族は、「歴史」を喪った。この間の史的興趣をつないできたものは、多くバチ物の歴史書である。暴露物、エロ物のたぐいだが、これが史書と銘打たされていつまでも横行させてはたまったものではない。読物とはいえ、正しい史観と資料をそなえたものでなければ、もう読者も食いつくまいというのが本筋の見方だ。

さらに八年後の1963年1月19日付の「碑について——歴史を忘れた日本人」では、観光都市と自称した京都は史跡碑を建てていないことに対し、司馬は次のように指摘する。

> 戦後、京都でさえ史跡碑がたたぬ、というのは、これは、われわれ日本人全体の不幸に根ざしている。
> われわれ日本人は、明治以降、終戦まで、ばかげた水戸学派の尊王攘夷史観の国史教科書を教えこまれ、終戦後、米軍の軍政者がそれを捨てさせると、こんどは大あわてで日本史そのものも捨ててしまった。

序章　司馬遼太郎と戦後日本の文脈

　いずれも戦後長時間における日本の「民族」としての歴史の不在を憂慮する発言である。このような現状を意識しながら、司馬は自分の歴史小説を練り、「民族の史詩」を続々と発表したのである。さて、この興味深い発言から司馬の記者活動期における重要な姿勢が推察できる。一つは、「戦後」がこの時期司馬思想の原点である。司馬は「戦後」日本歴史の不在という社会状況を強烈に自覚し、その原因たるものを探そうとした。このような文脈において、尊王攘夷史観や占領期の米軍政策が求められ、「昭和日本の悪質化」そのものが問題にならなかった。この十八年間の記者活動期においては明治期を描く小説が一つもないのは、その関心の薄さを示す証拠になるだろう。この時期中世の戦国期を小説にする司馬にとって、明治といった近代を深く考える必要がなかったのかもしれない。つまり司馬は「昭和日本の悪質化」を意識する前に、「戦後」という別次元の問題意識を抱えていた。本書は司馬の記者活動期に注目し、その個人史を『坂の上の雲』まで再構築し完結しようとするのは、主にこの故である。

　もう一つは、この発言に示されたナショナリズムである。司馬は「民族」の現状を憂い、「われわれ日本人」を何回も表現した。ただ管見の限りでは、この十八年間司馬は、「国家」や「国民」といった表現をほとんど使わず、あっても否定的な筆調で触れただけである。すなわちこの時期司馬のナショナリズムの核心は「民族」であり、『坂の上の雲』で描かれたような「国民国家」ではない。この相違点も実は本書を司馬の記者活動期を独立的に考察するもうひとつの要因である。このように「戦後」と「ナショナリズム」という二重の課題を抱えた司馬に対して、本書は「戦後ナショナリズム」という主線で彼の記者活動期に注目した次第である。

　その特徴について、次のようにまとめることができる。第一に、させられた戦争体験を心の奥に締め、戦後「国家権力」の復活や暴走を終始懸念すること。第二に、戦後日本の経済的発展や町の開発と距離を取りながら、保守的な目で観察すること。第三に、江戸時代の幕藩体制に依拠しながら、戦後日本における伝統秩序の復帰を唱えること。司馬の記者活動期における「戦後ナショナリズム」は、『坂の上の雲』や『この国のかたち』などに現れたナショナリズムとは違うように思える。そこで本書の狙いとして、司馬の「戦後ナショナリズム」の論理及びその展開、そしてその「戦後ナショナリズム」という位相に映った戦後日本社会の様相

を明らかにしたい。 したがって本書は、「戦中」(1940—44)「戦後初期」(1948—56)「直木賞受賞前後」(1960—63)という三編、計七章で構成している。

　「戦中」編では、司馬の学生時代を遡り、「帝国日本」という環境に置かれた人格的形成に注目する。 そこで、本編は司馬が通っていた二つの場所、大阪外国語学校と市立御蔵跡図書館に注目する。 『大阪外国語学校一覧』『朔風』『大阪市立図書館時報』などの一次資料を利用し、これらの場所は「帝国日本」の有力な思想統制・教育機関であったことを実証する。 これらの場所において司馬は如何なる教育を受け、戦時中の価値観はどのように「戦後ナショナリズム」に継承されていくか、といった思想的な道程を解明したい。 「戦後初期」編では、仏教雑誌『信仰』における未収録文章三点、及び『大阪新聞』における未収録記事百数点を研究対象にする。 司馬は深刻なニヒリズムから、日本の「伝統文化」を強調する「戦後ナショナリズム」を形成したまでの思想的展開を、終戦及び復興の文脈で明らかにしたい。 「直木賞受賞前後」編では、高度成長初期の『大阪新聞』の未収録記事29点を挙げる。 この時期において司馬は戦後日本の「社会性」を盛んに議論するようになった。 したがってその「戦後ナショナリズム」もこの時大きな展開を見せたのである。

第三節　各章のあらすじ

第一章　戦時中の市立御蔵跡図書館と司馬遼太郎——「大和民族」という精神的自覚

　学生時代の司馬は大阪の市民生活と戦時中のイデオロギーのなかで暮らしていた。 「俺は生粋の大和民族だ」という司馬の発言は、それらの影響を強く受けた証拠として注目すべきである。 学校の専門的教育になれない司馬は、大阪庶民が通っていた図書館で籠り、当時のベストセラーである立川文庫や吉川英治を万遍なく読んだ。 その発言は、時代小説に登場した武士に対する無邪気な憧れが看取できる。 と同時に、思想統制機関という戦時中図書館の機能を想起すれば、その発言の裏は「国民精神総動員」「皇紀二六〇〇年」といった帝国日本の文化政策が大きく作動していたように思われる。 戦後司馬はそれまで愛読した吉川英治を批判し始めた。 司馬は武士を「民族の源流」を語る良い手がかりと認めながら、

戦時中精神論的に宣伝された「武士道」を否定する。武士を「道」ではなく生活様式として主張することによって、戦時中のイデオロギーと関係のない「戦後ナショナリズム」に繋ぐことができたのである。

第二章　宗教記者時代の司馬遼太郎の成長歴――「不逞な青年」から「門徒」まで

　終戦直後司馬は深刻なニヒリズムに陥った。戦後最初と思われた司馬のエッセイ「一記者の眼」においては、仏教を罵倒し、その価値を完全に否定するふてぶてしい青年像が浮き彫りにされる。ところがこのようなニヒリズムは長く続かなかった。仏教に「非礼」な青年から、「本願寺の門徒」と自称するまで、司馬は「"門前の小僧"五年」において、自分の成長歴を反省したのある。ここの「本願寺の門徒」とは、仏教の教義といった抽象的世界に惹きつけられたのでなく、信仰者の精神世界への再認識という意味で使われる。このような再認識は三つの特徴がある。第一、これは仏教が急速に影響力を失った戦後という時期に当たる。仏教の社会的価値が無視される状況に対して、司馬は危機感を抱いた。第二、文化財といった「物」よりも、司馬は仏教界の「人」に注目したのである。法隆寺や金閣寺火災による文化財の焼失に対して、司馬はあまり気にしていなかった。それは、金閣寺を絶対的な美として描こうとする三島由紀夫と根本的な違いだと述べる。第三、仏教界での勉強を通じて、司馬は歴史的連続性という保守的体験したのである。本願寺に関する史料から、司馬は一向宗に影響された中世の民衆思想は、現在の人々の思想にも潜んでいる、という「強い源流」を体感した。

第三章　『大阪新聞』と司馬遼太郎――その地域主義の出発

　大阪新聞社から産経新聞社に移籍したが、『産経新聞』ではなく、文化欄を比較的重視された『大阪新聞』こそ、司馬の一番重要な居場所である。一年半も立たないうちに、司馬は「風神」という別のペンネームで、計107点の記事を執筆したことが確認された。これほど早期的、しかも大規模な文献は、司馬研究に関する有意義な新資料群だと思われる。『大阪新聞』文化欄の企画及び執筆活動を通じて、地元大阪の知識人と知り合い、後に自身が大阪の代表的な作家になるとは、彼も想像しなかったであろう。このように、そもそも不本意な大阪本社転勤は、司馬の運命を大きく変えるまさかの出来事であった。地元紙志向の『大阪新聞』

は、早くから「大阪第一主義」を掲げた。全国紙と競争し、大阪の読者を獲得するために、「大阪第一主義」には東京を仮想敵とした対抗意識が含まれる。その趣旨を忠実に踏まえた文化欄において、司馬も「大阪郷土文学」「大阪文化」といった記事を書いた。大阪文化の不振は、地域内部の自信喪失、または亜流意識に関わると指摘するように、その時期司馬には濃厚な地域主義的認識が現れた。このような認識は、『大阪新聞』という環境においてこそ、孕むことができたのである。

第四章　「逆コース」論争と司馬遼太郎——「思想」が横行した時代において

　司馬は「風神」として多くの記事を書いた。司馬が格別な関心を持ったのは、祝祭日に現れた民衆の精神世界であった。信仰の自由を唱えた戦後社会に、民衆は複数の宗教を受け入れるという観察から、民衆の精神世界の素朴さと規定し、それを民族の良質として認識した。その一方、民衆の精神的な素朴さは却って「思想」に盲従しがちだと指摘した。国家再建という主流マスコミの論調と異なり、司馬は明らかに民衆的な立場を取っていた。このような出発点から、50年代前半民間信仰、伝統文化の復活は「逆コース」ではないと強調する。伝統文化は真の価値として理解する司馬の中では、文化原理主義的認識が濃厚に見られる。戦後長くニヒリズムに支配された司馬は、戦前の国家主義との対極に、文化原理主義という新たな価値観を身につけたのである。このような文化原理主義を用い、司馬は「思想」との対決を始めた。その行動として、司馬は戦後大衆文学の動きをつぶさに観察し、司馬自身も数多くの時代小説・歴史小説に手がけた。司馬は戦後民主主義改革が強行されたため、歴史教育、歴史学、大衆文学にも「民族の史詩」が途絶えたとし、「戦後、この民族は「歴史」を喪った」という戦後日本人の精神構造を描いた。

第五章　司馬遼太郎の世相論——その「保守精神」の顕在化

　高度成長期を歩み始めた『大阪新聞』の「世相アラカルト」コラムから、司馬が執筆した29点の新資料は確認され、『大阪新聞』は司馬にとって重要な存在であることが再び証明された。「世相アラカルト」において、司馬は他の執筆者と異なった「反世相」の立場を打ち出した。司馬は60年代前半の急速な経済発展、土地開発に危惧を覚え、文化と経済とのバランスの崩壊を意識したからである。そこに、「歴史の喪失」がなお

戦後日本二十年間を影響し続ける深刻な社会問題として認識された。このような時代認識から、彼は「破壊精神」よりも「保守精神」が必要だと、自分の「保守精神」志向を初めて表明した。最も、司馬の「保守精神」は60年代に生まれたのではない。少なくとも十年前の50年代に、司馬の戦後民主主義改革を批判し、そのような志向が見え始めた。60年代前半における新たな時代認識、それに自分の幕末小説の取材をきっかけに、司馬の「保守精神」は顕在化した。その「保守精神」は「日本近代史」に焦点を当てる傾向が見え、外部を批判するのではなく、内部を「自省」する姿勢を取り始めたのである。個人史的な意味では、「保守精神」の顕在化が、司馬における戦後文化ナショナリズムの大きな展開と言えよう。

第六章　司馬遼太郎と世代論——その戦争記憶の表面化

　60年代初頭の世代論は、戦前教育を受けてきた「戦中派」が、戦後教育を受けてきた「戦後派」を批判する、といった社会的特徴があった。「戦中派」と同じ年齢層でありながら、司馬は「国民精神が欠如し、軍隊の訓練で鍛えなければいけない」という「戦中派」の指摘に対して、本能的な嫌悪感を示す。このように、司馬の世代論は彼の「戦争体験」と密接する形で現れたのである。多くの学徒兵と同じように、司馬の戦争体験はけっして愉快な思い出ではない。学徒兵であるだけに、常に上官に脅かされ、自分の乗った戦車も故障が多発し、戦場において、司馬はつくづく「生命」の「権力」に対する無力を感じていた。司馬はいわゆる「戦中派」の意見と対立しているのは、そのような体験が大きく作用していると考えられる。司馬の世代論において、60年代を「気の若い」時代、すなわち若者が求心的な役割を果たす時代だと認識している。司馬は学徒兵ごろの「戦争体験」を思い起こしながら、当時の若者に共感と期待を寄せる。司馬は「個人」は「権力」に対する無力感が、「戦争体験」に生まれたことは言うまでもないが、それが司馬の「戦争記憶」の根底的な部分となり、60年代初頭には「命はまた権力に奪われてしまうのか」というすべての「権力」に対する不安まで広がった。司馬は「若者」を「権力」に反抗する戦後日本社会の基本的思考様式として抽象化し、「国家ではなく、社会だ」という戦後の「軽い国家」像を評価するのである。

第一章　戦時中の市立御蔵跡図書館と司馬遼太郎
──「大和民族」という精神的自覚

　　大阪外国語学校時代の司馬遼太郎の関係資料において、同級生かつ親友である杉本満の「学び舎の司馬遼太郎」という回想録がある。杉本は、学校、読書、映画は司馬の知的生活において、もっとも重要な場所だと指摘する。大阪阿部野橋、通天閣の近くに「新世界」という庶民映画街があり、杉本は司馬とよく映画を見に行ったと述べる。司馬の映画観について次のように記憶する。

　　福田の志向は変わっていた。戦争物は敬遠している。洋画にも興味を示さない。邦画、それもほとんど時代物ばかりだった。忠臣蔵、太閤記、武蔵、大菩薩峠などである、忠臣蔵ならまだ解るが、「伊那の勘太郎」とはなにごとだ…
　　私は問い詰めた。
　「なんで洋画見いへんねん。」
　　だが、一言のもとに片づけられた。
　「俺は生粋の大和民族や。」
　　オソレイりました。①

　　杉本は具体的な映画を挙げながら、司馬はもっぱら日本の時代劇を楽しんでいたと証言する。この発言は、司馬には学生時代すでに「大和民族」という精神的自覚があった証拠として、注目に値する。戦後全国的

---

① 大阪外国語大学モンゴル語研究室『朔風』第五号、杉本満「大阪外国語学校の福田定一クン」原題「学び舎の司馬遼太郎」pp. 30-31、1999年1月。なお、同文章は『司馬遼太郎が語る日本』においても転載されるが、紙幅がかなり短縮されており、司馬の学生時代を知るのに、『朔風』版のほうが望ましいと考えられる。

第一章　戦時中の市立御蔵跡図書館と司馬遼太郎

な自信喪失の中で、司馬が日本伝統文化の発信を力説し続けたことについてはすでに論じた①。 ここに、「大和民族」という精神的自覚から日本文化への自信まで、その思想的連続した部分が確かに存在する。

時代劇だけ楽しむという「変わった志向」は、司馬の図書館通いからも同じような傾向が見受けられる。 司馬は学校が嫌いで、大阪市立の御蔵跡図書館の本を乱読し、読む本がなくなるまで読破したというエピソードがあり、その中にとりわけ『忠臣蔵』『太平記』『宮本武蔵』などの歴史・時代小説を愛読したと言われる。 「自分の十代の間に何ごとかがプラスになってくれた。 それは、いくら考えても図書館しかないですね」②と表明するように、図書館は司馬の知的生活にとって、いかに重要な存在であるか分かる。 時代劇だけでなく時代小説も司馬の「大和民族」という精神的自覚に関連しているかもしれない。

司馬が市立御蔵跡図書館を利用したのは、「中学1年だった昭和11年から、兵隊に行く昭和18年まで」という八年間である。 この1936年から1943年までという期間は、ほかでもなく日本の「非常期」に当たる。 学校での「不愉快な思い出」に対して、「調べたら簡単に分かる」、「一人でなんでも選べる」、「新刊が多い」などと述べるように、図書館を知の自由の場として認識される③。 しかし、この時期図書館は国民思想文化統制の有力な機関となったことを指摘しなければならない。 このような背景の中で、「大和民族」という精神的自覚はいかに孕まれたのか。 司馬はそれをどのような形で戦後まで存続させたのか。 本章はこのような思想的連続性の問題意識を抱えて検討を進めたい。

---

① 拙稿「『風神』時代の司馬遼太郎」を参照のこと。 関西大学東アジア文化研究科『東アジア文化研究科開設記念号』2012年3月。
② 「京都支局、私の小説、思い出の図書館」『司馬遼太郎が語る日本　愛蔵版Ⅰ』(週刊朝日、1997) p.302。
③ 学校での「不愉快な思い出」は、「ちょっと質問したら、意図的に授業妨害と思われる」、「過重な授業で気力が消耗している」などが挙げられる。 「言葉が知能と関係があるはずがない。 普通の発音とかそんなものが上手にできたところで何ということはないんです。 これは問題ですね。 語学の学校でこうなんですから」と批判するように、司馬は学校では知識の自由が得られないとして、大阪外国語学校、さらに近代学校の専門的教育、受験制度に対し、不満を抱いていたようだ。 「バスクへの尽きぬ回想」『司馬遼太郎が考えたこと13』(新潮社、2002) p.8、「独学のすすめ」『司馬遼太郎全集67』(文芸春秋、2000) p.144、同本章の掲注3、p.300。

第一節　市立御蔵跡図書館での独学

　市立図書館前の大阪では、小規模な私立図書館、図書室が散在するか、あるいは府立中之島図書館が「一般図書館」として、閲覧と帯出は有料制で運営されるという状況であった。1921年（大正11年）6月に、大阪市立の最初の図書館として、阿波座図書館と西野田図書館が開館し、後に清水谷図書館、御蔵跡図書館、今宮図書館、城東図書館がスタートした①。「府は主として学術図書、市は通俗図書に重きを置くという方針」で、市立図書館は「通俗図書館」という趣旨で置かれ、「閲覧は一切無料にして、尚帯出の制もあり、婦人・児童の為には特別閲覧室を設けたる」という制度を設けた②。市立図書館は通俗図書館としての発足が大阪社会教育の大衆化という意味で記念すべき事業である。

　制度のみならず、通俗図書館は大衆図書館としての機能が期待される。「ここに大衆図書館と云ふのは、小規模の通俗図書館を意味する。（中略）大衆図書館に於いては、高級な讀まれざる図書よりも、其の内容は少しく低下するも、よく大衆に即して、大衆と図書館とを親しく、結び付けるに足る図書を尊しとするのである」③と図書館関係者が主張するように、大阪市立図書館ではとりわけ文学の本や雑誌が多く配置された。『東京日日新聞』は「盛になる通俗図書館」を題して、御蔵跡図書館を次のように報道する。

　　　御蔵跡図書館は昨年十月開館したがそれより前八九月の頃から附近の小学校、青年団幹部、市区会議員其他の有志約三十名が発起人となって読書会を興した此会は小学校、青年団等と連絡して市民に読書気分を鼓吹するに努め各町毎に幹事数名を置き幹事の証明で何人も図書の館外帯出を許し幹事は毎月一回会合して読書奨励其他の打合せをする、また毎月

---

① 各市立図書館の様式、規模に関しては、付表を参照のこと。なお、同表は大阪市立図書館編『大阪市立図書館50年史』（大阪市立図書館、1972) p. 15, p. 23に基づいて作成された。
② 大阪市立図書館編『大阪市立図書館50年史』（大阪市立図書館、1972) p. 10, p. 14。
③ 西村吉澄「大衆図書館の特性」『大阪市立図書館時報』第二号 p. 52、1941年6月。

第一章　戦時中の市立御蔵跡図書館と司馬遼太郎

五日には読書発表会を開き所感の発表、輪読、新刊紹介をする、此外巡回通俗講演南区青年団の雄弁大会を開いたこともある。是等の経費は総て特志家の寄付に依る、又通俗図書館は児童の閲覧人は多いので其指導教養も忽せに出来ぬ夫には学校と密接に連絡する必要があるので児童会を設立中である之には児童を正会員とし小学校教員其他有志者を賛助員として児童の指導と研究とをするのが目的で二十二日午前御蔵跡小公園で発会式を挙げ午後は日本橋小学校で児童音楽会を催す筈である。①

　個人寄付、読書会、社会教育、地域連携など、この記事はいかにも現代風に御蔵跡図書館の光景が伝わる。自由的気分が濃厚に漂う御蔵跡図書館は、「大正デモクラシー」と呼ばれる時代の証左と言ってもいい。

　司馬が市立御蔵跡図書館を通いはじめたのは、主に地理的、時間的な理由だった。無料に閲覧できることや、「学校がいやだから」など、司馬は多くの時間を図書館で送ったことは確かである②。何十年後も閲覧・帯出制度・利用時間、図書館の様式や配置を鮮明に記憶しており、インタビュー「図書館と歩んだ私の青春」において「図書館は自分の生活一部より半分くらいです」と述べたのも、この時間的理由があるだろう③。ところが、図書館が「精神的半分以上」を占めた意味については、司馬自身は一切明らかにしていない。それに対して、司馬の独学が戦後における幅広い作家生活に大いに役立った、と一般的に理解される④。

　このインタビューのなかに、興味深い一節がある。「何よりもよかったのは、現代風の開架式だったことです。子どもにとって開架式は非常にありがたくて、好きなぐあいに読んでいました」という司馬の評価に対して、インタビューの最後に、司書だった西藤寿太郎は「当時の開架式は、現在の全面開架とは異なって、金網ごしに書架の本を請求する方式だっ

---

① 「盛になる通俗図書館」『東京日日新聞』1922年10月25日。
② そのほかに、父親福田是定は少年のころから図書館好きで、司馬遼太郎にも影響を与えたと指摘される。磯貝勝太郎『司馬遼太郎の風音』(NHK出版、2001) pp.31-33。
③ 当時司馬は浪速区西神田町に住んでおり、上宮中学校、大阪外国語学校は上本町にあった。市立御蔵跡図書館はその通り道にあり、よく通っていたそうだ。司馬遼太郎「図書館と歩んだ私の青春」大阪市立図書館報『図書館通信』第38号 1971年12月。
④ 延吉実『司馬遼太郎とその時代　戦中篇』(青弓社、2002) pp.72-73。

た」と改めた文言が付記される。すなわち図書館の自由を強調する司馬に対して、違う光景が証言されたのである。「金網ごしに本を請求する」にしても、請求者の視野はかなり制限されただろう。司馬の独学も、このような不自由を前提にして考えなければいけない。

　図書館は戦時体制に対して有効な抵抗をしなかった、むしろ自ら加担したという戦争責任については、すでに指摘された通りである①。1933年に図書館令の改正により、いわゆる「認可制度」が図書館の自主的活動を大きく制限するようになり、左翼思想に関連した「不穏の書物」に対して、一層取締が厳しくなる。入館に際して、閲覧票に住所、氏名、職業、年齢を記入したうえで、借用の書名を記入させられ、警察や憲兵によって調査された。学生の社会科学研究は禁じられた。出版物検閲制度の強化により、「優良書」が選定され、発禁は相次いだ。

　1937年中日全面戦争に伴い、日本はいわゆる「総力戦体制」に踏み切った。この年、近衛内閣は「挙国一致」「尽忠報国」の国家主義的精神を徹底した「国民精神総動員」運動(以下は「精動」と略す)を開始した。それに合わせて日本全土では社会的組織が結成され、さまざまな「精動」が行われた②。

　大阪の図書館では、1938年文部省から交付された補助金で「国民精動大阪文庫」を設けた。「国民的自覚ト時局認識トヲ徹底セシメ国民タルノ資質向上スルヲ以テ使命トス」との趣旨のように、同文庫は文部省が指定した書籍を購入し、それらを「日本精神」「非常時経済」「国防及軍備」「国際情勢」「支那事情」「体育・衛生その他」という部類で配置する。市立図書館は、大阪府立中之島図書館から一単位(計二百冊)の図書を提供され、それを基礎に新刊書を購入し、「大阪市精動青年巡回文庫」を設立した③。1940年「皇紀二千六百年」を機に、市立図書館は中央図書館を開設し、多くの講演会、展覧会を企画した。『大阪市立図書館時報』では1940年前後の御蔵跡図書館について、次のように記される。

---

① 清水正三『戦争と図書館』(白石書店、1977)。
② 詳細について、長浜功『国民精神総動員の思想と構造』(明石書店、1987)を参照のこと。
③ 大阪府立中之島図書館編『中之島の百年——大阪府立図書館の歩み』(大阪府立中之島図書館、2004) pp. 148-149。

教養と慰安と更には非常時の認識を深める読書施設として、近くの繁華街の娯楽機関にともすれば吸収されやすい市民層の厚生強化を目指し精動の一翼を担当して、紀元二千六百年を迎へるに至った吾人の任務まことに軽からぬものを覚える。
　本館施設の特色ともいふべき更張会は、発明・特許・書道・法律・川柳の各クラスを擁し、夫々各講師の御熱心により発展を来しつつ今日に至っている。①

　御蔵跡図書館の特色施設「更張会」に関して、現存史料はないようだが、精神の更張という「更張会」の名乗り方のように、市民的活動は行われるものの、図書館は「非常時」「精動」「紀元二千六百年」といった国家的事情にリードされていたことが分かる。このように、書物がきわめて限定され、国家主義的宣伝と同調した戦時中の図書館において、司馬の独学が帝国日本という枠組みから逃れることは不可能である。後に学校教育を批判するため、図書館における「開架式」の話を持ちだしたが、学生時代の司馬は以上のような環境に対して、自覚はなかったと推察できる。

第二節　戦時中吉川英治小説の文脈

　学生時代、司馬の道楽は時代小説といった大衆文学を読むことであった。小学生の頃友人の家に上がりこみ、『猿飛佐助』『真田十勇士』といった立川文庫を読み漁り、中学生の頃書籍売り場で『宮本武蔵』の立ち読みで店員に追い出されたこともある②。大阪外国語学校の頃、学校の専門的な教育に不満があったため、司馬は「病気届けを出して図書館にこもる」ほど、より旺盛な読書ぶりを見せた③。司馬は「借り出しは3冊以内でしたから必ず3冊借りた。一週間以内に返せばよかった」と述べるよ

---

① 清水谷図書館編『大阪市立図書館時報』1940年2月 pp.47-48。
② 「司馬さんの七十二年」『司馬遼太郎の世界』（文芸春秋、1996）p.444, p.446。
③ 大阪外国語学校頃の読書の熱心さについて、「福田は小説を愛読した。登校（大阪外国語学校、筆者注）時にはいつも小説本を持っていた。忠臣蔵・三国志・太平記・偉人伝等々である。休講になれば喜んで教室を飛び出し、喫茶店や公園のベンチで煙草をふかしながら読みふけるのである」という証言もある。同本章の掲注1、p.32。

うに、これほどの読書欲を満たしてくれたのは、市立御蔵跡図書館しかなかった①。

司馬の大阪外国語学校での生活について、杉本は「映画館と図書館で、外語二年間の総決算をし、武士道を顧み、書を熟読し、人間を考え、かつ時勢を見つめていたに違いない」と指摘する。 ここで、司馬は「武士道」に惹かれたという重要な証言がある。 時代劇「忠臣蔵」を見た司馬に対して、杉本は次のように記憶する。

　ナンバ映劇で忠臣蔵を見た時や。前の席で老婆がオンオン泣いとった。桜が散って切腹するシーンや。老婆は声をあげて泣いとった。俺は胸を衝かれた。絵画や彫刻のええ作品はたしかに人を感動させる。そやけど人は泣かへん。人を感動で泣かす映画ちゅうもんは、すべての芸術に優先するんや。②

武士の切腹に感動し、自分の「映画至上論」を振り回す司馬である。 時代小説とりわけ吉川英治の作品に描かれた武士像に、司馬は同じく感銘を受けたことは確かであろう。 同級生は次のように振り返る。

　その日、彼(司馬、筆者注)はポケットに三国志と忠臣蔵を持っていた。人物論が景気よくポンポン飛び出した。諸葛孔明は「神謀軍師」で、司馬仲達は「遁走将軍」。大石内蔵助のは「入魂の遊び」、いや「捨て身の豪遊」…③
　福田くんは、あのころから歴史物や小説をよく読んでいました。ある日、彼に「吉川英治の作品はなにがおもろいんや」と聞いたことがある。彼は「哲学があるからおもろい」と答えた。また「一流の剣士は人を殺さ

---

① 同本章の掲注 10、ちなみに戦後、新聞記者を経て作家活動が始まり、司馬は学生時代に読んできた通俗文学を再構成し、『十一番目の志士』『真説宮本武蔵』『風神の門』などの時代小説を次々と発表した。 青年期の読書歴は十分生かされたと言えよう。
② 杉本満「大阪外国語学校の福田定一クン」大阪外国語大学モンゴル語研究室『朔風』第五号、原題「学び舎の司馬遼太郎」p.32、1999 年 1 月。
③ 同本章の掲注 17、p.33、『三国志』『忠臣蔵』の作者名は挙げられないものの、吉川英治は同じ頃『新編忠臣蔵』(1936)『宮本武蔵』(1936—1939)『三国志』(1939—1940)などの時代小説を発表したという状況を考えれば、司馬が愛読した作者は吉川と推定できる。

ず、学問をしてるんや」とも言っていました。①

　司馬は中学生頃吉川の作品を愛読し、専門学校までその作品を読み続けた。一中学生として、司馬は吉川作品の「哲学」をどこまで理解できたのかは疑問だが、すくなくとも剣士の精神修養に魅了されたのは当時の司馬の無邪気な姿であった。小・中・専門学校という十年間に近い間、通俗文学と絶えまない接触によって、司馬は単なる興味本位にとどまらず、おそらく精神的にも武士の影を受けていた。「俺は生粋の大和民族や」との発言は、武士的気分による誇り、自負が交えたのだろう。

　ここで、御蔵跡図書館での不自由の実態を想起すれば、司馬の愛読した吉川英治をはじめとする大衆文学は、どのように過酷な検閲制度を通ったのか、と指摘しなければいけない。『文芸年鑑』によれば、1940年すなわち「紀元2600年」に、「精動本部」は首相近衛文麿を会長とし、諸文化団体の先頭に置かれ、「総力戦態勢の強化に必要なる物心両面の挙国実践運動を推進する」という方針で、文芸界の指導的地位を固めた。通俗文学の代表的作家白井喬二は「小説部会の性格と方途」において、「文報」（文学報告会、筆者注）を小説部会の中心的性格とし、「国民小説」の選定・推薦や、「有機的に前進曲を奏でで日本帝國小説陣を完成する」抱負などを力説する②。文学は「報国」しなければいけないという理念で、大衆文学、とりわけ剣戟小説における「尚武的精神」が評価される。白井喬二、吉川英治、直木三十五などの人気作家は、「大政翼賛会」や「文学報国会」といった国家主義的団体に要請され、小学校修身教科書の顧問になったり、戦線まで赴いて兵士たちを激励した③。このような背景におい

---

① 山沢茂雄が語った中学生時代の司馬である。「同級生と戦友が語る「私の思い出」」『司馬遼太郎の世界』（文芸春秋、1996）p. 446。
② 日本文学報国会編纂『文芸年鑑』二六〇三年版（桃蹊書房、1943）p. 6。
③ 昭和前期の大衆文学の日本主義的性格について高須芳次郎は『名文鑑賞読本』（厚生閣、1937）において、明快に論じる。「『昭和時代の文学』大正期の文学のあとを受けて、昭和時代の文学は、技巧上、一段の鮮明色を示すと同時に、新しく、日本精神主義の台頭を見るに至った。且つ文学全体を通じて、大衆化・通俗化の傾向を著しく強めた気味がある。一体、大衆文学は、一時、剣戟小説と迄いはれた位で、尚武的傾向に富んでいる。尚武は日本精神の一象徴だ。故にこの点からも、大衆文学は、ある部分を除くと、概して日本主義的色彩を若干有するものと解せられる。」p. 2, p. 13。

て、『宮本武蔵』は新聞紙に「戦線に銃後に、一億の読書人を完全に魅了し去ってまだ足らず、芝居に、映画に、レコードに出版界空前の記録を作った世紀の傑作」と熱烈に宣伝され、まもなく教学局の編纂した『日本精神叢書』に指定された①。つまり、『宮本武蔵』は「非常時」において、国家主義と精神論の文脈で語られたのである。

文学、文化の独立性が全く失われ、「非常時」という政治の渦に巻き込まれた時代であった。当時一学生として、司馬は図書館という思想統制の有力な機関の下で教育され、政治に反抗できる条件はどこにもない。「俺は生粋の日本民族だ」との発言の背後には、帝国日本の文化政策が大いに作動し、国家主義的精神論の影響を受けていたと思われる。

大阪外国語学校三年目の時、司馬は学徒出陣を余儀なくされ、御蔵跡図書館での読書生活と別れた。空襲で御蔵跡図書館は焼失し、戦後精華小学校に移った。戦場から復員して、司馬は新聞社の京都支局に配属されたため、図書館と縁が遠くなり、給料で本を買うようになった。

　そのころ河原町を歩いていると「中央公論」とか「改造」の、昭和の初めからの号を山のように積んで売っていました。私はそれを買って帰り、はじめて、自分の歩んできた時代の真相を知ることができました。これは図書館のおかげではなく、古本屋のおかげだったわけです。私の記憶では、御蔵跡からすぐ河原町に、時間的には移っている感じで、これが、自分の青年期初期の読書遍歴の最後の思い出ですね。②

司馬は青年期初期の読書遍歴を以上のようにまとめる。ここで自分が時代の真相を知ったのは、図書館ではなく古本屋だと認めた。戦時中の図書館が帝国日本に支配されていた真相を、司馬は戦後に入って始めて意識したのである。

第三節　生活様式としての武士

本稿は戦時中における司馬の無力さ、あるいは彼の国家主義的な発言を

---

① 岡田恒輔『宮本武蔵五輪書と剣道の精神』『日本精神叢書二十四』（内閣印刷局、1940）。
② 同本章の掲注10。

批判するのが目的ではない。 そもそも一人の学生として、帝国日本の不条理を意識し、それを超越することは不可能なことに近い。 ここで指摘したいのは、武士道への憧れが、図書館で培った精神的自覚であり、またそれが戦後まで思想的に連続した部分だということである。

　物質的にも精神的にも敗戦は日本社会に大きな打撃を与えた。 司馬は「おもちゃ」のような戦車に乗って戦場を体験し、焼け跡になった故郷大阪に戻った。 戦時中の精神論やイデオロギーは雲散する中で、司馬は「安っぽい現実主義者」①に取り戻されたのである。 そこで、戦後社会に風靡した坂口安吾の小説に出会い、司馬はその愛読者になった。 坂口作品の「破壊精神」に大いに共鳴を覚え、司馬は焼け跡から戦後日本の新生を呼びかけ、国家・政治・権力に対して深刻な不信感を示す②。 「俺は生粋の大和民族だ」のような発言に代わり、「われわれ黒潮民族の血の中に、この不気味なアモックの遺伝が残っていないとはいいきれない」と述べるように、司馬は日本の民族性に対して反省と動揺さえ見せ始める③。 これらの思想的転換は、戦後における司馬の「価値観の解体過程」として、重要な意味を持つ。 ただし司馬の場合、価値観の解体は完全たる崩壊ではない。 敗戦によって、国家主義的部分が容赦なく剥がされるが、残りの部分は「サムライ」という信念に支えられたのである。

　1955年新聞記者として記事執筆に追われた頃、司馬は「福田定一」という本名で『名言随筆　サラリーマン金言』を出版した。 自分のサラリーマン記者時代の思いで綴られたこの随筆集は、司馬の最初の単行本と言われる。 冒頭の節に、司馬は「この本で日本のサラリーマンの原型をサムライにもとめた」と、自分流のサラリーマン記者哲学を提示する。 その理由としては、まず、サラリーマン記者は月給をもらい、会社の命令で転勤を強いられがちである。 これが江戸時代俸禄生活者のサムライ生活に共通する。 次に、「戦闘技術者」として知られたサムライの専門的職業と同様に、新聞記者としての特有な職業感覚があるはずだという④。 このように戦後長い間、新聞記者を勤めながら、司馬は終始「サムライ」、

---

① 福田定一「記者の眼」『信仰』第 3 巻第 6 号（百華苑、1948）p. 23。
② 拙稿「「風神」時代の司馬遼太郎——1950 年代前半の文化論をめぐって」を参照のこと。 関西大学東アジア文化研究科『東アジア文化研究科開設記念号』2012 年 3 月、pp. 263-274。
③ 「ある原始遺伝」『大阪新聞』1955 年 11 月 10 日。
④ 福田定一「名言随筆　サラリーマン金言」（六月社、1955）。

「野武士」として自覚していた。

ただ、司馬の「サムライ」に対するイメージは重要な転換を迎える。それがよく反映される一次史料として、同じ頃執筆した「武士という素材」を全文引用しておこう。

武士という素材

サムライというものが、文学とくに大衆文学の世界で取扱われてから、すでにひさしい。ところが、サムライ風習や風俗については、大衆作家が多くを語ってきたが、サムライという職業人がもつ倫理感、生活感覚、人間性について、作家の眼で□□たものは案外少い。

サムライと□□□ても、時代によってその性格が変わる。たとえば源平、戦国と□□戦乱期はサムライは敵の首を□□□奇妙な稼業の人だったし、徳川治平期のサムライは、すでに戦闘的な性格を失くして、官僚として存在していた。

仇討をすることが武士道の華とされ、多くの大衆作家もそれを無批判に受入れて小説の世界に持ちこんだが、少し観点を変えてこれを見ると、大ていの場合、仇を討たねば家は取りつぶされ、自分が失業するのである。相手の生首が自分のメシの種になるのだ。これを武士道の華と賛えたのは、太平の中にも戦闘的気分を多少でも残しておこうという徳川幕府の政策だったのだろう。

サムライの中でも、剣客という職業分野がある。その職業の習技に、宗教的な神秘性を伏したところに、西欧中世の剣客職業との相違があるのだが、要は、戦闘と防衛を目的としたスポーツにすぎない。

その最終目標は、神もしくは獣になることであった。敵が後ろに来てもサトリ、寝ていても物音がすれば眼をサマシ、二階から転げ落ちてもチャンと立つ。こうしたことは犬や猫のよくする所で人間にはすでに退化した動物本能なのだが、これを習練によって呼び覚す所に武道の本義があった。

大衆小説のほとんどは武士や武士道を無批判に美化しそこから安易に英霊を導きだしている。もっと、武士という人間の生態に文学者らしいメスを入れてもよいのではないか。[①]

---

① 「武士という素材」『大阪新聞』1954年10月2日、新聞紙は経年劣化のため、文字が判読できない箇所を「□」と記しておく。 以下は同様。

第一章　戦時中の市立御蔵跡図書館と司馬遼太郎

　戦時中大衆小説に魅了された学生ではなく、むしろそれらを批判するようになった司馬である。司馬は「サムライは時代によって性格が変わる」として、大衆小説は限定された武士像しか書いていないと指摘する。ここで、「仇討」だけを「武士道の華」とした具体的作品として、吉川の『宮本武蔵』が暗示される。司馬は後に『真説宮本武蔵』を執筆するとき、「宮本武蔵については、故吉川英治氏の名作があり、今さらこの人物についての虚構は不必要であろう」と述べ、「求道者」という精神性を強調した武蔵像と違う人物像を志した。学生時代の熱狂から吉川の作品を批判するに変わったのは、敗戦は決定的なきっかけであった。「大衆小説のほとんどは武士や武士道を無批判に美化しそこから安易に英霊を導き出している」と述べるように、戦時中武士を美化する大衆小説への批判も示唆される①。ここに、戦時中憧れた「武士道」の「道」が消え、戦後の司馬における武士は、戦時中精神論的な存在ではなく、一種の生活様式という現実状態として扱われるのみである。武士を生活状態として扱うことによって、司馬は何を期待するか。司馬は自分の小説「風の武士」の動機について、次のように述べる。

　　「風の武士」は、いわゆる「時代小説」の型を外さずに書いた作品で、日本民族の源流に対する憧れ、郷愁…がこの小説の発想となっているといえましょう。
　　吉川英治さんには、戦前「恋山彦」という密境小説がありましたが、「風の武士」はもっと誇大なストーリーで、熊野の奥深く住む日本民族の源流の一つに憑かれた青年武士を主人公としております。②

　精神性を批判するものの、司馬は吉川小説の想像性を否定しない。「吉川さんの求道的性格はすでにこの処女作（『鳴門秘帖』、筆者注）に出ているが、しかしジャーナリズムは、その求道性よりもこの人の伝記作者的才能のほうを迎え入れた」③と述べるように、「日本民族の源流に対する憧れ、郷愁」といったロマンチックな部分が、吉川作品が戦前にも戦後

---

① 「作者のことば（「宮本武蔵」連載予告）」『司馬遼太郎が考えたこと3』（新潮社、2002）p. 270。
② 「原作者のことば」『司馬遼太郎が考えたこと2』（新潮社、2002）p. 297。
③ 同本章の掲注32、「不世出の想像力」p. 177。

にも流行した根本的要因と見られる。 このように、吉川の作品を批判と継承をしながら、司馬は武士に託し、自分の作品で「民族的な憧れや郷愁」を再現しようとするわけである。

　一般的に、「暗い昭和」と「明るい明治」という近代史の見方は、いわゆる「司馬史観」の基本的観点だと認識される。 これに対して、筆者は多くの疑問を抱いているが、少なくとも市立御蔵跡図書館は司馬にとって負の記憶ではないというのが、一つ反対の例になるだろう。 本稿は戦時中の市立御蔵跡図書館は国民精神総動員の有力な統制機関であったことを指摘した。 にもかかわらず司馬は、それを意識的に「自由的な知的な場」として振り返ろうとした。 それは、帝国日本を批判する中で、司馬がなお自分の思想的連続した部分を求める行為だと考えられる。

　学校、映画館、図書館、司馬にとって最も重要な知的場所はすべて帝国日本に支配された①。 一学生として司馬は帝国日本の文化・教育政策を意識し、それに反抗する条件はどこにもなかったのである。 この意味では、若き司馬もその時代に流された無力な一人に過ぎない。 司馬は吉川英治をはじめとする時代小説を愛読し、「俺は生粋な大和民族や」という発言は、市立御蔵跡図書館での読書活動と深くかかわっている。 このような精神的自覚の裏には、学生時代武士道への無邪気な誇りや憧れが読み取れるが、帝国日本の文化政策、特に「国民精神総動員」が大きく作動していた。

　司馬は戦後に入って初めて「国民精神総動員」が作動していた時代の真相を知った。 しかし、興味深いことに、司馬の武士への憧れは、敗戦を経てもずっと存続した。 新聞記者を努めた16年間に、司馬は自分のサラリーマン生活をサムライや「野武者」の生態と見なし、時代小説の執筆動機にも繋がったと表明する。 歴史的ダイナミズムが迫っている中、司馬は戦時中の国家主義的精神論的価値観が崩壊され、武士への憧れをそのまま保管していた。 「大衆文学はその民族的伝統の継承を目指すはずの文学だ」②と指摘されるように、司馬も「日本民族の源流に対する憧れや郷愁」を描くのに、武士は格好のアプローチだと認識したからである。 た

---

① また、1939年「映画法」が実施された戦時中の映画統制について、すでに多くの業績が積み重なる。 佐藤忠男『増補版　日本映画史2』(岩波書店、2006)。
② 尾崎秀樹「読者の発見と伝統」『大衆文学論』(勁草書房、1965) p.155。

第一章　戦時中の市立御蔵跡図書館と司馬遼太郎

だ、この時点の武士像は、もはや戦時中吉川的な「求道者」といった「道」すなわち精神論的存在ではなく、一種の現実の生活状態として捉えられる。武士という生活状態から日本民族の伝統を探る想念こそ、司馬における戦後ナショナリズムの原点である。『風の武士』『梟の城』から、『坂の上の雲』の「最後の武士が死んだ」という名場面を経て、そして『この国のかたち』における「士」に至るまで、武士への強い想念はいつまでも続く。

司馬遼太郎的日本战后民族主义——以其记者时期的思想为中心

第二章　宗教記者時代の司馬遼太郎の成長歴
「不逞な青年」から「門徒」まで

　学生時代の司馬遼太郎が活動していた最も重要な場所、大阪外国語学校と市立御蔵跡図書館は、帝国日本に支配された教育機関であったことが指摘された①。　このような拠点で教育されてきた司馬は帝国日本に対して反抗する条件はどこにもなかった。　「俺は生粋な大和民族」との発言や、外務省で勤務したいという希望から、その時期司馬の価値観は、帝国日本の提唱した極端なナショナリズムと合致していたことが分かる。1944年に学徒兵として戦場に赴き、やがて敗戦を迎えた。　司馬の戦争体験、特に本土決戦に当たった司馬の言説をめぐってはまだ疑問が残るが、それまで極端的なナショナリズムとリンクした価値観は、敗戦という決定的事件によって崩壊されたに間違いない。　戦後司馬が貫いた国家・政治への深刻な不信感は、その価値観の壊滅した証である。

　ただし司馬の個人史を見る場合、一つ疑問が生じる。　戦後全体的に自信喪失へ走っていた日本社会において、それまでの価値観が崩壊されたのはその通りだが、司馬は戦後日本人の精神構造に対する並ならぬ関心が、いったいどこで、いつ、どのようなきっかけで始まったのだろうか。　そういった原点への探求は、司馬の個人史再築の意味では重要であろう。　その一方、歴史的に司馬を検証することも、戦後激変した日本社会を解く一手がかりではないかと考える。

　司馬の作品収録に関して、いままで分厚い業績がある。　60年代、すなわち小説家時代から司馬の莫大な作品群が収録され、『司馬遼太郎が考えたこと』『司馬遼太郎短編小説全集』それに筆者の「風神」への検討など、50年代、つまり新聞記者時代（主に大阪）の作品も数多く紹介されている。　それらの文献から、司馬の戦後日本人の精神構造への関心は、すで

---

① 第一章「戦時中の市立御蔵跡図書館と司馬遼太郎」を参照のこと。

第二章　宗教記者時代の司馬遼太郎の成長歴

に明白に現れたことが分かる。 だが、1946年から1950年までの司馬、すなわち京都時代の司馬について、彼自身が書いた文章が知られていないため、その関心の来歴をこれ以上実証的に遡ることができない。

　この空白の五年間は、偶然ながらアメリカ占領期に当たる。 そこで占領期の新聞・雑誌を網羅的に収集した著名な「プランゲ文庫」データベースを調査した結果、1948年6月に、司馬は『信仰』という京都にある仏教雑誌に、エッセイを寄稿したことが分かった。 管見の限り、これが司馬の戦後最初の寄稿である。 同誌をさらに調査を行った結果、また二つのエッセイを発見した。 『信仰』及び司馬の寄稿に関する書誌情報は次の通りである。

表 3-1 『信仰』書誌情報及び福田定一による記事

雑誌名	発刊日	編集者	出版社	発行所	定価
信仰	毎月10日	清水秀雄	百華苑	京都市下京区堀川通花屋町	二十五圓

掲載日	題目	署名	巻号	頁	字数
1948年6月10日	一記者の眼	福田定一 大阪新聞記者	第3巻 第6号	p.23	1473字
1953年5月10日	"門前の小僧"五年	福田定一 産業経済新聞記者	第8巻 第5号	pp.3-7	4403字
1956年12月10日	誰でも知っている風景	福田定一 産業経済新聞記者	第9巻 第12号	pp.11-13	2942字

　司馬は1948年から1952年にかけて、大阪新聞社京都支局で宗教、美術、大学の記事を担当していた①。 後に産経新聞大阪本社に転勤したが、司馬は依然『信仰』に数回寄稿できたのは、京都時代宗教界における人間関係によるものだと思われる。 『司馬遼太郎短編小説全集』では、司馬が『大乗』『同朋』『未生』といった京都の仏教雑誌へ投稿した短編小説がまとめられているが、『信仰』は収録されていない。 小説と比べれば、『信仰』における投稿は仏教界に対する直接な発言や自身の経歴を記述するため、貴重な新資料と言える。 終戦直後の普遍的なでニヒリズムに巻き込まれてから、本願寺での歴史的連続性を体験まで、司馬は「封建の牙

---

① 1948年司馬が入社したのは産経新聞社ではなく、大阪新聞社であった。 第三章「『大阪新聞』と司馬遼太郎」を参照のこと。

城」と言われた戦後の宗教界で取材しながら、その成長歴を語ってくれる。

第一節　学生運動への冷たい目線

　1948年、新日本新聞社は用紙配給が切れたため倒産し、司馬は同僚の大竹照彦とともに新たな職場を求め、大阪新聞社京都支局に応募した。新聞社関係者からの推薦を受けたが、「二人も記者として採用するわけにはいかない」との事情があって、結局司馬は記者資格試験を受けたことがないとして、通訳という形に入社したのである。これについて、『新聞記者司馬遼太郎』では「こうした入社したときの事情が多少なりとも記者司馬の心のなかにわだかまりとして後々まで残っていたことは否定できない」と、当時司馬の落ち込んだ心境をコメントする①。新入記者は、通常警察を取材する仕事が与えられるが、それまでの新聞社で「警察回り」してきた司馬は、いきなり「寺回り」「大学回り」すなわち宗教、大学の担当を決められたのである。京都にあるお寺、京都大学は主な取材範囲であった。後輩の角田由夫の話によれば、「宗教、大学というのはだれも回りたがらなかった。あんな難しいとこかなわん、いうて。司馬さんもそれを知っていたのか、自分から持ち場を変えてくれとは言い出さないし、みんな司馬さんにまかせておけばいい、という雰囲気だった」②。司馬は宗教の受け持ちを気に入ったようだが、ただその理由は「べつに古美術と抹香に関心があったわけでなく、しごく暇だからだった」と述べる③。京都支局で比較的そっけない扱いを受けながら、1952年大阪本社に転勤するまでの五年間、司馬は持ち場を変えなかった。

　さて、1948年から1952年までは、基本的に反共体制への移行と民主化運動の高揚という時代相であった。1948年ロイヤル米陸軍長官の「反共防壁」発言、極東裁判が終結、1949年ドッジ・ライン勧告というアメリカ軍事戦略体制に、日本が組み込まれていく。そして、1950年には朝鮮戦争が勃発するに伴い、警察予備隊が設置され、いわゆるレッドパージが開

---

① 『新聞記者司馬遼太郎』（産経新聞社、2000）p.58。
② 同本章の掲注3、p.60。
③ 「正直な話」『司馬遼太郎が考えたこと1』（新潮社、2001）p.243、初出『華麗』第二号1961年5月。

第二章　宗教記者時代の司馬遼太郎の成長歴

始された。その一方、各大学、高校での学生運動が盛り上がり、軍国主義追放運動が行われ、1948年全国学生自治会総連合「全学連」が結成された。1951年京都大学で「天皇事件」とそれに伴う同学解散(1953)と「荒神橋事件」が起こった。

　司馬は政治への不信感が周知の通りであり、彼はこの時期最大な政治である「反共」に対してほとんど発言していないのも、ある程度想像できる。ところが、民主化運動の正念場とされた京都大学で取材し続けた司馬は学生運動を何度も目撃したはずだが、その反応は極めて冷淡であった。

　　かつて、同じこの場所(京都大学、筆者注)で私は何度か学生運動が展開されているのを見た。蛇行デモ、怒号格闘など、もし彼らが掲げているテーマに知識がなかったとしならば、それはまるで狂人の集団発狂と理解する以外、手のない図であった。①
　　さて、京大の時計台が。観光バス側のセリフによると、「大学の自治と学問の自由の象徴」という大そうなシロモノだ。
　　ところが戦後の学生騒動史上、この逆T型の建物は、大学当局、学生、警官マンジ巴の常設戦場であった。時には学生対職員のスクラムの押しっことなり、そしておきまりの幕は大学当局の要請で警官隊が現れ、石、棒、コブシ乱れとぶ壮烈な合戦絵巻を繰展げる。先日の京大事件も全くこのスジガキどおり…
　　すると時計台も何とかの象徴どころかまるでトリデじゃないかということになる。三方の扉を閉じれば近代戦にも堪えうる不落の要塞だ。ただ、どちら側の要塞かはその都度、大学と学生の腕力によって決まる。
　　一体このヌシは誰かというと、まず学生室。ついで本部の事務職員全員がバンキ居し、教育的施設としては一階にわずか二つの講義室があるだけ。つまり単なる事務所であって、別段、「学問の自由」という大層なホトケ様はどこにも祭っていそうにはない。ただ騒動の時だけ大学の方も学生もご自分の都合上この塔を自由の祭壇のごとく神聖よばわりする。②

司馬は京大の学生運動を、「自分の都合上」に「自由」を口実にし、

---

①　「ある原始遺伝」『大阪新聞』1955年11月10日。
②　「時計台の性格」『大阪新聞』1953年11月19日。

「腕力」で決まった「集団発狂」「乱闘」「騒動」としか理解しなかった。「民主」「自治」を掲げた学生運動を取材しながらも、司馬はそれを全く評価しなかった。

第二節　失墜した仏教界

　　同じ時期に、もう一つの持ち場である仏教界に対しても、司馬は批判を惜しまない。議論は少し飛躍するが、その激しさは周知の「軍部」や「統帥権」への批判をはるかに超えたものであった。1948年6月に掲載された「一記者の眼」は、かなりの長文だが当時司馬の思想を反映する生々しい材料として、全文を引用しておこう。

　　　　　　　　　一記者の眼
　　　恐らく私の雑文はこの雑誌の性格に合わないだろう。私は宗教のくろうと(こういう言葉もあります)でもなければ別段これという信仰を持つ者でもない。安っぽい現実主義で宗教を社会現象の一つとして職業眼を光らせている一新聞記者にすぎない。その職業眼に写った宗団の映像を断片的に綴ろうとするのであるが紙面の不体裁になるなら無論すてていただくのである。
　　　最近日本視察に来た米国外国伝道関係者を歓迎するある席上で一日本人牧師がこう語った。「仏教の寺院から墓を除いて一定の共同墓地に集めるとしたら日本人にとって寺院はもう無用のもので誰も寄りつきはしなくなるだろう…京都には仏教の二十数派の本山がある。我々の伝道もここに日本的中心を置いてまず京都の仏臭を払って然る後日本の仏臭をぬぐうべきである。」
　　　こんな話を持ち出して仏教人に"もって如何となす"と大見得を切って見た所で「またか」
　　　とアクビされるがオチであろう。
　　　「仏教人は眠っている」と明治以来あらゆる機会でいわれ通したが現在はこれが暗示となって催眠作用をおよぼし本当に眠りこけてしまった向もなきにしもあらずである。「坊主ってこんなものさ」と頭を叩いて笑っているのだから宗教に"しろうと"の若い新聞記者はちょっと戸惑う。
　　　流行の坂口安吾の言葉だが、「学校教師というものは自分等の仲間を生

第二章　宗教記者時代の司馬遼太郎の成長歴

馬の眼を抜く世間で一番クソ真面目なヒ弱い正直者で世間の奴等など泥棒かサギばかりだというおかしな錯覚にとらわれているから"こんなことぐらい世間の奴等に比べたら"と思ってやる悪が常人ではとても出来っこないえげつないことを仕出かしてしまう」といっているがお坊さまはどうでしょう。犯罪面に浮かび上がってくる人々の多くは自分の悪の能力について卑小感にとらわれているのを私はいつも感ずる。

　ご本山といえば門徒には大した権威と聞くがご本山の宗務所を一日廻ってもお念佛を唱える声は一つも聞かない。近代的行政機構の中で労務を提供して賃銀をもらう御坊さまたちはマルクスに遠慮してソロバンをはじく間だけはお念仏を遠慮しているのかしら。わざわざ仲間同志の間でお称名でもあるまいと照れ臭いのかな。

　編集局長の命令で各宗各派の新しい信仰運動をまとめて書けといわれたが近頃こんな困った企画はなかった。材料はないのではなかろうけれどもニュース面にとりあげるだけに表面化し具体化した運動か見つからないのである。お東の真人社運動はあるけれども一つじゃ記事にならない。探しまわったが、ついに書けなかった。むろん信仰は集団合唱じゃないんだからタテヨコを結んで、あえて運動を起こす必要はないじゃないかといわれればそれまでだけど「何処そこに何の太郎兵衛あり篤信にして一隅を照らす」だけでは雑誌「信仰」の話題にはなっても新聞記者にはならないのである。私の当惑顔を顧て某本山の中堅が首スジを平手で叩きながら笑った「ここではそんなことを起こそうものなら早速これだよ」。

　宗教を担当するようになって最も驚いたことの一つはこの世界の売官制の徹底ぶりだ。ここまで徹底すれば何かそこに天真爛漫さを感じて笑って了うより仕方がない。こんなのを「お釈迦様でもご存じなかったろう」と憤慨するのも野暮だ。数百年来凝りに凝った不感性をよく認識してからこの世界を観るべきだろうとも極言して見たい。極言をいかる人には私の瞳孔があまりビックリでひろがりっぱないになっている所為だからかもしれないと辯解しようか。

　悪口がすぎたようです。もっと毒ずきたいのだけれどもそれではますます雑誌の性格から遠のきます。①

---

①　福田定一「一記者の眼」『信仰』第三巻第 6 号 1948 年 6 月 10 日。

痛烈な風刺に溢れた仏教界への批判である。冒頭に、司馬は「安っぽい現実主義で宗教を社会現象として見る」という新聞記者の立場を表明した。かつて仏教が受け持った墓地をキリスト教に渡そうという発言に対し、無感覚で向き合う仏教徒の姿が指摘される。坊さんは聖職者という傲慢ぶりを見せるが、実は修行もしなく、お金を稼いでいるだけだという。権威、尊いと思われる仏教界を、実際に売官制が横行し、自由に発言できない暗黒の世界のように描かれる。最後に、司馬はこのような世界でのあらゆる運動は尊敬に値するものでもなく、新聞記事にもならないと結論する。これまで宗教を取材してきた司馬は、この激烈な原稿を雑誌編集部に届けた時、編集者たちもさぞ当惑しただろう。

以上のような司馬の認識を検討する場合、戦後民主主義改革の中で急速に影響力を衰える宗教界、という社会的背景を認めなければいけない。信教および思想の自由の確立を要求したポツダム宣言に基づき、占領軍は国家と宗教の分離運動を強力的に展開した。終戦早々、占領軍より「人権指令」「神道指令」が実施され、戦前強制的だった神道の国家的行事や特権を廃止し、宗教を共同体の習俗として信仰の自由を保障した。一方、信仰の自由は仏教界においても大きな波紋を及んだ。埋葬はほぼ排他的に仏教の領分と見なされてきたが、占領軍の改革により、私的墓地、各教会境内に新しい墓地、納骨堂を是認した。神社と同じような措置で、嘗て寺院によって利用された国有地（土地、農地、森林など）は返還、売却、譲渡等が推し進められた。寺院は空襲により破壊され、インフレ危機も起こり、参拝者の賽銭も激減し、仏教界は深刻な財政問題に陥った。聖職者は生活を維持するために、パートタイムの仕事を探さねばならなかった①。このような戦後仏教界の惨憺たる光景と対面しながら、司馬は仏教界が自尊、権威がすべて失われたとし、その価値を認めなかった。

本章は、司馬の学生運動、仏教を扱う態度はどれほど客観性があるか、というのを問題にしない。むしろその態度から一定の世界観が露呈したということを強調したいのである。「一記者の眼」において、司馬は戦後代表的なニヒリズム作家、坂口安吾の言説を援用し、「人間は自分の悪の能力に卑少感に捉えられる」という見解は、仏教界でも通用すると述べ

---

① 「第21巻　宗教」『GHQ日本占領史』（日本図書センター、2000）。

る。司馬は坂口の作品に共感を覚えただろう①。1955年坂口の死去に際し、司馬は『大阪新聞』において坂口の力作を列挙しながら、「これほどの戦後男はない」「徹底的な自由精神」と絶賛する②。戦後社会を風靡した坂口の作品は、当時司馬にとって、天啓のようなものであった。学生運動、仏教に対して、何の興味も示さなく、しかもその価値や権威を一切否定するように、少なくとも1948年まで、司馬もニヒリズムに巻き込まれた不逞な青年であった。ところが、司馬のニヒリズムは長く続かなかった。仏教界との接触が深まるにつれて、それまで自分は「いかに浅薄であるかが分かってきた」のである。

第三節　宗教界での日々

　1948年「一記者の眼」の後、司馬は『信仰』への寄稿を一旦中止したように見える。五年後の1953年、司馬の文章が再び『信仰』に現れた。司馬は大阪に転勤した時期であった。京都から離れながらも、京都の出版社と信頼的関係があったからだと思われる。

　「"門前の小僧"五年」という文章である。題目のように、司馬は京都仏教界で取材した五年間を「門前の小僧」と自嘲する。その中で、司馬は「一記者の眼」に現れた仏教への大胆不敵な構えを深く反省し、その認識は劇的な転換を見せた。司馬はかつて自分の言論に対して、失礼や誤りを感じただろう。筆者はそれまで司馬の小説やエッセイを数多く見てきたが、これほど自己反省、自己批判を行った文章はない。これらの意味では、「"門前の小僧"五年」が、司馬の思想的転換を知る格好な資料として、極めて重要だと考える。

　司馬の成長歴をまとめてみよう。二十代という血気の年頃、司馬は他の誰でもやりたがらない宗教取材を任された。自分の青春時代は古寺古刹の中で埋めるとして、気持ちは落ち込んでいたようだ。にも関わらず、司馬は仕事を遂行しなければいけない。そこで、仏教教団に関する基本知識を備えるため、司馬は本願寺関係の史料を勉強し始めた。中世

---

① 「ニヒリズムの系譜」『戦後日本思想大系3――ニヒリズム』（筑摩書房、1968）p. 23。
② 「坂口安吾の死」『大阪新聞』1955年2月19日。

末期から近世初頭にかけての本願寺勃興期の歴史において、司馬は当時民衆の思想に注目した。そこで、一向宗に影響された当時の民衆思想では、「社会」や「個我の自覚」がすでに存在したことを知った。仏教史を手がかりとした「素人歴史」の勉強を通じて、嘗て青春を埋めると思われた寺院は、今「素晴らしい宝庫」として再認識されたわけである。それだけではなく、「銘菓"松風"を作った史上の人物の子孫が、今も"こんちは、きようはお菓子の御用はおへんか"」や「地震にあった時、平素は念仏の気配もない男が忘我で念仏を唱えた」ことから、司馬は歴史が断続せずに、現代においても本願寺の強い底流を実感しているという。

> ツヤは後天的な環境にもよろうが、遺伝的によって来ったものであるかもしれない。何代も何代も続いた信仰の血の集積が皮膚ににじんでいるとでもいおうか。むろん、こんな推測は、科学的でもなければ、宗義的にも全く関係なあてずっぽうである。しかし、もし信心によって性格異変が起り、それが遺伝として子孫に多少でも伝わるとすれば、血脈相続を続けて来た真宗人は、先祖に負うところの多い、恵まれた資質の持ち主ということがいえる。繰り返していうが、こんな意見は科学的でもなく宗義的でもない。①

仏教の非合理的な性格を認めながら、司馬は「血脈相続」「遺伝」といった信仰の伝統は現在まで続き、仏教界、さらに一般の民衆の間でも染み付いていると主張する。「一記者の眼」において仏教界のあらゆる価値を否定することに対し、「"門前の小僧"五年」では、仏教の価値を絶賛するようになった。その言説の中に、感情的あるいはリップ・サービス的な部分があるかもしれないが、寺院において、司馬は諸師から丁寧な指導を受け、史料を勉強しながら、歴史的連続性という保守的体験をしたのである。

第四節　法隆寺、金閣寺炎上

ところで、仏教界の不祥事は1948年以降も相次いだ。1949年9月26日朝、奈良県斑鳩町にある法隆寺金堂から出火し、世界最古の木造建築物で

---

① 福田定一「"門前の小僧"五年」『信仰』第八巻第5号 1953年5月10日。

第二章　宗教記者時代の司馬遼太郎の成長歴

ある同金堂が全焼され、金堂にある国宝壁画が大半失われた。原因は漏電による失火とされたが、五十年間法隆寺貫主を務め、国唯一の法相唯識学者佐伯胤は責任を感じて、辞意を表明した。皮肉なことに、一年も立たない1950年7月2日の未明、京都市にある国宝金閣寺が炎上した。直ちに放火人は仏教弟子、林承賢だと判明された。重要文化財が相次いで失われ、日本全土で衝撃が走り、文部省は国宝の再建、法律の整備、保護意識の向上など、社会に呼びかけていた。

　日頃京都の寺院を回り、のんきな記者生活をしていた司馬にとって、金閣寺炎上は唯一な大事件であった。事実解明を急ぎ、司馬は火災の本筋取材とは別に、直接金閣寺の庫裡に入り込み、内部からの取材を試みていた。その庫裡の黒板に犯人が書いたと見られる「また焼いてたるぞ」という文字を見つけた。後に司馬は事件に関わる人物、金閣寺村上慈海住職と会見ができ、その内容を自ら執筆して3日の産経新聞で発表した①。『朝日新聞』における「孤独な性格」というタイトルに対して、『産経新聞』では「犯人宗門に不満」を題にして、異なった側面から村上住職の話に焦点を当てた。

　　犯人宗門に不満　村上住職談
　　法隆寺の先例もあり全く申訳がない。午後六時に門を閉め九時に見回りを行った。アトは夜中の警戒をしていなかった。放火犯人の林は無口な孤独的な性格で最近学校もよく休むので再三注意したら突然退学すると言い出していた。平素思想的な面で宗門に対する不満があったようだ。
　　宗門へ不満の弟子が放火（摘録）
　　なお平素は「宗門は金閣寺という財源の上に眠っているから衰退していくのだ。これがなければ、宗門の僧達も真剣な教化に乗出し教勢もかえってあがるんだ」と周囲の者に語っていたこととにらみ合わせてこの放火に至るまでの林の心理には村上師に対する反感のほかに宗門に対する思想的なものもあるものと見られている。②

---

① 同本章の掲注3、p.106。なお、「独占取材」とか「他の諸紙を圧倒した」とか司馬の取材活動が好評されるが、当日の『朝日新聞』においても村上住職の言論が掲載され、内容も同じような記事であった。

② 「犯人宗門に不満　村上住職談」『産経新聞』1950年7月3日。

司马辽太郎的日本战后民族主义——以其记者时期的思想为中心

　　司馬は『産経新聞』において、「宗門への不満」が放火の心理につながったのではないかと報道した。この記事は必ずしも司馬自身の意志を反映するわけではないが、法隆寺の火災を経て、「宗門への不満」を司馬は金閣寺で目撃したのが間違いない。一連の惨事を経て、それまで失墜した仏教界さらにどん底まで追い込まれてしまった。1948年まで仏教界を容赦なく批判した司馬は、これらの惨事をどのように受け止めたのか。「"門前の小僧"五年」では、司馬は次のようにコメントする。

　　　世間が、いかに宗門に対して無思慮であるか、それは、かつての法隆寺失火の責任の一部があたかも法隆寺当局にあるのかのように述べられていたことを思いだされたい。さらにその後、舎利器調査にさいして、当初、あくまでもそれを拒んだ佐伯貫主の態度が、いかにかれらによって攻撃されたかを思いだされたい。その「頑固」に対してまるで学問の敵、真理の敵のように、よばわれた事実を思いだされたい。
　　　いわゆる世論は、千数百年来、あの世界的古建物が、全く奇跡的に護られて来た事実を忘れている。そして、その「奇跡」がだれによって、また「誰」の「何」によって護られて来たか、という最も重大な事実を、故意か、無智かによって忘れてしまっていた。
　　　「誰」というのは、法隆寺を護持して来た代々の僧侶であり、「何」というのは、それら僧侶が受け継ぎ、受け渡して来た信仰の伝統というものであろう。その金堂を護持して来た「最後」の住職が不幸にも佐伯老師であった。老師は事に処して、その護持者、信仰者としての気魄を十分にあらわした。老師にとっては、建物は、文化財であるから尊いのではなく、仏法の道場であるから尊いのだ。仏像に対しても、むろん、そうである。①

　　司馬は寺院が文化財を千数百年守って来たとして、火事の責任は法隆寺当局にないと援護した。司馬は文化財よりも、伝統や教法の道場を大事にする信仰者の精神世界こそ尊敬すべきだと主張する。信仰者の精神世界という「最も重大な事実を、故意か、無智かによって忘れてしまっていた」と述べるように、仏教を軽視するという認識は、社会全体に広がっている現象として、司馬はより懸念を抱いたのである。もちろんこのような認識は、突然な事件によって変わったわけではない。先ほど触れたよ

---

① 同本章の掲注 12。

第二章　宗教記者時代の司馬遼太郎の成長歴

うに、司馬の思想の転換は仏教界との接触が深まるに連れて徐々に意識されたと考えられる。興味深いところに、当時の文部省やマスコミの論調と異なり、司馬は文化財の焼失に対して、無念、憤慨、不安といった気持ちは現れていないようだ。

　私は、不幸にも審美的音痴だから、古美術の宝庫のような京の寺々を歩きまわっていても、これはと感じたことはほとんどない。文化人の皮は一応かぶる必要があるから、同行の人々の賞嘆に和して調子は合わせたり、古美術書を読みかじって心にもないことを口走ったりするが、内心、荒涼たるものである。気障ないい方かもしれないが洛中洛外の寺々を訪れる楽しみの大半は、その建物の中に住む「人」にあった。①

そもそも美術に無感覚の司馬は、美術を代表する京都の寺院や建物にも興味がないと率直に認めた。にも関わらず、仏教界の建物について解説を書くという仕事を遂行せざるを得ない。そこで司馬は建物が「いかに文化財としてすぐれたものであったか」を読者に伝えるため、「諸権威の意見を全面的に」引用し、自分の主観を全く入れていないと述べる。宗教記者を勤めながら、文化財に対する格別な愛着が見られない。この点について、金閣寺炎上の取材に追われた時、司馬は「火事現場にとんでいった私は、不意にろうばいした。数年も宗教をうけもっていたくせに、怠慢にも、焼ける前のその建物（金閣寺、筆者注）を見たことなかったのである」との言葉からも窺える②。このように、文化財にさほど興味がない司馬は、その「楽しみの大半は建物の中の人」であった。1955年の『名言随筆　サラリーマン金言』において、司馬はそれまで十年の記者生活を次のようにまとめる。

　私は新聞記者という職業についている。此の職業は、一種の内地留学ともいうべきフシギな体験のできる職業なのだ。十年の間に、私は、警察、裁判所、府庁、大学などと、五六ケ所の受持を遍歴した。たとえば、府庁を受持った二年間というものは、ミイラとりがミイラになるというのか、その職場の動きを観察するうち、その職場の特有の生活感情に染まっ

---

① 同本章の掲注 12。
② 同本章の掲注 5。

て自分とは異質な職業人と哀歓を共にするようになった。この本の活字の裏には、かつて私と日常を共にしてきた下級警察官や大学事務員、地方公務員などの生活感情が、私なりに混和されて流れていると思っている。数種の職業を心理的に体験したことがあるいは著者がいえる唯一の手前ミソかもしれない。①

　サラリーマン記者として決まった職場を持たないが、「数種の職業を心理的に体験し」「その職場の特有の生活感情に染まって自分とは異質な職業人と哀歓を共にする」ことが、記者生活の唯一な収穫だと述べる。 司馬にとって、さまざまな人との接触を通じて、彼らの精神世界を観察するのが新聞記者ならではの職業感覚であった。 先ほど「"門前の小僧"五年」において、司馬は伝統を守る信仰者の精神世界に注目したことに触れたが、その関心は基本的に一致している。 いずれにせよ、「物」よりも「人」というのは、司馬の新聞記者時代に形成された特別な関心であり、それが戦後日本人の精神構造という問題意識への重要な基盤をなしたと考えられる。

　仏教に「非礼」な青年から、「宗門人は、宗門の今日、明日を憂えるよりも、むしろ、自らの信についてひたすらな道を歩むべきであろう」と唱えるまで、司馬は「門前の小僧」と自嘲し、その五年間の成長歴を述べた。 後に司馬は「本願寺の門徒」と自称することから、宗教記者を勤めた五年間はいかに重要であったことが分かる②。 ただ「本願寺の門徒」とは、仏教の教義といった抽象的世界に惹きつけられたのでなく、信仰者の精神世界への再認識という意味で使われる。
　このような再認識は三つの特徴がある。 第一、これは仏教が急速に影響力を失った戦後という時期に当たる。 仏教の社会的価値が無視される状況に対して、司馬は深刻な危機感を抱いた。 第二、文化財といった「物」よりも、司馬は仏教界の「人」に注目したのである。 法隆寺や金閣寺火災による文化財の焼失に対して、司馬はあまり気にしていなかった。 それは、金閣寺を絶対的な美として描こうとする三島由紀夫と根本

---

① 福田定一『名言随筆　サラリーマン金言』(1955、六月社) p. 9。
② 「日本人と『絶対』の観念」『司馬遼太郎対話選集 5』(文芸春秋、2006) p. 149。

第二章　宗教記者時代の司馬遼太郎の成長歴

的な違いだと述べられる①。　第三、仏教界での勉強を通じて、司馬は歴史的連続性という保守的体験したのである。　本願寺に関する史料から、司馬は一向宗に影響された中世の民衆思想は、現在の人々の思想にも潜んでいる、という「強い源流」を体感した。　いずれにしてもこのような再認識は、当時の社会背景を反映するとともに、戦後一青年はいかにニヒリズムを脱出し、新たな価値観の再建に向かう一例として注目されたい。

　実は、失墜した仏教界という問題だけではなく、司馬は「"門前の小僧"五年」において、より大きな社会的運動に巻き込まれたことを言明する。

　　ここ数年、宗門人は、「封建」という言葉をあまりにも畏れすぎた。世間が無反省に投げつけた封建という言葉に、宗門もまた、時には無思慮でありすぎた。いな、宗門の上下で、このことについての反省が鋭く行われつつあるようだ。それは決して逆コースではない。②

戦後民主主義改革が強力的に推進される中、宗教界は「封建の牙城」と見なされてきた。　司馬は戦後民主主義改革に賛同する立場を取らず、改革における「影」の部分に焦点を当てるのである。　そこは司馬のより大きな問題の所在であり、それが1950年代前半における「逆コース」といかに連動するかについては、次の議論に回したい。

---

①　同本章の掲注 19。
②　同本章の掲注 12。

第三章　『大阪新聞』と司馬遼太郎
——その地域主義の出発

　新聞記者時代の司馬は、『産経新聞』①と『大阪新聞』両方で活動したことは、多くの文献で紹介されている。 もちろんこのような仕事ぶりは、司馬だけではない。 戦前から両紙は互いに協力的関係で、同じ建物で編集を行い、夕刊は『大阪新聞』から、朝刊は『産経新聞』から発行した。 会長・社長から部長・次長までは、常に両社兼任の形で、記者はつねに両社並列の名刺を持ち、両紙の投稿を兼ねていたそうだ。 両紙の姉妹関係について、『大阪新聞75周年記念誌』において詳しい紹介があるため、要点だけ並べておこう。

　　1922年　大阪商人前田久吉が「南大阪新聞」を創刊。
　　1923年　日刊化され、「夕刊大阪新聞」に改題。
　　1933年　夕刊大阪新聞社から産業経済新聞の前身「日本工業新聞」を創刊。
　　1939年　日本工業新聞社（1942年産経新聞社に変更）が成立し、夕刊大阪新聞社と分社化。
　　1942年　夕刊大阪新聞社と大阪時事新報が合併、題号は『大阪新聞』に。その後株式会社産業経済新聞社が発足。
　　1945年　大阪大空襲により、大阪新聞社屋に産経新聞社に移転。
　　1954年　労働組合の名称を産経新聞・大阪新聞労働組合に変更。②

　以上のように、『産経新聞』は『大阪新聞』を母胎にし、その両紙は二

---

① 「産業経済新聞」「サンケイ新聞」「産経新聞」と時期によって紙名は異なるが、以下は『産経新聞』に統一する。
② 『大阪新聞75周年記念誌』（大阪新聞社、1997）pp. 138-141。

人三脚で新聞事業を拡大していく経緯が分かる。このような共同組織に、司馬が組み込まれたのは当然だが、新聞記者時代の司馬と言えば、『産経新聞』と結びつくことが多く、『大阪新聞』はあまり想起されない、という現状がある。その原因について、次のような三点が考えられる。

第一、文献の不備。新聞記者時代の司馬に関する代表的な書物は産経新聞社編集の『新聞記者司馬遼太郎』であろう。その中で、司馬は『大阪新聞』のための記事が一部披露される。しかしそのほかに、司馬は両紙での役割、すなわちどのような担当が『大阪新聞』、あるいは『産経新聞』になるか、明らかでない。司馬は大阪新聞社において活動があっても、産経新聞社という枠組みでぼかされてしまう。

第二、発信力の強弱。嘗て大阪・関西地域で80万の販売部数を誇っていた『大阪新聞』は、80年代以来勢力を失い、2002年に産経新聞に統合され、事実上廃刊となってしまう。それに対して、『産経新聞』は全国紙として地位を固め、産経新聞社の勢力は強まる一方である。『産経新聞』のみならず、司馬の多くの小説やエッセイなどは「週刊サンケイ」「随筆サンケイ」「正論」といった産経新聞社の出版物に掲載されている。司馬の影響力を発信するために『産経新聞』のほうがより有力な後押しになるだろう。

第三、史料は僅少さ。司馬が『大阪新聞』で執筆した記事は、現在の出版物では一部披露される。しかし、戦後活躍していた『大阪新聞』は、その紙媒体が日本の各図書館では所蔵されていない。永年保存のマイクロ式は国会図書館だけあるが、経年劣化のため、記事の一部も閲読不能の状態になっている。『大阪新聞』と司馬の関連性について、記録や証言は散見されるものの、独立した研究対象として扱われていないのは、以上のような文献的状況と関係している。

しかし、司馬の活動を『産経新聞』『大阪新聞』と区別しなくていいのか。同じ場所で共同編集を行うのは事実だが、両紙は趣意が全く違う。「全国紙」「経済紙」を目指した『産経新聞』に対し、『大阪新聞』は「地元紙」といった方針に取り組んでいる①。異なった趣旨に従って、司

---

① 「大阪新聞には戦前から培った地元紙としての魅力と、全国紙・時事新報(後に産経新聞に吸収される、筆者注)の実力が兼ね備わっていた」として、戦後、社長の前田久吉は「新聞制覇」を発案し、『大阪新聞』は大阪の「地元紙」、『産経新聞』は東京に進出する「全国紙」として、それぞれの役目が決められた。同本章の掲注2、p.69。

馬の仕事の量や担当なども傾斜があるはずだ。この意味で、『大阪新聞』といった特定した環境で、司馬を検討する必要があるだろう。本章は、司馬は『大阪新聞』に関わった活動や一次文献を明らかにし、『大阪新聞』で培った彼の地域主義的思想を戦後ナショナリズムの一展開として把握してみたい。

第一節　年譜への再考から

　『大阪新聞』時代の司馬を検討する前に、基本資料である年譜に触れてみたい。1974年『司馬遼太郎全集』において、司馬自身がまとめた「年譜」は草分け的存在であろう。司馬の新聞記者時代について、次のように紹介する。

> 昭和二十一年(一九四六)二十三歳
> 新日本新聞(京都本社)入社。大学・宗教記者となる。
> 昭和二十三年(一九四八)二十五歳
> 新日本新聞社倒産。
> 五月　産経新聞社京都支局に入社
> 昭和二十七年(一九五二)二十九歳
> 七月　大阪本社の地方部に転勤
> 昭和二十八年(一九五三)三十歳
> 五月　文化部勤務となり、文学・美術を担当する
> 昭和三十年(一九五五)三十二歳
> 『名言随筆・サラリーマン』(福田定一の名で発表・六月社刊)①

　一年ごとに一行も足らない言葉で、司馬は自分の十年間を追って記録した。これは1961年以降、すなわち小説家時期の膨大な記録と比べれば、あまりにも対照的である。これに加筆し、司馬は「自伝的断章集成」を発表した②。それ以降、これらの文献に依拠し、山野博史を始め多くの年表が作成されたが、新聞記者時代の情報の不十分さは変わらないままで

---

① 「年譜」『司馬遼太郎全集 32』(文芸春秋、1974) pp. 510-513。
② 「自伝的断章集成」『司馬遼太郎の世界』(文芸春秋、1996) pp. 419-441。

第三章 『大阪新聞』と司馬遼太郎

ある。
　しかもその中に、「産経新聞社京都支局に入社」という誤解を招きかねない表現がある。産経新聞の同僚青木彰は次のように回想する。

　　産経に残る「福田定一（司馬遼太郎）」氏の人事記録によると、司馬さんは、昭和二十三年六月一日付で産経の姉妹紙である大阪新聞に入社、直ちに大阪新聞・産経新聞京都支局に配属されている。[1]

　司馬が入社したのは大阪新聞社だと明白に証言している。当時の人事記録を用いた青木の説は説得力があるだろう。入社直後、司馬は他の雑誌に投稿する時、「大阪新聞記者」と署名し続けたことも、青木の説の証左となる[2]。1952年に、すなわち大阪転勤してから、司馬は「産業経済新聞文化部」や「産経紙」と名乗るようになった。司馬の人事関係がその時初めて産経新聞社に移ったのである。青木は、司馬の大阪本社での人事異動について、次のように紹介する。

　　1952年7月　　大阪本社地方部
　　1953年5月　　文化部勤務、文学・美術を担当
　　1956年2月　　文化部次長
　　1959年11月　部長代理
　　1960年1月　　文化部長
　　1960年4月　　産経出版局大阪駐在編集部長
　　1961年3月　　産経を退社[3]

　この経歴によれば、1959年11月の「部長代理」は、どの部長代理であるか明らかにしていない。1956年から60年までという五年間、人事異動がないように思える。しかし『大阪府年鑑』では、1958年に司馬は「運動・サンケイスポーツ編集長」になり、1959年に「婦人部長」になった、

---

[1] 青木彰『司馬遼太郎について――裸眼の思索者』「司馬遼太郎という新聞人」（NHK出版、1998）p.148、なお、同文章は『新聞との約束――戦後ジャーナリズム私論』（NHK出版、2000）においても転載されている。
[2] 署名のことに関して、『司馬遼太郎が考えたこと1』（新潮社、2001）における「作品譜」を参照のこと。pp.380-381。
[3] 同本章の掲注6。

という記録がある①。 それまで『大阪新聞』文化欄において、司馬が執筆した記事が多く記載されるが、後急に姿を消したのも、だいたいこの時期に当たる。 それが事実であれば、一般的に知られている「大阪本社で八年間ずっと文化部にいた」という状況ではなく、頻繁に転勤をせざるを得ないのが、新聞記者時代の司馬の実態であろう。

第二節 『大阪新聞』という居場所

絶えない転勤について、司馬はどのように受け止めたのか。 1955年頃に出版された『名言随筆 サラリーマン金言』において、司馬は自分の新聞記者生活を次のようにまとめる。

> 私は、新聞記者(産業経済新聞社)である。職歴はほぼ十年。その間に、社を三つ変わり取材の狩場を六つばかり遍歴した。
> むろん最初の数年間は、いつかは居ながらにして天下の帰趨を断じうる「大記者」になってやろうと、夢中ですごした。まったく青春をザラ紙の中で磨り減らした観さえあった。しかし、コト、ココロザシとちがって、駆出し時代の何年かはアプレ記者と蔑称され、やや長じたこんにち、事もあろうにサラリーマン記者(!)とさげすまれるにいたっている。
> 時代は、新聞記者に対して良き意味でのサラリーマン記者たるよう要請している。野武士記者あがりの私なども、昭和二十三年春現在の社に入って以来、記者修業よりもむしろその点にアタマを痛めることが多かった。②

「社を三つ」とは、新世界新聞社、新日本新聞社、そして産経新聞社のことである。 「六つの狩場」とは警察、裁判所、府庁、大学、お寺などの受持現場という③。 自分の予想とずれてしまい、青春の十年間まともな知識を得ないまま、転勤ばかりしてきた、という司馬の感傷的心境が読み

---

① 新大阪新聞社編集『大阪府年鑑』昭和33(1958)年版 p.523、昭和34(1959)年版 p.525。
② 福田定一「著者の略歴」『名言随筆 サラリーマン金言』(六月社、1955)p.151、p.163。
③ 同本章の掲注10、「この本を読んで下さる読者の方へ」p.9。

第三章 『大阪新聞』と司馬遼太郎

取れる。「正直な話」を題にしたエッセイにおいて、警察の取材が「頭の働きの敏捷でない私には不向き」と述べ、「誰もやりたがらない」宗教担当がに入ったが、その理由について「べつに関心があったわけではなく、すごく暇だから」という。美術の担当は、なおさら「美術そのものに造詣もなく興味もなかった」と苦情をこぼす①。それにしても司馬にとって、サラリーマン記者の転勤は逆らえない運命である②。

さて、大阪新聞京都支局に勤めながら、司馬は『大乗』『同朋』『未生』『信仰』といった京都にある仏教雑誌に、小説やエッセイを寄稿していた③。宗教雑誌といっても、司馬の文章は宗教とさほど関係がなく、むしろ歴史文化に近い平明なものである。頻繁な転勤の中、心の慰めとして、司馬は自分の興味を続々と発表したのだろう。筆者は、その時期司馬の作品を調査した結果、京都を題材にしたものは数多くあるが、故郷大阪に関わるものはまったく見当たらないことが分かった。すなわち「大阪生まれ、大阪育ち」と自称する司馬は、その二十九歳すなわち大阪に転勤するまで、大阪に関心がなかったのではないか。

1952年7月に、大阪の交通要衝、北区梅田二十七番地に産経会館(サンケイビル)が完成した。大阪新聞社も産経新聞社も西区江戸堀下通一ノ五三ノ四から産経会館に移ってきた。新聞活動に必要な最新設備の充実した、関西屈指の高層建築だと言われる。このような新聞社が拡大する時期に、「京都に福田という文章のうまい記者がいる」ということで、司馬にもう一度人事異動の社命が回ってきた。今度は大阪本社地方部だという。司馬は京都支局長の松村収に義理があるとして、転勤に難色を示したが、社命を引き受けざるを得なかった④。しかし、この不本意な異動の

---

① 『司馬遼太郎が考えたこと1』「正直な話」(新潮社、2001) pp.243-248、初出『華麗』第二号、1961年5月。
② かといって、司馬は新聞記者時代のことをすべて否定するわけでもない。「その職場の動きを観察するうち、その職場の特有の生活感情に染まって自分とは異質な職業人と哀歓を共にするようになった。数種の職業を心理的に体験したことがあるいは著者がいえる唯一な手前ミソかもしれない」と語るように、取材のため、司馬は早くから人々の精神構造を観察することができたのである。同本章の掲注8、p.55。
③ 『司馬遼太郎が考えたこと1』(新潮社、2001)『司馬遼太郎短編小説全集1』(文芸春秋、2005)。
④ 『新聞記者司馬遼太郎』(産経新聞社、2000) p.115, pp.57-58。

ため、司馬は大阪本社を拠点として、大阪の地元知識人と接触ができ、さらに大阪を発信する代表的な作家になるとは、想像もしなかっただろう。

　大阪新聞社京都支局から産経新聞社大阪本社地方部へ転勤した当初、司馬の仕事は依然満足に行くわけではない。最初の勤務は、「西日本各地の支局から送られてくる原稿を受けて、三十種類もの地方版をつくる、地味な内勤仕事だ」と言われる。翌年文化部に移動したが、そこで嫌いな美術をもう一度担当されるということで、司馬は非常に不満があったという。京都支局からきた「新米」という立場を考えあわせれば、このような「冷遇」は無理もない。まして『産経新聞』という、名の通り経済、産業を中心とした新聞紙にとって、文化や美術は傍流に過ぎないだろう①。紙面を見れば、新聞連載小説や文化関係の記事は、「婦人経済」紙面に組み込まれ、とりわけ記事は短く、しかも断続的しか掲載されていないことが分かる。文化欄の編集、連載小説の連絡役を担当した司馬は、その能力を生かすことが極めて制限されたのではないか。

　僚紙である『大阪新聞』は、状況がやや違う。文化関連の記事は重要視されるとは言えないが、同紙は毎週木・土曜日に八頁が発行され、第六頁に「文化欄」が独立した紙面として常設される。ところが人手不足で、文化部は常に追いつかない状況であった。当時「専属ライター」であり、後に同人誌『近代説話』の発起人である寺内大吉（1921—2008）は次のように回想する。

　　当時、「大阪新聞」の学芸欄はまことに貧弱で、記者も松浦（行真、筆者注）のほかに若手が二人いただけである。学芸欄に限ってはローカル新聞で、そのかわりずいぶん勝手なことができた。専属ライターみたいな私は、書評、文壇ゴシップ、文芸時評等々、何でもやった。②

　このような状況で、司馬を含め、産経新聞社文化部のスタッフも『大阪新聞』に加わったと考えられる。『大阪新聞』文化コラムにおいて、司馬

---

① 当時の『産経新聞』は、経済産業、婦人家庭記事が主体であった。70年代に「産経三大路線」、すなわち「企業ニュース」、「婦人家庭」、「正論」を新聞社と柱とされた。いずれも、文化関係の記事は重点に置かれない。『新しい時代へ。サンケイ新聞創刊50周年特集』（サンケイ新聞社、1983）表紙。
② 寺内大吉『史脈瑞応——「近代説話」からの遍路』（大正大学出版会、2004）p.32。

は編集、連絡役を勤めながら、自ら執筆もした。最初の頃、ライターは手が回らない時に、司馬が代筆したり、「無署名の囲い物の文章」を書いたりした①。

このような事情で、司馬は大阪新聞社文化部とより緊密な関係を持つようになった。三浦浩は大阪新聞社文化部で先輩である司馬との付き合いをよく言及するし、挿絵家の風間完は司馬に初対面したのは、「大阪新聞のデスク」だと証言する②。さらに1953年11月から、司馬は『大阪新聞』文化欄に大量の原稿を送り始めた。この時点で、司馬は『産経新聞』よりも、『大阪新聞』のために精力的に働き、それを本業のように扱っている姿勢さえ見せたのである。筆者は『大阪新聞』を、新聞記者時代の司馬のもっとも重要な居場所として想定したのも、これらの文献によるものである。

第三節 「風神」の活躍

福田定一の筆名、「司馬遼太郎」については、いまさら紹介することもないだろう。しかしその一方、司馬は『大阪新聞』文化コラムにおいて、もう一つのペンネーム、「風神」を約二年間使っていたことは、それほど知られていない。管見の限り、司馬が自ら「風神」に触れたのは一回だけだが③、『大阪新聞』の関係者は、そこから若き司馬の優れた文章力を見極めたという。例えば、三浦浩は「風神のコラムは、ウマイとしか、いいようがなかった。博覧強記に裏付けされた才筆、この人は天成のコラム書き、いまのことばでいえばコラムニストだとおもっていた」と絶賛する。『新聞記者司馬遼太郎』では、「風神」の投稿計十五点が披露され、「先見性、含蓄があり、なにより面白い。司馬さん、三十一歳と思えない変幻自在の妖筆である」と評価される。ところが、これほど評価された「風神」とその文章はなぜか注目されていない。本節では、

---

① 代筆の「魂胆」について、『新聞記者司馬遼太郎』(産経新聞社、2000) p.148を参照のこと。匿名の投稿については、同書 p.55における藤沢の回想、それに「司馬遼太郎月報 3」p.22『司馬遼太郎全集 11』(文芸春秋、1971)の証言がある。
② 三浦浩『菜の花の賦――青春の司馬さん』(勁文社、1996)『司馬遼太郎の跫音』「鹿児島取材旅行」(中央公論社、1998) p.482。
③ 山野博史「足立巻一」『発掘司馬遼太郎』(文芸春秋、2001) p.186。

「風神」の成立事情を整理し、「風神」が書いた記事をまとめて紹介してみたい。

『新聞記者司馬遼太郎』によれば、「文化部では毎週、企画会議を行なっていた。部員一同集まって、新しい企画や、翌週に取り上げるテーマを決め、担当者に割り振る」。そこで、司馬の発案により、『大阪新聞』の文化紙面では「タテ長のコラム欄」が新設された①。「司馬は自分のクレジットを風神ときめて、彬ちゃん（田村彬、産経新聞文化部記者、筆者注）のために雷神というクレジットを用意した」という②。「風神」「雷神」といったペンネームは、京都建仁寺所蔵の著名な「風神雷神図」に由来すると考えられる。執筆状況について、次のように述べられる。

> 「風神」「雷神」「火神」「地神」など、文化部のベテラン記者はそれぞれペンネームを持っていて、交替で執筆することになっていたのだが、紙面に出るのは「風神」が圧倒的に多かった。
> 「編集局長が読み比べて、ボクの原稿はゴミ箱行きになる。書いても書いてもバツになるので、嫌になってしまった」
> こう語るのは、当の「雷神」氏である。③

「風神」の能力は上司に認められ、文化欄に数多く掲載されたという。だが、『新聞記者司馬遼太郎』で紹介された十五点の文章は、果たして「圧倒的に多かった」と言えるだろうか。このような素朴な質問を持ち、筆者は当時の『大阪新聞』を調査した。その結果、「風神」が書いた記事は十五点をはるかに上回ることが分かった。そこで、「風神」は司馬であることが確認できるため、これらの文章は司馬に関する新たな資料として注目に値する。

文末の一覧表で紹介するように、司馬は1953年11月19日から1955年4月29日まで、101点の記事を寄せたことが明らかになる。その後『名言

---

① コラムの名前は「ペーパーナイフ」「すかんぽ」である。『新聞記者司馬遼太郎』では、当コラムはのちに「触覚」と改題したと記述するが、筆者の調査では「触角」であることが分かった。
② 三浦浩『菜の花の賦——青春の司馬さん』（勁文社、1996）p.65。
③ 同本章の掲注18、p.144、なお、三浦浩は「福田さん自身も書き、田村さんも書くはずだったが、田村さんが怠けているとき、ぼくにお鉢が回ってきた」と述べたように、「水神」「地神」は三浦が執筆した可能性はある。同本章の掲注19。

第三章　『大阪新聞』と司馬遼太郎

随筆サラリーマン金言』の出版に追われたためか、司馬は約半年くらい執筆を中断し、「触角」コラムにおいて1956年2月まで6点の記事を継続した①。　1956年以降、司馬は文化部次長に昇任し、また同人誌「近代説話」の創設及び小説の執筆に取り掛かり、その後もスポーツや婦人部長に転勤させられたため、執筆できなくなった、といった経緯が推察できる。　何れにせよ、「風神」の文献は時間的早さにおいても、規模においても、よく知られた『司馬遼太郎が考えたこと1』をはるかに超える新しい資料群である②。

　先ほど触れたように、「風神」の寄稿は78%まで占めており、圧倒的に多かった。　1954年6月まで「風神」と「雷神」は交替に執筆を行ったように見えるが、その後ほとんど「風神」独力で完成した。　代筆や匿名の時期と比べれば、「風神」の時点で、司馬は明白に自分の存在を打ち出し、その能力はより評価されたことが分かる。　「雷神」の記事は、文学関係が大勢であるのに対し、「風神」は文学、社会、芸術、宗教など、より多くの話題を取り上げる。　司馬はそれまでの取材・転勤経験を踏まえて寄稿したのだろう。　三十歳の新聞記者にとって、これほど幅広い話題で深まった議論ができるかどうかは疑問だが、「風神」は当時司馬の思想的展開を理解するため、格好の手がかりと考えられる。

　第二章で議論したように、政治と同期せざるを得ない学生時代を経て、戦場、敗戦を経験し、司馬の価値観における国家主義的な部分は容赦なく崩壊させられた③。　「風神」の文献から、価値観の再建をめぐる重要な側面、すなわち文化原理主義と地域主義といった思想的展開が浮上してくる。　前者に対して、第四章「『逆コース』論争と司馬遼太郎」で詳述するが、ここに、司馬における地域主義の形成と『大阪新聞』との関係について検討してみよう。

---

① 「風神」の記事107点のうち、15点が『新聞記者司馬遼太郎』、1点が『「司馬遼太郎が愛した世界」展』(NHK、朝日新聞社編集、1999)に収録されている。
② 例えば、よく知られた『司馬遼太郎が考えたこと1』では、1953年から1961年にかけての文献、計88点が収集されるが、「風神」の文章は1953年から1955年まで、一年間半でも106点が確認された。
③ 第一章「戦時中の市立御蔵跡図書館と司馬遼太郎」を参照のこと。

第四節 「大阪第一主義」を掲げた文化欄

　前文に述べたように、大阪本社に転勤するまで、司馬は大阪と実質的接点がなく、関心も示していなかった。現在の文献の中で、司馬が大阪を初めて言及したのは、1955年9月に発表されたエッセイ「モダン・町の絵師・中村真論」だろう。ところが「風神」を参考すれば、1954年8月7日に掲載された「大阪の郷土文学」に遡ることができる。そうであれば、司馬は『大阪新聞』文化欄で執筆した時「大阪」を意識したのではないだろうか。

　先方では『産経新聞』と『大阪新聞』は趣意の異なった新聞であることに触れた。「東京志向」の産経新聞に対して、『大阪新聞』は早く『夕刊大阪新聞』の時代から、「無色透明の大阪第一主義」というスローガンを掲げた①。すなわち「特別な政治的思想をかかげず、住民の生活に役立つ情報」を提供する地元紙として、大阪新聞が発足したわけである。『夕刊大阪新聞』の自負は、次の宣伝文からも窺える。

　　大阪人を「贅六」と呼ぶ。一体「贅六」の名称には、ドンナ意味が含まれているのか。ねばり強くて、底力があって、外柔内剛だと云うのなら、それを甘受して、そしてもっと善い、或る者を取り入れよう。鈍感で、お座なりで、利口一点張りと、云ったような意味なら、大阪人の冠称から、これをどこかへ返上しよう。此の主張で、大阪の活社会と大阪人の家庭を目標として本紙は、大阪及び大阪人に親しみがある、新聞として歓迎された。大阪に生きる人も、生きた大阪を知らんとする地方人にも、一日もなくてはならぬ、新聞となっている。②

　「贅六」や「贅六根性」は、江戸の人が上方の人の抜け目なさをののし

---

① 「此の新聞の本領は無色透明の大阪第一主義で、小型日刊「南大阪新聞」の延長拡大である。新聞紙の誕生は大抵型のもので、政党関係だとか財界に黒幕があるとか或いは新聞記者の古顔が旗揚げするとか筋書ききまっているのだが、此の新聞は道筋がすっかり変わっていて、一寸亜米利加の州新聞の生立と似ている。」同本章の掲注2、p.40。
② 同本章の掲注2、pp.40-41。

った語として使用される①。 「大阪の活社会と大阪人の家庭を目標」とした「夕刊大阪新聞」は、地元の読者を確保するため、江戸・東京を想定したある種の対抗・反発意識を宣伝する必要があっただろう。

このような伝統を引き継いで、戦後社長(産経・大阪)の前田久吉の「東京進出」「全国制覇」企画においては、『大阪新聞』は「東京に出てゆく新聞ではない」と明白に位置づけられる②。 『大阪新聞』は依然大阪、あるいは関西地域をターゲットにした地元紙として、方針が決められたわけである。 このように、大阪地元志向を掲げた『大阪新聞』は、『毎日新聞』『朝日新聞』といった全国紙と競争する有力紙となった③。 その後『大阪新聞』は、「関西人の座右の銘」、「関西の顔」、「東京に負けん」といった姿勢を取り続けた。 ところが2002年に、経済の低迷および経営難に陥り、大阪新聞は産経新聞に統合され、事実上廃刊となってしまう。 これに対して、ある雑誌は「大阪新聞の休刊は関西の情報発信機能の弱体化を表すもので、「大阪的視点」までも失わせつつある」とコメントするように、『大阪新聞』は深く大阪、関西の地域意識に関わっていることが分かる④。

ところで、『大阪新聞』の文化欄では、大阪地元、大阪ゆかりの知識人から数多くの言論や作品が寄せられ、「大阪第一主義」といった伝統を忠実に引き継いでいる。 戦後の『大阪新聞』文化欄で活躍した一人として、雑誌「辻馬車」の同人である藤沢桓夫(1904—1989)がいる。 藤沢は大阪の漢学塾、泊園書院の三代目院主、黄坡の長男である。 泊園書院の学統の受け継いて、藤沢は大阪の文学、文化を発信する代表的作家になる。 司馬は戦時中藤沢の小説『新雪』に心を惹きつけられ、大阪外国語学校蒙古学部に志望したという。 文学青年である石浜恒夫と親交を深め、学徒出陣の時初めて叔父の藤沢に会ったという。 戦後約十年お互いに接点はなかったものの、『大阪新聞』における投稿と取材の関係で二人は再会したのである。 その後司馬は自分の小説や記事を持ち、しばしば藤沢に意

---

① 『日本国語大辞典』(第二版)第七巻(小学館、2004)p.1282。
② 同本章の掲注2、p.67。
③ 1953年から1955年まで大阪における新聞紙の販売部数について、文末表二を参照のこと。
④ 「大阪新聞の休刊にみる関西の陰り」『examiner』2002年10月号、p.57。

見を求めに行ったそうだ①。 このように、『大阪新聞』を拠点にし、司馬は石浜恒夫、藤沢桓夫、織田作之助など、大阪地元作家のネットワークに組み込まれたのである。 そのほかにも、例えば陳舜臣、富士正晴、梅棹忠夫などの大阪ゆかりの知識人と親交も、『大阪新聞』での仕事関係で深まった。 この意味では、司馬にとって『産経新聞』より『大阪新聞』のほうがより重要な場所と言えよう。 仮に司馬は大阪本社に転勤しなければ、その人生の軌跡が大きく異なったに違いない。

第五節　司馬の地域主義的認識

「大阪第一主義」を掲げた『大阪新聞』、とりわけ大阪ゆかりの知識人が集まった文化欄において、司馬も自分の地域主義的な認識を初めて表明した。 その最初の文献として、「大阪の郷土文学」という記事がある。

大阪の郷土文学

前週この面で、荒正人氏が郷土文学の検討という点に触れ、次のような興味ある考え方を示していた。

「『地上』という余り知られぬ雑誌をみていると「外国版」「土のよう文学よもやま話」という座談会がもたれている。農民文学が都会文学への解毒剤と語られているがこれは旧い考え方である。むしろ地方主義とか郷土文学とかいった角度からの新しい検討がのぞましい。郷土小説は、火野葦平の『対馬守の憂鬱』(文学界連載)などの試みもすでに出ている」

残念ながら、荒氏の文章は、主題がほかにあったため、この程度しかふれられていない。

一体、郷土文学とは何か。概念的いえば、一つの風土を身につけた文学ということがいえるだろう。その作家が住んでいる風土帯、その中には数千年来の生活史的な伝統もしみこんでいるだろうし、その圏内の生活人たちには、他地帯にはない特異な気質やものの考え方、特有の言語、習慣などが共通して支配しているはずだ。そうしたものの掘り下げが、自己の体質の追及と焦点をあわせて行われたとき、はじめて郷土文学が生

---

① 藤沢桓夫「若き日の司馬君」「月報 3」『司馬遼太郎全集 11』(文芸春秋、1971) pp. 21-22。

ずるとみていい。①

　司馬は、将来農民文学よりも、郷土文学のほうが都会文学と対抗しうる勢力になる、という荒正人の意見に賛同する。ここに郷土文学の意義について荒は触れていないとし、郷土文学は風土を反映する文学として強みを持っている、と主張するのである。ここで司馬が注目したのは、かならずしも農民文学に描かれた「階級闘争」「資本主義と反動」、あるいは「田園生活」のような主題ではなく、郷土文学はいかに「伝統」、「自己の体質」を表現できるかという点である。ところが、大阪郷土文学の現状は「風土性という性格から程遠い」とし、司馬は次のように批判する。

　　というものなんだが、さてここで考えられることは、大阪の郷土文学ということだ。果して、かつても、また現在も、その名に価いする程のものがありえただろうか。なるほど多くの大阪出身作家によって大阪を題材にした作品が発表されてはきたが、そのほとんどは単に大阪風景に取材したというだけのもので、風土性という性格から程遠いものだし、非常に数少い数□の作品の中には、それに似通ったものがあるにはあるが、それも厳格にみれば、大阪というエキゾティシズムを、中央に売りつけた程度のものにすぎない。
　　非常に困難なことにちがいないのだ。しかしやり甲斐のある未開の分野だともいえる。大阪で踏みとどまって文学活動をしている人々に、根気よくこの点を期待したい。②

　現状としての大阪郷土文学は非常に浅く、すなわち風景を取材したにすぎないという。その原因として、作家が大阪郷土文学を書く動機は、伝統を掘り下げたいのではなく、「中央」からのエキゾティシズムに応えようとするだけだと指摘する。
　本節では、司馬の風土をめぐる郷土文学批判の価値を議論するのが目的ではない。先述したように、サラリーマン記者として、社会のあらゆる分野について広く発言させられるのは、司馬の本意でないかもしれない。それら批判の中には、感情的発言があっても無理のない話である。むし

---

① 「大阪の郷土文学」『大阪新聞』1954年8月6日。
② 同本章の掲注33。

ろ問題なのは、司馬の地域主義的関心の所在はどこにあるかという点である。この点について、「大阪文化」において明瞭に提示されたため、全文を引用しておこう。

大阪文化

　まったく不都合なハナシだが、東京で画家が三人寄ればこういう話題だ「すこし大阪へ出稼ぎにゆこうや」あとのセリフが感心しない。「甘い売絵を二十点ばかりこしらえてな。」

　傾向は、最近とくにひどい。キビスを接して聞かれる東京在住画家の画展を一見されればわかろう。作品の□が、いかに大阪の□□□をナメているか。むろん例外もまれにはある。

　おまけに高いときては世話がなかろう。「値はウンと高くしろ。お客の見る眼がちがってくるぜ」ひどいのになると、号八千円を呼号して悠然とソファにかまえていたのもある。東京じゃどこにいるかといった画家なのだ。

　この弊風は、東京の画家ばかりをソシれまい。東京すなわち中央といった上位意識、どうせ大阪じゃロクな画家はいまいという劣等感、そうした大阪人心理がこの傾向にあずかって力がある。

　いないのでなくて、逃げてしまうのだ。現に大阪時代不遇だった画家の多くが東京で芽を出しているし、現在大阪で活躍中の有力画家たちも、かつて東京ではられたレッテルのおかげで郷土に安住できるという奇妙なかたちをとっている。

　いまさら西鶴、近松を生んだのが大阪だといったところではじまらない。明日の芸術家をきびしく育てるという見識と努力のほうが、大阪文化にとって今日的な課題だろう。①

東京の画家は大阪を「ナメる」という美術界の「弊風」に対して、司馬は辛辣な風刺を惜しまない。東京が「中央」、「上位」としての傲慢さは、「大阪郷土文学」で指摘された大阪の「中央」に媚びる姿勢と合致するように見える。これらの文学界、美術界の現象をめぐって、司馬は「東京すなわち中央といった上位意識、どうせ大阪じゃロクな画家はいまいという劣等感、そうした大阪人心理がこの傾向にあずかって力がある」

---

① 「大阪文化」『大阪新聞』1955年4月16日。

第三章　『大阪新聞』と司馬遼太郎

と喝破する。すなわち、外力というよりも地域内部からの自信喪失、亜流意識などが、大阪不振の根本的原因だと指摘する。このような精神構造である以上、到底地域の伝統を十分に認識することができなく、「中央」や「権威」に対抗する「自由精神」にも繋がらない、という司馬の思想的回路が窺える①。

　小説家時代と比べて、司馬の新聞記者時代が輝いた時期とは言えない。固定した職場がなく、様々の取材現場に駆けつけ、そして年功序列、人事異動といった仕事や制度を耐え続けた司馬の生活は、典型的なサラリーマン生活と言っていい。『名言随筆　サラリーマン金言』において、司馬はその苦悶の心境を語ってくれる。京都においても大阪においても、このような不安定な仕事ぶりは少しも変わらない。地方部、文化部、婦人部、スポーツ部、出版局など、司馬は産経新聞社をほとんど遍歴したのである。婦人部、スポーツ部での経歴について、司馬はよほど気に入らないせいか、それらを一切口にしない。人事、文献、新聞社の発信力といった様々な要素が織り込まれ、「新聞記者司馬と産経新聞社」という先入観は、いままで支配的であった。

　大阪新聞社から産経新聞社に移籍したが、『産経新聞』ではなく、文化欄を比較的に重視された『大阪新聞』こそ、司馬の一番重要な居場所である。一年半も立たないうちに、司馬は「風神」という別のペンネームで、計101点の記事を執筆したことが確認された。これほど早期的、しかも大規模な文献は、司馬研究に関する有意義な新資料群だと思われる。『大阪新聞』文化欄の企画及び執筆活動を通じて、大阪地元の知識人と知り合い、後に大阪の代表的な作家になるとは、司馬は想像もしなかったであろう。このように、そもそも不本意な大阪本社転勤は、司馬の運命を大きく変えるまさかの出来事になった。

　地元紙志向の『大阪新聞』は、早くから「大阪第一主義」を掲げた。全国紙と競争し、大阪の読者を獲得するために、「大阪第一主義」には東京を想定した対抗意識が含まれる。その趣旨を忠実に踏まえた文化欄に

---

① 司馬は自由主義的精神への追求について、別稿で詳述するが、例えば「坂口安吾のあのフテブテしい面魂と一種の妖気それに徹底的な自由精神の中からでしか絶対生れっこないものだ。一種の天然記念物みたいな文学だった。」と坂口安吾を絶賛するように、司馬は戦後坂口の作品に現れた自由精神に大きな共鳴を覚えたに違いない。「坂口安吾の死」『大阪新聞』1955年2月19日。

55

おいて、司馬も「大阪郷土文学」「大阪文化」といった記事を書いた。大阪文化の不振は、地域内部の自信喪失、または亜流意識に関わると指摘するように、その時期司馬には濃厚な地域主義的認識が現れた。このような認識は、『大阪新聞』という環境においてこそ、孕むことができたのである。ただその時点の地域主義「的」認識は、まだ厳密的な地域主義になっていない。新聞記者として、司馬は郷土文学、美術界などに対して辛辣な風刺をしたが、十分客観的な批判と言いがたい。その認識は、「大阪生まれ、大阪育ち」という故郷愛に過ぎなかったかもしれない。

だが、この故郷愛は後に司馬の地域主義の出発点となったことを見逃してはいけない。1961年新聞社をやめ、司馬は小説取材のために本格的な日本国内旅行を始めた。1969年に出版された『歴史を紀行する』において、司馬は「体制の中の反骨精神」（佐賀）「独立王国薩摩の外交感覚」（鹿児島）「郷土閥を作らぬ南部気質」（盛岡）「政権を亡ぼす宿命の都」（大阪）など、各地特有な「体質」についてエッセイを書いた。そのあとがきにおいて、司馬は風土から日本史を理解する可能性について、次のように述べる。

> 要するに、個々のばあいはまことに微量でしかない粒子が、大集団をなしたときに蒸れておいでてしまっているものがここでいう風土であるかもしれない。その風土的特質から、人間個々の複雑さを解こうというのは危険であるにしても、その土地の住人たちを総括として理解するにはまず風土を考えねばならないであろう。いや、ときによっては風土を考えることなしに歴史も現在も理解しがたいばあいがしばしばある。①

ここで歴史観や風土論などに立ち入らないが、少なくともこの時点司馬の地域主義の関心は、大阪への故郷愛から、多様的な日本へ広がったことが分かる。

敗戦をきっかけに、司馬の価値観における国家主義的な部分が崩壊された。国家・政治に対して、司馬は深刻な不信感に陥ったのも周知の通りである。戦後『大阪新聞』での勤務を通じて、司馬は地域主義という新たな価値観と出会った。戦前の国家主義との対極に、地域主義が日本史を語る格好な視点として理解した。この意味では司馬の地域主義が、彼

---

① 司馬遼太郎「あとがき」『歴史を紀行する』（文芸春秋、1969）p.253。

の戦後ナショナリズムの重要な一側面である。

表 4-1 「すかんぽ」「ペーパーナイフ」「触角」コラムにおける記事一覧

「すかんぽ」「ペーパーナイフ」コラム		風神	雷神	水神	地神	火神
1953 年 11 月 19 日	時計台の性格	○※				
11 月 26 日	素直な読者		○			
12 月 3 日	文化財に淫する	○				
12 月 5 日	大衆作家の文学論		○			
12 月 10 日	アクセサリー文化		○			
12 月 19 日	百万円のカラクリ		○			
12 月 24 日	おお聖夜	○				
12 月 26 日	知的酔態		○			
12 月 31 日	梵音響流	○				
1954 年 1 月 9 日	調教の用あり		○			
1 月 14 日	紀元節	○				
1 月 16 日	ニセサ札の文学		○			
1 月 23 日	文壇回顧録	○				
1 月 28 日	科学技術の低下	○				
1 月 30 日	お預け芥川・直木賞		○			
2 月 3 日	学術語の改革	○				
2 月 6 日	命を張る作家		○			
2 月 11 日	前衛挿花	○				
2 月 13 日	碑もさまざま		○			
2 月 18 日	視覚の革命	○				
2 月 20 日	結社意識		○			
2 月 25 日	スタンピード現象		○			
2 月 27 日	三つの離婚	○				
3 月 4 日	「季感」を着る			○		
3 月 11 日	女性開眼		○			
3 月 13 日	作家の政治発言		○			
3 月 18 日	春のプロムナード		○			

续表

「すかんぽ」「ペーパーナイフ」コラム		風神	雷神	水神	地神	火神
3月20日	新しい文学者			○		
3月25日	被害者良識	○				
3月27日	新しい俳句	○				
4月1日	四月馬鹿	○				
4月3日	ペンの貞操		○			
4月8日	花まつり	○				
4月10日	学校図書館と啄木		○			
4月15日	婦人丑聞				○	
4月17日	善玉悪玉				○	
4月22日	オ博士事件	○				
4月24日	詩と水爆					○
4月29日	天皇誕生日	○				
5月1日	出版界妖話	○				
5月8日	文学の説得性		○			
5月13日	バード・ウィーク		○			
5月15日	ぴんぼけ出版		○			
5月20日	再び前衛挿花論	○※				
5月22日	新中国の文学	○※				
5月27日	憂うつな季節			○		
5月29日	文学の地帯	○※				
6月3日	玩物喪志	○※				
6月5日	フランス小噺	○※				
6月10日	時の記念日	○※				
6月12日	ジャン・コクトオ		○			
6月17日	画家とブーム	○				
6月19日	ニュース再現		○			
6月24日	近江絹系と仏教	○※				
6月26日	講談復活	○※				

续表

「すかんぽ」「ペーパーナイフ」コラム		風神	雷神	水神	地神	火神
7月1日	医師の争議	○				
7月3日	風刺漫画	○※				
7月8日	夏祭与阿呆	○				
7月10日	歴史的恋人	○※				
7月15日	お盆の話	○※				
7月17日	挿絵の危機	○				
7月24日	出版界哀話	○				
7月29日	原色のハンラン	○				
7月31日	人道の欠如	○				
8月5日	博士号余聞	○				
8月7日	大阪の郷土文学	○				
8月12日	アジアの美術界	○				
8月14日	小説から読物	○				
8月19日	近頃の学生気質	○				
8月21日	再び講談復活					○
8月26日	ジャポニスム	○				
8月28日	直木賞その後	○				
9月2日	再建の言論	○				
9月4日	非活字文化	○				
9月9日	坊さんの責任感	○				
9月11日	不思議な書物	○※				
9月16日	コーヒー茶道	○※				
9月23日	乞食リアリズム	○				
9月30日	画壇デフレ物語	○				
10月2日	武士という素材	○				
10月7日	光瑞の業績	○※				
10月14日	親切屋	○				
10月16日	小説とモデル問題	○				

续表

「すかんぽ」	「ペーパーナイフ」コラム	風神	雷神	水神	地神	火神
10月21日	忠臣蔵	○※				
10月23日	その名"大衆文学"	○				
10月28日	科学と芸術	○				
10月30日	浪曲界の急務	○				
11月3日	「文化」の語感	○				
11月6日	マチスの死	○				
11月11日	コジキ節	○				
11月13日	再びモデル問題	○				
11月25日	おとこ、おんな	○				
11月27日	尼門跡	○				
12月2日	来年的易	○				
12月4日	芸術与生産力	○				
12月9日	十代の社会場	○				
12月11日	悪いおじさん	○				
12月16日	高い値札の学問	○				
12月18日	作家の自伝	○				
12月22日	クリスマス諸説	○				
12月23日	おお聖夜	○				
12月25日	滝川事件	○				
12月30日	54年を葬送する	○				
1955年1月13日	神道復活	○				
1月15日	成人の日	○				
1月20日	人生画壇	○				
1月22日	大衆文学	○				
1月27日	最後の講義	○				
1月29日	出版とラジオ	○				
2月3日	愛情の心理学	○				
2月5日	乱世の文壇噺	○				

続表

「すかんぽ」「ペーパーナイフ」コラム		風神	雷神	水神	地神	火神
2月10日	未生流騒動	○				
2月12日	武者小路画伯	○				
2月17日	楢重の25回忌	○				
2月19日	坂口安吾の死	○				
2月26日	通俗作家の誕生	○				
3月3日	母乳の学説	○				
3月5日	妖術師石川淳	○				
3月12日	幻想の行法	○				
3月17日	セクサスの御難	○				
3月19日	昭和の築城	○				
3月24日	新しい俳句	○				
3月26日	空想と小説	○				
3月31日	ヒロッタージュ	○				
4月7日	カメラ狂	○				
4月9日	精神病と天才	○				
4月14日	青春文学	○				
4月16日	大阪文化	○				
4月23日	下村湖人	○				
4月29日	孔子再評価	○				
合計：130点		101	23	2	2	2
割合		78%	18%	1%	1%	1%

「触角」コラム		風神	西施坊	蝸牛
1955年11月10日	ある原始遺伝	○		
11月17日	文士の根性		○	
11月26日	民芸サロンの趣味			○
12月3日	文学の効用		○	
12月8日	メキシコの情熱			○
12月10日	ヌード喫茶	○		

续表

「触角」コラム		風神	西施坊	蝸牛
1956年1月12日	歴史物の流行	○		
1月26日	トロイの遺跡	○		
2月4日	大学制度	○		
2月9日	紀元節	○		
合計：10点		6	2	2

※はすでに収録されている記事である。

表4-2　大阪地域における各新聞の一日平均発行部数（1953—1955）

	種類	1953年	1954年	1955年	合計
大阪朝日新聞	朝刊	1,439,504			
	夕刊	791,039			
大阪毎日新聞	朝刊	1,355,000	1,403,453	1,507,378	
	夕刊	750,000	801,225	823,075	
産業経済新聞	朝刊	905,447	1,153,705	1,504,553	
大阪新聞	夕刊	623,700	631,770	651,870	
読売新聞	朝刊		613,707	719,837	
	夕刊		335,042	298,496	
大阪日日新聞	夕刊	232,015	232,052	214,284	
新大阪	夕刊	136,523	136,523	79,820	
新関西	夕刊	130,000	75,000	173,500	
スポーツニッポン	朝刊	184,684	100,000	246,000	
The Mainichi	朝刊	52,000	70,047	72,050	

注：これは日本新聞協会編『日本新聞年鑑』（日本電報通信社）を参照して作成した表である。なお、「大阪朝日新聞」の1954、55年に関して詳細のデータはないが、全国紙という規模で1954、55年の発行部数は1953年とさほど変わらないと考えていい。「読売新聞」は1953年大阪市場に進出したばかりのため、当年分のデータは反映されていない。

第四章 「逆コース」論争と司馬遼太郎
「思想」が横行する時代において

　司馬は1952年7月京都支局から産経新聞本社(大阪)地方部に転勤した。翌年の5月、勤務先は文化部に変わった。そこで、司馬は『大阪新聞』の文化コラムにおいて「風神」というペンネームで計107点の記事(1953年11月から1956年2月まで)を精力的に書いた。そのうち86点が現在の出版物に収録されていないことが確認された。「憧れのコラムニスト」「博覧強記に裏付けされた才筆」「不世出のコラムニスト」と評価されるように、司馬はコラムニストとしての才能は認められた[①]。『産経新聞』で執筆した記事について、司馬は「権威の意見を全面的に寄りかかり、主観を一切入れない」と述べる[②]。その一方「風神」の記事は美術、宗教、社会、文学、教育といった分野において「辛辣な筆づかいで旺盛に書き続けた」という、より自由度を持つ文章である。「風神」は初期司馬の「主観」を理解する格好な手がかりとして注目に値するだろう。

　「風神」の言説は当時の社会を反映する材料、すなわち記事として価値はあるが、三十歳にすぎない新聞記者として、司馬は果たしてどの程度の議論ができるのだろうか。それに関して、社会的歴史的検証は必要であろうが、筆者はむしろ構造的にこれらの文献を討論してみたい。というのは、多くの社会的現象を話題にするにも関わらず、「風神」はある一定の思いで発言したと考えるからである。そこから、様々な話題の間に、

[①] 「風神」の執筆活動は、次の文献で紹介される。鹿間孝一「憧れのコラムニスト」『遼』2012年春季号 pp.20-21、三浦浩『菜の花の賦』(勁文社、1996) pp. 64-66、石井英夫、鹿間孝一、皿木喜久『新聞記者 司馬遼太郎』(産経新聞社、2000) pp. 141-150。行文上、事柄によって「風神」、「司馬」と呼称する場合はあるが、すべて同一な人物を指す。

[②] 司馬遼太郎「正直な話」『司馬遼太郎が考えたこと1』(新潮社、2001) p.243、初出『華麗』第一号、1961年5月。

ある種の方向性、関連性が見えるのではないかというのは、筆者の関心の所在である。

「風神」が活躍した50年代前半は、二つの時代相があった。 政治の面では、政界再編成、憲法改正、再軍備をめぐって、保守合同を提唱する吉田勢力と社会主義に賛同する反吉田勢力と激しく対立した。 いわゆる「保守」と「革新」である①。 その一方文化の面では、1952年講和条約発効する前後、それまで占領軍に禁止された多くの戦前物が復活する機運を迎えた。 いわゆる「逆コース」である。 「保守」と「革新」、「逆コース」に伴い、マスコミでは激しい論争になり、社会においても戦後民主主義、社会主義、さらに国家主義といった様々な思想が混在し、複雑かつ多様な様相を呈する。 この意味では、司馬が「風神」として活躍した50年代前半は、思想にあふれる時代と言ってもいい。 新聞記者として文化コラムで執筆した司馬は、このような複雑な様相を観察していたはずだ。とりわけ戦前物の復活について、司馬は数多く議論し、結果的に「逆コース」論争に巻き込まれたのである。 司馬の位相を明らかにするために、「逆コース」論争の中心地、『読売新聞』の言論を取り上げ、比較を行ってみたい。

内容だけではなく、「風神」が登場する期間も興味深いところである。実は、「風神」よりすこし前、司馬は新聞記者を勤めながら、短編小説を試み始めた。 『司馬遼太郎短編小説全集』では1950年二点、1951年一点、1952年三点が収録されている。 ところが1953年年末から1956年頭にかけては、彼は二点の作品しか書いていないようだ。 その期間に、司馬は「風神」として記事に集中していたからだと思われる。 その中で特筆すべきは、1955年6月に執筆された「道化の青春」は、「司馬遼太郎」という筆名で最初に発表された作品である②。 続いて1956年5月に、司馬は短編小説「ペルシャの幻術師」によって、講談倶楽部賞を受賞した。それをきっかけに司馬は短編小説を精力的に書き出した。 このような一連の動きから、新聞記者としての「風神」は、小説家としての「司馬遼太郎」に直結する段階として注目に値するだろう。

---

① アンドルー・ゴードン編、中村正則監訳『歴史としての戦後日本』(みすず書房、2001) pp. 7-8。
② 「司馬遼太郎作品通観（一）」『司馬遼太郎短編小説全集1』(文芸春秋、2006) pp. 457-459。

第四章　「逆コース」論争と司馬遼太郎

　本章は「風神」の「逆コース」に関する文献を構造的に把握し、司馬の戦後初期における文化ナショナリズムの生成について検討してみたい。

第一節　「逆コース」論争

　1950年10月から、GHQは戦争関係者の公職追放を解除することを次々と発表した。1951年には追放解除はさらに大規模に行われ、旧軍人が警察予備隊に入隊したり、旧政財界の主要な人物が復帰したりした①。同年9月、サンフランシスコ講和条約が調印され、1952年4月条約発効により、日本は占領軍から独立することを決めた。このような背景において、1951年11月『読売新聞』では、「逆コース」と名付けられたコラムが出ており、翌月まで合わせて26回連載された。最初回の「観菊会」では、編集者は連載の趣旨について次のように述べる。

　　世はさながら「逆コース」時代、追放解除は人間ばかりの特権でもあるまい、と近ごろいろんな戦前物が復活しはじめた。近く独立するんだから、だれに遠慮も要らないから、といってしまえばそれまでだが、玉石混淆、無条件ではいただきかねるものもあるようだ。最後の審判は読者にまかせ…②

　占領から独立への過渡期において、文化的復古調という社会思潮、「逆コース」である。『読売新聞』の「逆コース」コラムでは十五年ぶりの新宿御苑の観菊会の復活を始め、旧軍人の勲章、軍艦マーチ復活、靖国神社、内務省、皇居前広場、財閥などといった社会の動きが報道された。コラムの編集者は直ちにコメントをせず、「最後の審判は読者にまかせ」と話題を提示した。ところがこれが発端となり、『読売新聞』を中心に日本のマスコミは熱烈な議論を交わし、「逆コース」は1951年の流行語と

---

①　「追放解除」『戦後史大事典』増補新版（三省堂、2005）pp. 616-617。
②　「逆コース①　観菊会」『読売新聞』1951年11月2日。

なったのである①。『読売新聞』の論調では、「再び神権暗黒の世界に戻る」とか「警察国家の復活」とか「米国の援助による日本の再軍備」とか、例外なく警戒的かつ否定的であった。 年末の社説「一九五一年を送る」では次のように一年を振り返る。

> 日本が独立するということは、この六年の歩みを逆にもどすことではなくて、むしろ真の意味においてわれわれが民主主義の道に歩み出すことを意味するものである。ただわれわれの心強く感じずることは、こうした逆コースの傾向に反発する国民的心情が何時のまにか深く植え付けられてきたことである。②

文化的復古調として現れた「逆コース」は、次第に民主主義に対する政治的反動として認識されるようになったのである。 執筆者は「逆コース」に反発する国民的心情の普及は、終戦から六年ぐらいの民主主義改革の大きな成果だという。 翌日の社説「希望の一九五二年を迎えて」では、次のように呼びかける。

> ともあれ世界がどう動こうと、八千四百万の日本人は、祖国の健全な再興をめがけ、希望を持って生き、よし貧しくとも合理的な社会を作り、逆コースの一切を粉砕し、生産の上昇と、近代的な個人の確立に努力するべきである。③

---

① 主要なデータベースで、「逆コース」をキーワードにしたヒット回数は次の通りである。

紙名	読売新聞	朝日新聞	他の雑誌
出典	ヨミダス歴史館	聞蔵Ⅱ	MAGAZINEPLUS
1951年	48	1	0
1952年	72	4	22
1953年	90	7	2
1954年	42	6	1

② 社説「一九五一年を送る」『読売新聞』1951年12月31日。
③ 社説「希望の一九五二年を迎えて」『読売新聞』1952年1月1日。

第四章　「逆コース」論争と司馬遼太郎

　講和条約発効の年にあたり、戦後民主主義改革の成果を維持し、さらなる徹底ぶりは日本再建の根本な道だと主張する。「逆コース」は民主主義国家再建を阻む勢力として捉えられ、講和後の日本は再びファッショ化に引き戻されるのではないかという危機感があった。このような論調はその後も衰えを見せず、『読売新聞』は「逆コース」を批判することによって、自ら民主主義改革の陣地になっていくという強い意志を示した①。
　戦後民主主義改革を鼓吹する『読売新聞』と比べれば、「風神」の言説は異質なものである。本節では「風神」の文章を総合的に把握し、その独自な出発点を提示してみたい。「風神」が開始まもなくの文章「おお聖夜！」を見てみよう。クリスマスの日にある普通の日本人の考え方に、仏教的、神道的、キリスト教的といった要素が混ざりこんだとして、司馬は次のように述べる。

　　日本人ほど無宗教な、もしくは宗教に対して無貞操な民族はないといわれる。ところがこの国ほど世界のいろんな宗教が雑居している国はまずない。いかなる宗教にも魂は渡さぬ代り、いかなる神とも仲よく矛盾なく手軽に親類交際している。うれしくなるほど楽観的で底が浅く気前がいい。ということが神サマだけならいいが、思想の場合も「民主主義とも心易いが軍国主義とも古いナジミで捨て切れねえ、共産主義も何かのマジナイぐらいには使えるよ」なんてことになっちゃ大変、イヤなりかねないのがヤマト民族というものかもしれない。②

　司馬は宗教観には排他的要素がないという素朴さを、日本人の精神構造（メンタリティ）の特徴として規定する。と同時に精神的に素朴な日本人は、思想に盲従するという危険性も指摘する。宗教の自由が徹底され、またイデオロギー論争といった五十年代前半の社会状況において、司馬は以上の認識を抱えたのだが、民主主義、軍国主義、共産主義といった思想を並列に並べるだけで、戦後民主主義改革が問題にされていない。この文章だけでなく、民衆の精神的世界への関心は「風神」の他の文章におい

---

① 1952年以降「逆コース」を取り上げて批判する『読売新聞』の社説が散見される。例えば「戦前の警察への逆転を恐る」1953年2月14日、「憲法の精神を後退させるな」1954年5月3日、「忠魂碑と時代感覚」1955年8月17日などがある。
② 「おお聖夜！」『大阪新聞』1953年12月24日。

ても多く見られる。例えば、1955年の記事「ある原始遺伝」において、司馬は次のように述べる。

 脈絡もないことだが、ふと私は「アモック」という言葉を想い出した。字解すれば「熱帯の狂気」というか、インドネシア民族独有の精神発作である。ふだんおとなしくて気の弱い男が、何かの拍子に突如凶暴になり、血をみねば収まらぬ騒ぎをする。京大の学生運動の発頭のしかたがアモックだとは決して思わないが、われわれ黒潮民族の血の中に、この無気味なアモックの遺伝が残っていないとはいいきれない。①

司馬は京都大学学生運動から日本人の「狂気」という「不気味なアモックの遺伝」を読み取ったという。「ふだんおとなしくて気の弱い男が、何かの拍子に突如凶暴になり、血をみねば収まらぬ騒ぎをする」と指摘するように、「風神」は京大学生運動を戦後民主主義改革の象徴として理解するどころか、「民主」「自由」に呼びかけられた日本人「集団発狂」にすぎないと認識する。日本人は容易に掛け声に左右されるもう一つの例として、流行歌が挙げられた。当時歌謡曲「お富さん」は大ヒットしたことについて、「風神」は次のようにコメントする。

 「日本の流行歌はコジキ節です」とカッパしたのは長野隆博士であった。なるほど「右や左のダンナ様」を一節やって「帰り船」あたりを口誦ん御覧うじろ。このいう場合にこそ同巧異曲という言葉を使うものだ。フシだけでなく歌詞もそうである。どの流行歌も申し合わせたみたいに、ナミダやらワカレやらココロなどの単語を使う。こんな低湿な感情世界の中から、民族の明日を作る若々しい精神の躍動はとても生れてこない。一人の歌手が音頭を取れば、津々浦々がどよめいてこれに和する。一体日本はどうなるのだと、右翼左翼ならずともつい思ってしまう。②

流行歌は単に「ナミダやらワカレやらココロなどの単語」の組み合わせた「低湿な感情世界」として認識される。「一人の歌手が音頭を取れば、津々浦々がどよめいてこれに和する」と述べるように、民衆の精神的

---

① 「ある原始遺伝」『大阪新聞』1955年11月10日。
② 「コジキ節」『大阪新聞』1954年11月11日。

特徴は再び言及される。司馬は多数の話題を取り上げるが、日本人の精神構造の問題を常に念頭に置いていたことが分かる。このような出発点は、日本再建という立場から民主主義改革を唱える『読売新聞』との根本的な違いである。司馬にとって、民主主義は軍国主義、共産主義と同様に、日本人を熱狂させるもう一つの思想として警戒感を示すだけであり、戦後民主主義改革への反動化と思われる「逆コース」も司馬の主題ではなかった。

第二節　「思想」が横行する時代において

　「風神」の文章を総合的に見る場合、もう一つの傾向が見られる。「おお聖夜！」「紀元節」「花祭り」「天皇誕生日」「夏祭りと阿呆」「神道復活」「成人の日」といったタイトルから、司馬は年中行事について多く言及している。民衆の立場からその精神世界を観察する、という司馬の関心および出発点を議論したが、祝日や祭りなどはそれを反映する格好な場所として注目されただろう。ところが祝祭日、とりわけ紀元節の復活については、当時「逆コース」の文脈で語られていた。司馬は祝祭日について議論する際、「逆コース」は避けられない話題になってくる。つまり、司馬自身も「逆コース」といった政治的論争に巻き込まれたのである。

　伝説にある神武天皇の即位日、2月11日を戦後日本の建国記念日にしようという社会的動きをめぐる議論は終戦直後から二十年間続けられてきた。その過程において、1952年日本が独立を回復したきっかけに、紀元節復活運動が起きた。世論の強い反対より、1953年運動は下火になったが、1954年年明けに「神社本庁は全国の神社に対して、当日一せいに紀元節祭事を行うよう通知している」きっかけに、復活運動が再燃したわけである①。読売新聞の世論調査によれば、「独立国家として国の記念日があって当然」という賛成派は、「軍国調への復古」「歴史認識」に疑問・警戒する反対派と対立したという。実際に1954年1月13日「風神」も「紀元節」を題にした記事を執筆した。

　「紀元節」において、紀元節復活運動は神道を国家的行事として特別に

---

①　「"紀元節復活"への動き」『朝日新聞』1954年1月3日。

扱うことになり、信仰の自由への背反だと批判する。紀元節が最初は、神道の宗派的祭典に過ぎないが、後に国家神道に発展してしまい、本来の姿とかけ離れたと述べる。敗戦によって「悠遠にして不可思議な神話的日本史からといっさいの妖気が払い出され、民族の歴史はほんらいの科学にたちもどった」が、紀元節復活運動は「妖気を復元」しようとするとし、「逆コースの本格的な上げ潮に乗った」と指摘する。ここで司馬は「逆コース」の実体を言明していないが、「神道復活」において、司馬は戦後伊勢神宮の参拝に言及しながら、「逆コース」は国家主義の復活だと述べる。

翌年の1955年の初詣は大盛況を迎えた。1月3日付の『読売新聞』では「明治神宮、伊勢神宮、金刀比羅宮などへの初詣はいずれも戦後最高の人出」という。伊勢神宮参拝者の中で「とくに青年層が目立ち、日本髪にかわって和服にヘップバーン組が圧倒的だった」と当時の様子を伝える[①]。この記事を受けて、「風神」は13日「神道復活」を執筆した。

神道復活

　ことしの初詣は各神社とも大盛況だったそうだ。伊勢神宮などは戦後最高の人出という。

　こういう現象からただちに国家主義の復活、逆コースなどとみたくはない。

　庶民が神社へもつ愛情というのは、えらい文化人が考えているのとは、すこしちがうようである。たとえば、伊勢神宮と庶民との結びつきの歴史にしても、きんきん四、五百年を出ない。それまでは天皇家の宗廟ということで、庶民の宗教生活とは無縁の存在だった。応仁の乱前後、あらゆる中世的権威体制がくずれ去ったとき伊勢神宮も庶民の中に降りて、お伊勢さんになったわけである。弥治郎兵衛、喜多八ご両人の登場をうながすまでもなく、江戸川の好個な題材がお伊勢まいりだったことをみても、神社にたいする愛情の持ち方というものが、現在観念的に考えられているものとはずいぶんちがう。そうした庶民の愛情と思想としての神道とは本質的に別のものだ。

　村の「宮さん」や「お伊勢さん」を、シントイズムなる異様な思想にまで仕立てあげたのは、国学者という幕末のインテリの仕業である。平田篤

---

① 「富士山頂も晴天正月」『読売新聞』1955年1月3日。

胤の偏狭な思想が明治、大正、昭和まで影響し、ついに古事記をバイブルとする平泉神道にまで発展し、「非常時日本」のバックボーンになった。弥治郎兵衛たちのあずかり知らぬところだ。

　ことしの参拝客のなかで、意外なほど中学生や高校生など若い年齢層が多かった。これをみてもすぐ国家主義の芽などと早合点しては、ソソカッシすぎる。彼らは、その祖先たちと同じく祭典を楽しんでいるにすぎないのだ。

　ただこうした伝統的な庶民の炉端に、ふたたび平田、平泉党の紳士たちが招かざる客として割りこんでくると、事態は少々やっかいになる。①

　司馬は同じく「庶民」の精神構造に言及しながら、その伊勢神宮参拝が「神社への愛情」の現れであり、「国家主義の復活」すなわち「逆コース」ではないと主張する。庶民が神社への愛情は、応仁の乱以降形成されたのであり、その最初の形態は権威体制、天皇思想、国家主義と全く無縁な素朴な民間信仰であった。ところが近世に始まった国学といった「思想」は民間信仰を国家神道へ大きく転換させ、戦時中のイデオロギーになってしまった。それらの「思想」が敗戦によって消え、伊勢神宮の参拝は伝統的な民間信仰の形に戻ったが、国家神道の復活を警戒すべきだと述べる。

　ここに、近代思想史における諸問題と司馬の認識について議論するのではなく、以上の「逆コース」をめぐる発言は、司馬自身の思想的構造を反映する材料として注目してみたい。「紀元節」「神道復活」を合わせて考える場合、ある共通の思想的回路が窺える。すなわち、民間信仰といった民衆の精神世界は「本来」素朴で良質であり、それは「思想」によって改竄され、「本来」の姿を喪い、悪質なものへ変わってしまった、という「風神」の認識である。そこで「風神」は「思想」そのものへの恐怖感が明白に現れる。この恐怖感は言うまでもなく戦争・戦時中の日本に由来するが、それが戦後日本に対する期待や不安という形で反映される。このような文脈において、明治、大正、昭和といった近代日本は国家神道に支配されたとしてすべて否定的に語られる。この時期司馬は明治を評価しなかったのは間違いないだろう。

　国家神道のほかに、司馬は民主主義も「思想」として捉えたことを述べ

---

①　「神道復活」『大阪新聞』1955 年 1 月 13 日。

た。「逆コース」論争において、司馬は具体的にどのように戦後民主主義と関連するのだろうか。新聞記者を勤めながら、司馬は「福田定一」という本名で、京都にある仏教雑誌『信仰』に寄稿した。そこで、司馬と同じ時期に執筆した「"門前の小僧"五年」において、司馬は次のように自分の宗教記者時代を振り返る。

　　終戦直後から二十三、四年までは宗教記者にとって実にニュース量の多い時代だった。国家と社会の大変動に比例して、宗門にもいわゆる「民主化時代」が訪れたときである。宗門とは封建の牙城の別名であり「民主化」こそ宗門改革への道であり、宗門改革こそ宗義昂揚の唯一の道であると一がいに思いこんだ時代であった。むろん私だけではない。世間の多くも、いや宗門人の何割かも、そう信じて疑わなかった。
　　この民主化のために宗門内に巣食う封建悪を叩くことがすなわち宗門再飛躍の逆縁となるものと純一無雑に信じていたから世話はない。堂班問題、職組問頭、何とか期成同盟、など、書く材料は次から次と出て来た。
　　しかし幾ばくか経ってこの考え方がいかに浅薄であるかがわかって来た。
　　宗門機構を近代的に合理化することはなるほど必要かもしれない。宗門の組織そのもの、あまりにも前近代すぎるからだ。また、冗漫、事大的な宗政機構を簡素化することも大事であろう。明治以前とはくらべものにならぬほど僅少な予算の上に組立てられた立法、行政の組織があまりにもこけおどし的でありすぎるからだ。
　　しかし、それらの改革は決して第一義的ではない。
　　それら法制面の改革に血の道をあげ、もしほんものを忘れることがあれば、宗門の明日は決して安らかではない。
　　ここ数年、宗門人は、「封建」という言葉をあまりにも畏れすぎた。世間が無反省に投げつけた封建という言葉に、宗門もまた、時には無思慮でありすぎた。いな、宗門の上下で、このことについての反省が鋭く行われつつあるようだ。それは決して逆コースではない。①

「終戦直後、二十三、四年まで」とは1948、1949年、すなわちGHQの占領期に当たる。「民主化」改革は占領軍によって推進される中、司馬自身

---

① 福田定一「"門前の小僧"五年」『信仰』第8巻第5号、1953年5月10日、pp.5-6。

第四章 「逆コース」論争と司馬遼太郎

も熱心に「宗門の改革」を唱えた「不逞な」青年であった。ところが1953年の時点で、司馬は「宗門機構を近代的に合理化」といった組織、構造的な面で改革の継続を認めるものの、改革は「決して第一義的ではない」と述べ、戦後民主主義改革の問題点を意識するようになった。改革が強行された成果として、宗門は「封建の牙城」として扱われ、その価値がすべて否定される。精神的に素朴な民衆たちは、民主主義改革を無反省に受け入れてしまい、どん底まで失墜した宗教界に対して、改革を徹底しようとした。このような状況が続ければ、司馬は日本が「ほんものを忘れる」ことを危惧するのである。

　このような認識は、司馬自身五年間宗教記者としての経験に裏付けられるものであった。最初の頃「自分の青春時代は古寺古刹の中で埋めるのではないか」と落ち込んだが、仏教界への理解が深まり、宗教の真の価値を見つけたという。司馬は本願寺の史料を調査しているうち、中世社会の宗教、社会思想が現代においても「本願寺の強い底流」は民衆の精神世界に生きていると意識するようになった。戦後の仏教界において、司馬は民衆の精神世界における伝統と現代とのつながりを実感し、いわば歴史的連続性という保守的体験を獲得したわけである[①]。伝統、歴史的連続性の維持という意味においては、仏教ないし宗教は欠かせない存在である。そこは宗教の真の価値があり、決して「逆コース」ではないと主張するのである。ところが、戦後において宗教はすべて「封建」として否定される結果、伝統を維持する力としての機能も無視され、「ほんもの」すなわち伝統そのものを失ってしまう恐れがあると指摘する。戦後仏教界をめぐる司馬の思想的構造は次の通りである。すなわち、民主主義改革を批判することによって、司馬は宗教への尊敬を呼びかけ、最終的に伝統文化への社会的意識を喚起しようとしたのである[②]。

　国民の祝日「文化の日」に際し、司馬は「文化の語感」という記事を執筆した。その中で、司馬は自分が伝統文化へのこだわりの理由に触れた。戦前の「明治節」に切り替えた「文化の日」に対して、司馬は次の

---

① 第二章「宗教記者時代の司馬遼太郎の成長歴」第三節「宗教界での日々」を参照のこと。
② 紙面の関係で、司馬の共産主義批判の詳細については省略するが、1954年近江絹糸労働争議をめぐって、「アヘンだ」と罵倒された宗教に対して、「僧侶にとってみれば純粋な動機だ」と同情的立場を取り、宗教の長時間マルクス、カトリックと対決する姿勢を評価する。「近江絹糸と仏教」『大阪新聞』1954年6月24日。

ように述べる。

  さて、本題の「文化」の語感だ。戦後、これほど数多く、またお手軽に使われてきた言葉もすくない。戦時中の「聖戦」や「一億一心」「神風」といった、言葉だけヤタラと壮烈なものフンダンに製造された。その製造は戦後まで続き「一億総ザンゲ」から「文化立国」というコースを踏んでいる。ことばというのは、内容や事実が存在していてはじめて発生したり流行したりするものだが、これらのことばになると内容があろうがなかろうが「政治」が作り出してしまう。
  日本は古事紀の時代から「言霊ノ奉ハフ国」とされている。言葉に呪術的な力があるとも思っていたのだろうか。とくに政治家のアタマの中ではそのくせが今だに抜け切っていないようだ。敗戦後は「明治節」を突如として「文化の日」に切変え、マジメに実体を作るよりも、言葉を唱えているだけでソコハカとなく、「ブンカ的」な気分になっている。そのうちに「一億総ブンカ」とでも唱えだすのではなかろうか。①

  戦時中の「聖戦」「一億一心」「神風」、戦後においても「一億総懺悔」「文化立国」といった流行語が「フンダンに製造される」として、司馬は戦後を言葉やスローガンが飛び回る時代だと理解する。「明治節」は「文化の日」に変わっても、新たな祝日の内実を作らず、結局政治のスローガンに過ぎないと批判する。司馬はどの根拠に基づいて発言したかはともかく、彼は政治に対する不信感が露呈することが間違いない。司馬は政治を実体がなく形式だけ頻繁に変わるものとして捉える②。そのような政治は「文化」を軽率に扱うことに対して、明らかな不快感を示す。「ことばは内容や事実が存在していてはじめて発生したり流行したりするものだ」と述べるように、司馬にとって戦後文化のあり方は、政治

---

① 「文化の語感」『大阪新聞』1954年11月3日。
② 司馬が政治を実体のないものとして批判するのは、「オ博士事件」(1954.4.22)「新中国の文学」(1954年6月5日)「滝川事件」(1954.12.25)「セクサスの御難」(1955.3.17)「孔子の再評価」(1955.4.29)といった「風神」の文章においても散見される。日本、中国、アメリカなど話題になった人物を挙げ、政治によって人の評判や運命が全く異なると述べる。司馬にとって、政治の表象があまりにも把握しにくい、理解しにくいものである。50年代前半の「保守」と「革新」といった混乱な政治状況を目撃し、司馬は政治に対してある種の倦怠感と失望感があった。

スローガンに盛り上げられるものではなく、伝統文化が戦後社会での自然な表出である。政治に左右されず、伝統文化を独立的な、原理的なものとして理解する司馬の考えには、文化原理主義的な認識が濃厚に映される。日本の敗戦によってそれまで深刻なニヒリズムに支配された司馬は、ようやく文化原理主義という新たな価値観を身につけたのである。

第三節　「戦後、この民族は歴史を喪った」

　「逆コース」論争における司馬の位相から、筆者は司馬の民衆の立場を確認した。司馬は日本民衆の精神的素朴さを規定し、「思想」が横行する時代において、民衆はそれに盲従しないかという危機感についても討論した。本稿冒頭の部分で触れたように、司馬は「風神」として記事を書いたのは短編小説（主に時代小説）執筆の間である。これらの時代小説を手がけた時、司馬は以上のような認識を念頭に置いたのに違いない。本節では「風神」の文献を利用し、司馬は現実認識を大衆文学と関連付ける過程を明らかにしたい。

　司馬は「風神」として活躍した50年代前半は、時代小説が復活した時代である。『戦後史大事典』によれば、それまで占領軍のチャンバラ禁止によって、時代小説は受難な時代を迎えたが、50年代前半になると捕物帳ブーム、そして剣豪ブームができ、時代小説には繁盛期を迎えた①。もちろん、世論はこれらの時代小説のブームについても「逆コース」と関連付けで議論した②。「風神」の記事の中で、祝祭日に関する記事が多いことを述べたが、実際に祝祭日よりも文学、とりわけ時代小説をめぐる言説は、司馬の一番の力点である③。それまでいくつかの時代小説を試みた

---

① 同本章の掲注5「時代・歴史小説」項目 p.376。
② 谷崎伝「時代劇流行の意味するもの——偽れる「逆コース」」『ソヴェト映画』1952年5月、田宮虎彦「歴史小説と逆コース」『教育』1953年1月。
③ 「風神」の記事の中に、大衆文学と関係する文章は一番多い。「文壇回顧録」(1954.1.23)「文学の地帯」(1954.5.29)「講談復活」(1954.6.26)「歴史的恋人」(1954.7.10)「小説から読物」(1954.8.14)「直木賞その後」(1954.8.28)「武士という素材」(1954.10.2)「小説とモデル問題」(1954.10.16)「忠臣蔵」(1954.10.21)「その名"大衆文学"」(1954.10.23)「再びモデル問題」(1954.11.13)「大衆文学」(1955.1.22)「歴史物の流行」(1956.1.12)。

司馬は、大衆文壇の動向もつぶさに観察していた。繰り返して言うようだが、本節は司馬の大衆文学論を検討するのではなく、司馬の社会認識はいかにその時代・時代小説の創作趣意に反映されるかが問題である。

1954年6月17日の『読売新聞』では、講談社版講談全集の発売が報道された。「江戸時代から今日まで、誰にも親しまれ愛され、私達に慰安と勇気と希望をくれた講談」と広告するように、江戸時代盛んな伝統話芸が再び復活したわけである。これを受けて司馬は、「講談復活」を題にした記事を書いた。

講談復活

いまの歴史の教科書では、英雄は否定されている。

すべて史的法則というやつで骨格づけられ、史実は単にその肉付けとして語られているにすぎず、むろん史談はない。

だから頼朝という男は農民、下級武士の支持によって平安体制の奴れい経済を覆えした封建制の樹立者としか印象づけられていないし、楠木正成は後醍醐天皇を首班とする反動勢力の走狗としか考えられていない。

いまの高校生に聞けばわかる。

町民一揆の指導者大塩中斎は知っていても、戦国初期の策士斎藤道三は知るまい。歴史教育の是非論はさておき、これでは面白味が少ないにちがいない。歴史教育には民族の史詩という要素があっていいはずだ。

いや、歴史教育を語るつもりでなく、講談本の復活を問題にするつもりだった。

K社が講談全集を出す。これが批評家諸氏の口筆をわずらわしている。民主主義をツキ崩し、封建的義理人情を復活させるキザシだというのだが、お説、全くけっこう。

ところで批評家諸氏のご年配なら、少年時代、立川文庫に熱中したはずだ。野口英世は死の病床にあって講談宮本武蔵を読み、こんな面白いものを読んだことはないと感嘆した逸話がある。

講談と歴史と文学とを一緒くたにするつもりはないが、当今歴史も面白くなければ、文学も面白くないのだ。講談から進化した大衆小説が、講談より面白ければ、講談がはやろうはずがない。最近の時代小説の低調さは、それが出現した昭和初期以来のものだ。

その穴埋めを講談がやる。一体、だれの罪だろう。①

　「講談復活」において、司馬は講談全集出版の社会的条件及び意義を語り、講談全集出版といった伝統文化の復活が、「逆コース」ではなく、別の機運によるものだと強調する。戦後の歴史教育は民主主義の強い影響を受け、「民族の史詩」を伝えることができない。「民族の史詩」が期待される時代小説も、「面白味」を失ったため、民衆に受け入れられない。戦後歴史教育と時代小説の不振のため、「民族の史詩」の空白ができてしまう。講談全集の出版が「穴埋め」として機能し、民衆の期待に応えようとしたという。

　民衆は「民族の史詩」を期待しているにも関わらず、満足してくれないという現状認識は、司馬の民衆の立場を改めて語りしながら、戦後の歴史教育、さらに「民主革命」の歴史学と特徴づけられる戦後歴史学に、ある種の反発と批判が映される②。ここに、時代小説は「民族の史詩」を伝えるべきだという司馬の主張は、その文化原理主義と深く関わった文化ナショナリズムの反映だと思われる。翌年の1955年6月、司馬は「司馬遼太郎」という筆名を案出する時、自分が時代小説で「民族の史詩」を表現しようという抱負があっただろう。

　時代小説の不振を経てしばらくの間、村上元三、五味康祐、柴田錬三郎などの剣豪小説は火付け役となり、時代小説は流行しはじめた。その流行を受けて司馬は「歴史物の流行」という記事を書いた。

歴史物の流行

　おそらく歴史物がはやるだろうというのだが、ことしの出版屋さんの見通しである。べつだん根拠というほどの理由はない。キョウカラベッタンがハヤルゾウと餓鬼大将が触れ歩くあのテンである。その理由は流行ってしまってから評論家先生にコネてもらえばよろしい。

　去年の剣豪小説の流行も、多分に出版屋さんのテコが入っていた。予想以上に当ったが流行の本質は単に線香花火的生命である。剣豪ブーム

---

① 「講談復活」『大阪新聞』1954年6月26日。
② 戦後の歴史学の展開及び性格について、「座談会　戦後日本の歴史学を振り返る」において詳しく議論される。50年代の歴史学は「民主、民族、冷戦の歴史学」と特徴づけられる。岩波書店『思想』2011年8月号、pp.10-19。

のおかげで、史的ロマンを愛する社会的気温は十分に加熱された。次の手をうつのは冷めぬうちとって、考えられたのは歴史。それも剣豪伝式なものでなく、もっと量のタシカな歴史小説またはあ歴史読物といったものである。

　戦後、この民族は、「歴史」を喪った。この間の史的興隆をつないできたものは、多くバチ物の歴史書である。暴露物、エロ物のたぐいだが、これが史書と銘打たされていつまでも横行させてはたまったものではない。読物とはいえ、正しい史観と資料をそなえたものでなければ、もう読者も食いつくまいというのが本筋の見方だ。吉川幸次郎教授の『漢の武帝』（岩波新書）あたりが、堅いものとしては常識やぶりな売行を示しているのをみてもわかろう。歴史小説でも同断なのだ。たんに文学をするつもりなら、作家の生活している現代をとらえればよい。歴史に取材するなら、風俗描写ぐらいで自慰することなく、レッキとした時代精神の把握とその人物の人生に対する透徹した眼と史料とがなくてはかなわない。戦後出た雑多な歴史小説を一把にからげても、鷗外、露伴の一作にも及ばぬ感を深くするのは、ひとつは、歴史に立向う創作制度の差異なのであろう。①

　「歴史物の流行」において、司馬は1955年の大衆文学の動きを振り返りながら、大衆文学の将来の道について建言した。　剣豪小説の流行は「史的ロマンを愛する社会的気温は十分に加熱された」と、時代小説が担うべき役割を果たしている評価する。　ところが「面白味」を重視した時代小説は、その流行が一時的なものであり、長く読者を獲得することができないと指摘する。　司馬は時代小説に取って代わるべく歴史小説の新たな役割に期待を寄せた。　ここに、司馬は「戦後、この民族は、「歴史」を喪った」と、自分の時代認識を述べ、そこから「歴史」を期待している戦後日本人の精神構造を規定した。　その上に、「レッキとした時代精神」と「正しい史観」を反映する歴史小説が、「歴史」に飢えている読者を「食いつく」ことができるからだと論理を完成する。　1954年「講談復活」で時代小説の不振を嘆いた司馬は、歴史小説に目を向けるようになったのである。

　興味深いことに、司馬は意識的に歴史という言葉に括弧を入れた。　そ

---

① 「歴史物の流行」『大阪新聞』1956年1月12日。

第四章　「逆コース」論争と司馬遼太郎

の「歴史」の意味は、吉川幸次郎の『漢の武帝』を評価する文句から窺える。中国漢の時代は、「封建」の旧制を倒し「郡県」制度を樹立した転換期だと認識されたものの、吉川は漢の時代を国家の経済・文化の熟成期として位置づける①。「封建」に捕らわれない吉川の歴史研究の姿勢に、司馬は共感を覚えた。民主主義に支配された歴史研究の現状に反抗する文脈において、司馬は「歴史」という言葉を使ったのである。「戦後、この民族は「歴史」を喪った」という時代認識の裏では、「思想」とりわけ戦後民主主義改革への厳しい批判が含まれる。

　日本の敗戦によって、軍国主義教育で築きあげた価値観が崩壊され、青年司馬は戦後長い間深刻なニヒリズムに陥った。戦争を主導した国家、政治はもとより、司馬は自分の取材範囲としての宗教に対しても、その価値をすべて否定しようとした。ニヒリズムの延長線上に、1950年から戦争関係者の追放解除、1952年講和条約の発効による日本の主権回復といった歴史的事件があった。戦争責任に問われた政財界の人物は堂々と復帰することや、昨日輝いた人は今日は反動の獄門にさらされることなど、政治の都合で人の運命が随分変わるのは、文化部新聞記者の司馬にとっては理解に苦しむ社会現象であった。終戦直後のニヒリズムの延長線に、司馬は政治に再び失望したわけである。

　日本の独立に伴い、それまで禁止された戦前物が復活する、いわゆる「逆コース」が社会思潮となった。後に政治的な論争まで展開してきた「逆コース」論争に、司馬は「風神」という筆名で積極的に発言した。『読売新聞』を始めとする主流マスコミは、国家再建の立場から「逆コース」を民主主義の反動として捉え、戦後民主主義改革を徹底しようと呼びかけた。民主主義を絶対的な信念としてやり抜こうとする『読売新聞』の論調を比べれば、司馬の発言は異色なものであった。「逆コース」という社会思潮に巻き込まれながら、司馬は民主主義はどう進むべきかではなく、「逆コース」自体の真偽を先に見分けようとした。政治への不信感を固めたものの、司馬はこのような形で政治的な論争に参加したのである。

　司馬は「風神」として多くの記事を書いた。司馬が格別な関心を持ったのは、祝祭日に現れた民衆の精神世界であった。信仰の自由を唱えた戦後社会に、民衆は複数の宗教を受け入れるという観察から、民衆の精神

---

① 吉川幸次郎「むすび」『漢の武帝』（岩波新書、1949）pp. 207-228。

世界の素朴さと規定し、それを民族の良質として認識した。その一方、民衆の精神的な素朴さは却って「思想」に盲従しがちだと指摘した。国家再建という主流マスコミの論調と異なり、司馬は明らかな民衆的な立場を取っていた。このような出発点から、50年代前半民間信仰、伝統文化の復活は「逆コース」ではないと強調する。このような認識は、戦後社会が最も重要な基盤であるとともに、宗教記者ごろの歴史的連続性の体験と深く関わっている。伝統文化は真の価値として理解する司馬の中では、文化原理主義的認識が濃厚に見られる。戦後長くニヒリズムに支配された司馬は、戦前の国家主義との対極に、文化原理主義という新たな価値観を身につけたのである。

　このような文化原理主義を用い、司馬は「思想」との対決を始めた。その行動として、司馬は戦後大衆文学の動きをつぶさに観察し、司馬自身も数多くの時代小説・歴史小説に手がけた。司馬は戦後民主主義改革が強行されたため、歴史教育、歴史学、大衆文学にも「民族の史詩」が途絶えたとし、「戦後、この民族は「歴史」を喪った」という戦後日本人の精神構造を描いた。司馬は1955年に「司馬遼太郎」という筆名を案出した時、大衆文学を通じて、「その国の庶民の好み、愛情、体臭」を語ろうとする意気込みがあったと思われる[1]。もちろん、大衆文学は日本の伝統文化を担うべしという性格規定は、大正期の立川文庫から、昭和初期の大衆文学、さらに戦後大衆文壇の共通した認識である[2]。ただし、宗教記者として歴史的連続性の体験、民主主義に反抗する社会認識、民衆の精神構造を観察する姿勢など、50年代前半司馬の文学には、個人と時代の烙印が深く刻まれていた。まさにこのような個人と時代の合力で、司馬の思想では戦後ナショナリズムが形成されたのである。

---

[1] 「フランス小噺」『大阪新聞』1954年6月5日。
[2] 尾崎秀樹『大衆文学論』（勁草書房、1965）。

第五章　司馬遼太郎の世相論
その「保守精神」の顕在化

　1960年1月、司馬は『梟の城』で直木賞を受賞してから小説家としての素質が認められる。それまで「福田定一」「風神」「司馬遼太郎」といった著者名、筆者名で記事を執筆してきたが、1960年1月からもっぱら「司馬遼太郎」というペンネームを使うようになった。この意味で、直木賞は司馬が新聞記者から小説家に転身するシンボル的な事件と言っていい。事実、1961年司馬は出版局次長をもって産経新聞を退社し、同社の社友となる。それ以降短編小説だけでなく、『上方武士道』『新撰組血風録』、さらに代表作である『竜馬がゆく』などの長編小説をぞくぞくと発表し、やがて歴史小説家としての全盛期を迎えようとする。

　とはいえ、当時の司馬自身はかならずしもこの転換を積極的に受け止めなかった。それまで司馬は新聞記者という「サラリーマン職業」に満足し、小説は「趣味」「娯楽」にすぎないと何度も述べたことがあり①、親交のあった富士正晴、藤沢桓夫も「彼（司馬、筆者注）は小説を書くつもりだという気配もみせなかった」と証言したことから②、小説家としてのスタートは、司馬自身にとって容易な切り替えではなく、むしろ心の準備がない急な出来事であり、また周囲にとって驚きの事件だったと言えよう。60年代前半における自己認識について、司馬は次のように述べる。

　　私は、あくまでも時代小説の作家のつもりだが、日常の関心は現代への

---

① 「この本を読んで下さる読者の方に」『名言随筆　サラリーマン金言』（六月社、1955）pp. 6-10。
② 富士正晴「司馬遼太郎の世界」『富士正晴全集三』（岩波書店、1988年）p. 427、藤沢桓夫「若き日の司馬君」「月報3」『司馬遼太郎全集11』（文芸春秋、1971）pp. 21-22。

興味をおさえきれない。当然かもしれない。ほんのこのあいだまで、私は新聞記者という職業を通じ、こんにちの人間現象を相手にごはんをたべてきたからである。①

　「新聞記者」と「小説家」という自己認識が混在しているという告白だが、司馬は「新聞記者」として、「こんにち」の「人間現象」への観察は、小説家としてスタートする重要な接点を果たしたというのである。「四六時中、何がニュースになるかと考えあぐね観察しあぐね、朝起きれば他紙の朝刊を死の宣言をまつような気持ちでひろげ、万が一にもヌカれやしないかと眼を血走らせて読みあさる」②という司馬の50年代の記者感覚とはさほど異ならないものだ。このように、1960年代前半期の司馬を理解するため、「小説家」というよりもむしろ「新聞記者」としての社会認識を前提にすべきではないだろうか。

　筆者は1950年代前半における司馬の文献が乏しいと論じたが、1960年代前半の文献状況も依然満足できる状況ではない。当時の司馬の文章を収めた『司馬遼太郎が考えたこと2』（1961—1964）においても、時代・歴史小説に関する話題が圧倒的に多い。その中で司馬の社会認識に触れる文章が散見されても、体系的に検討することは大きく制限される。筆者はこれまで「風神」の未収録文章を大量に発掘したことをきっかけに、その掲載先である『大阪新聞』が司馬の言論の重要な場所であると想定した。1960年代前半の『大阪新聞』も筆者の期待を裏切っていない。同紙第二頁で新設された「世相アラカルト」コラムで、司馬が1962年8月1日から翌年3月26日まで、計33点の文化評論を寄せたことを明らかにした③。新資料が発掘されたというだけでなく、これらの文献は次の三点において重要である。

　（1）司馬の内面世界が窺えること。「世相アラカルト」において司馬は自分の生活範囲、習慣から自己の性格まで多く披露するからだ。それまでの文献では見られない司馬の内面世界の表露である。1961年新聞記

---

① 「作者のことば」『司馬遼太郎が考えたこと2』（2001年、新潮社）p. 21、初出『主婦の友』第四十五巻第十一号、1961年11月。
② 『司馬遼太郎が考えたこと1』「影なき男」（新潮社、2001）p. 46、初出『大乗』第六巻第五号、1955年5月。
③ 文末の一覧表を参照のこと。

者をやめたため、司馬はより自由に執筆できたと考えられる。

　(2)司馬の社会認識が大量に現れること。「作家」という肩書にも関わらず、司馬は自分の歴史小説にほとんど言及しておらず、むしろ現実社会の「人間現象」について多く発言している。『司馬遼太郎が考えたこと』と比較すれば、大きな特徴と言える。

　(3)思想的展開を跡づけることが期待されること。「風神」時代の文章に基づき、筆者は初期司馬における地域主義と民主主義の形成について論じたが、戦後激動した社会状況に伴い、司馬の思想も変化を生じるはずである。「世相アラカルト」コラムにおける司馬の33点の寄稿は、司馬が直面している社会状況、またそれに対するコメントが大量に掲載されているという意味で、貴重な一次資料群と言えよう。

第一節　高度成長初期の『大阪新聞』

　1950年代日本の大勢は「政治的季節」と言われる。イデオロギー論争、占領と独立、保守と革新、政治と文学、逆コースなどといった政治闘争が盛んに行われ、特に1958年新安保条約の調印をめぐって、日本全国は争乱の渦に巻き込まれる。安保で岸信介政権が倒れると、1960年池田勇人内閣が発足した。それまでの政治的論争となりうる課題を極力避け、「所得倍増」をスローガン掲げて経済重視の内政主義を打ち出し、「高度成長」に拍車をかけ、日本は「経済的季節」に邁進していく。このような全国的好景気のなかで、大阪地元の有力紙『大阪新聞』では、戦後大阪の経済復興、交通機関の整備、土地の開発をめぐって大きく報道していた。その中で注目したいのは、1959年末から同紙第二頁で連載されはじめた『大阪商人太平記』である。

　作者は宮本又次(1907—1991)、大阪生まれ、当時大阪大学の歴史教授を勤めていた。宮本はそれまで『大阪町人論』『風土記大阪』『船場』などの著書において、大阪の地誌、商業、風土、人物を多年に亘って研究し、大阪の文化、すなわち「町人根性の持つたくましさ」を広く発信する。そして宮本が「この根性のたくましさは戦後真の市民精神にまで脱皮して、昇華する」と希望するように、戦後民主主義の徹底がその問題意識の

所在である①。『大阪商人太平記』においても、このような姿勢は変わっていない。「大阪に点検の場をもとめて、企業史へのアプローチを試み」、「大阪人気質の本質をこうした方面からも浮き彫りにしよう」②との趣旨の通り、『大阪商人太平記』は近代(明治・大正)における大阪の商業活動や商人伝記に焦点を合わせ、大阪の伝統的な町人文化をアピールする。それが「大阪第一主義」を掲げた『大阪新聞』で載せられることはまことの都合のいいことである。事実、同書は1959年年末から1960年にかけて計二三一回にわたって連続発表されただけではなく、1961年から翌年まで「続大阪商人太平記」と題して計二七〇回も連載されていたことが分かる。『大阪新聞』において、新聞小説の連載回数を超えるほど空前の規模である。「経済的季節」を歩み始めた『大阪新聞』は、このような伝統(町人文化)と近代(商業活動)そして現代(戦後民主主義、高度成長)の連続といった歴史的・地域的特徴があった。

このような背景で、1962年『大阪新聞』第二頁の『大阪商人太平記』が終了し、引き続き同じ紙面に登場してきたのがほかでもなく司馬遼太郎が多数寄稿した「世相アラカルト」コラムである。「世相」とは、世の中のありさま、社会の様子であり、「アラカルト」とは、食堂などで客が自由に選んで注文できる一品料理という意味である。題名から見れば、「世相アラカルト」コラムは、寄稿側と読者側の自由性、および「現在」という時代性が強調されるという点において特徴が挙げられる。また、「大阪商人太平記」より紙面が大きく広がり、「世相アラカルト」は新聞紙一頁の五分の一を占め、挿絵もついており、人を引き付けるような新たな設計である。コラムの全体については、次の統計表にまとまってある。

表6-1 コラム「世相アラカルト」投稿者一覧

寄稿者氏名	生没年	職業	寄稿数	割合	主な内容
1.藤浦洸	1898—1979	詩人	29篇	15%	田園生活、スポーツ
2.丸尾長顕	1901—1986	演出家	33篇	17%	恋愛、女性
3.司馬遼太郎	1923—1996	作家	33篇	17%	日本旅行、若者
4.福田蘭童	1905—1976	随筆家	34篇	17%	海外旅行、釣り話

---

① 宮本又次『大阪町人論』(ミネルヴァ書房、1959) p.3.
② 宮本又次「はしがき」『大阪商人太平記』「明治後期篇(下)」(創元社、1963年)。

□表

寄稿者氏名	生没年	職業	寄稿数	割合	主な内容
5.オーティス・ケリー	1921—2006	同志社大学教授	18篇	9%	日本旅行、異文化体験
6.木暮実千代	1918—1990	俳優	5篇	3%	職場話
7.轟夕起子	1917—1967	俳優	9篇	5%	マスコミ
8.陳舜臣	1924—	推理作家	20篇	10%	推理小説、教育
9.堀内方子	不詳	デザイナ	16篇	8%	ファッション

　寄稿者はほとんどマスコミ関係者で、当時活躍した社会名流である。テレビをはじめとするマスコミの急速な普及が反映される。合計197点の寄稿は、テレビ、流行文化、価値観の紹介(2、6、7、8、9)、及び観光体験談(1、4、5)という二種類に分けることができる。話題は大阪にとどまらず、関西地域、日本全国さらに海外まで広がることが分かる。高度成長を歩む時期に、『大阪新聞』の編集者たちは、新しい社会生活様式の紹介、及び観光経済の活性化といった趣意で「世相アラカルト」コラムを立ち上げたと推察する[①]。執筆者はほとんど年上だが、司馬はほぼ週一点の頻度で、合計33点の文化評論を書いた[②]。寄稿者の中では上位である。1961年新聞記者をやめたものの、それまで『大阪新聞』の文化コラムを企画してきた司馬は、『大阪新聞』にかなり信頼されたことが分かる。

第二節　「世相アラカルト」における「反世相」

　1960年代前半、高度成長は社会生活様式に巨大な影響を及ぼす。テレビをはじめとする耐久家電製品は急速に社会に普及し、人々は日常の労働から解放され、いわゆるテレビブーム、レジャーブームは当時の流行語と

[①] 観光経済の活性化という編集者の意図について、「阿波は、阿波おどりのほかは観光資源のとぼしいところで、数年前に土地の智者があつまり、「城よりも、狸を宣伝しよう」」という司馬の証言がある。司馬は「狸の分野」を執筆する時、その配慮を念頭に入れたに違いない。「狸と泥棒」『司馬遼太郎が考えたこと2』(新潮社、2001)p.43、初出『週刊文春』第三巻第四十六号1961年11月。
[②] そのうち4点がすでに『司馬遼太郎が考えたこと2』に収録されている。

なった。と同時に、ライシャワーなどのアメリカ政治家、学者が提唱した「近代化論」を念頭に置けば、1960年代前半はまさに西洋価値観の流入、物質文明が高揚する「消費社会」「近代化」の時代であった。

ところが、社会は向上するものの、司馬は変哲もなく、淡泊な日々を送っているようだ。その言葉を借りれば、「趣味道楽というものは才能がいるもので、私などは、酒座を愉快にする術をもたず、歌舞音曲はできず、運動神経はさして無く、書画コットウに執着できるほどの眼識がなく、人と勝負をあらそって十度に三度は勝てるほどのバク才もない」①。テレビを購入しても、「最初の一日は、それをつけたり消したりして楽しんでいたが、だんだんばかばかしくなって、その後半月ほど、置きっぱなしになっている」。ボーナスを手に入れても、「そういいながら私は戦後十四年ばかり勤めて、その間、ボーナスは二十八回はすくなくとももらったはずだが、なんの思い出もないことに気づいて、われながら驚いた」と生活態度の地味さに幾分自嘲めいた口調だが、司馬は急速に発展した社会と距離をとり続けている生活態度が分かる。では、司馬はどのような思惑で「世相アラカルト」コラムに寄稿したのだろうか。コラム開始早々の「萩の宿」に注目したい。

> 武家屋敷が残っており、まだ人がたくさん住んでいる。市内に交通信号は一か所しかなく、町でめだつほどの煙突はあわせて三本あるのだが、いずれも銭湯のそれで、工場というのは一棟もない。雲が美しく、町は洗われたような清潔で、古雅で、まるで封建時代の城下町をビンヅメにして保存してあるような都市である。
>
> 高村さん、というのが宿の係りの女中さんだったが、年頃は五十五、六で、大阪の城下町の住人にだけみられる典雅さと明るさをもった人で、身ごなしや言葉のはしばしにどことなく三百年の都市文化というものを感じさせる。こういう人からみれば、風景の変遷の激しい大阪、東京の人種などは、ひょっとすると大田舎者ではないかともおもわれる。つまり、いわゆる都会人などは、着ているものがそのもの流行服というだけのことで、中身には、厳密な意味での文化の折り目がついていないようにおもわれるのだ。
>
> （中略）

---

① 「作戦要務令——悲劇はもう一度おこる」『大阪新聞』1962年12月11日。

第五章　司馬遼太郎の世相論

　　まったく、この欄に紹介するには、あまりにも「反世相」的なはなしで恐縮だが、都会の薄っぺらいアンチャン文化だけが世相でもなく文化でもないと思うのである。
　　世の中には、いろんな人がいる。週刊誌の中間読物にのっている連中だけが日本を構成しているのではない。日本の社会は、これはこれで、じゅうぶんにぶの厚さをもった社会だということを、わざわざ長州萩まで行って知らされた。①

　「都市としての発展がまるでストップしてしまったような町」を訪問した司馬は、町から一歩も出たことのない女中さんの「典雅さ」「明るさ」に感心し、「三百年の都市文化」という日本社会の「ぶの厚さ」を知ったという旅の体験談である。その翌年女中さんについて「一隅を照らす人こそ、国の宝だ」と再び評価しており、萩の旅行は印象的なものであったと言っていい②。「都会人などは、着ているものがそのもの流行服というだけのことで、中身には、厳密な意味での文化の折り目がついていない」と指摘することから、司馬は彼の「風神」時代の価値構造、すなわち「中核」と「表面」という観念を踏襲していることが分かる。ただ、「風神」時代に「表面」で横行した政治に、「流行文化」が取って代わったのである。ここで、流行文化と伝統文化との連帯的関係から歴史と現在の一体感を訴えるというのが、司馬が言わんとするものであろう。
　だが、流行文化の実態は司馬の理想とかけ離れている。司馬は「都会の薄っぺらい」アンチャン文化は「ぶの厚さをもった社会」が表現できないとし、それは「世相でも文化でもない」と指摘する。そこで、流行という表面のみ注目され、その内実であるべき伝統が無視されるという不満があった。司馬の「風神」時代を想起すれば、50年代前半において、司馬は伝統文化の復帰に対して大いに期待していたものの、60年代前半に入ると、伝統文化自体の喪失に懸念を抱えるようになった。そのため、司馬は当時の流行文化や新たな生活様式に対して、批判的な態度を取っていた。以上のような自己主張と現状認識との格差において、司馬は敢えて「反世相」という趣旨を表明した。流行文化や価値観を宣伝する「世

---

①　「萩の宿——古い城下町の女」『大阪新聞』1962年8月17日。
②　「お種さん」『司馬遼太郎が考えたこと2』pp.235-237、初出『婦人生活』第十七巻第二号、1962年2月。

相アラカルト」では、かなり異色な発言であろう。

　　レジャー・ブームというが、人間まったくヒマになると、なにを考え
　だすかわからない。狸は自分でシワをのばしているが、人間はわざわ
　ざ他人に金をはらって　シワをのばしてもらっているのである。
　　「まったく退屈ブームだ」
　　と感心してしまったが、人間は退屈がコウじてくると、いよいよ自分
　に対する関心が病的になってくるものらしい。
　　占いのブームなども、その一つだ。自分の性格や運命を他人に教え
　てもらって悦に入っている。
　　いろんな健康療法がはやるのも、人間の強烈な自分への関心につけ入
　ったものだろう。
　　ヨガの流行が、いい例である。①

　「占い」「健康療法」「ヨガ」の流行といったレジャー・ブームは、司
馬にとって不可解なものである。「ヒマ」や「退屈」といった内実のない
状態から育てられた「自分に対する関心」は、「病的」になるだけの話で
ある。精神空洞化した流行文化は、伝統と結びつけず、司馬の批判の対
象になるのも当然なことである。淡泊な生活態度、流行文化への批判か
ら、司馬の意識の根底には、近代化がもたらす物質文明の氾濫に対する反
発があるだろう。

第三節　幕末と「保守精神」

　周知のように、1960年司馬は通俗文学の登竜門と言われる直木賞を受賞
し、翌年小説を専念するために産経新聞社を退社した。それから司馬
は、一、二年間ぐらい探偵小説、戦国を題材にした歴史短編小説を執筆し
続けた。注意したいところに、1963年から、司馬はそれまで扱っていな
い「幕末」に惹かれ始めたようだ。『竜馬がゆく』をはじめ、『新選組血
風録』『燃えよ剣』といった幕末を舞台とした長編歴史小説はすべてこの
時期の作品である。

---

① 「狸の分野——退屈がこうじると」『大阪新聞』1962年12月20日。

第五章　司馬遼太郎の世相論

　司馬の代表作『竜馬がゆく』を例として挙げてみよう。『竜馬がゆく』は1962年6月から1966年5月にかけて、約五年間で『産経新聞』で連載されていた。その誕生の経緯について、小林竜雄は司馬の個人的理由二点を挙げた。すなわち、司馬が当時住んでいた「マンモスアパート」という集団住宅地は、土佐藩の蔵屋敷の跡地にあること。そして、高知県出身の知人に頼まれ、産経新聞社社長の同意を得たことである①。時代的背景について、小林は司馬が「明治百年」を意識していたと指摘するが、筆者は当時の司馬には、明治への感覚はまだ早すぎると考える。『竜馬がゆく』を構想、執筆する際、司馬は「明治」あるいは「明治百年」に対する言論はなかったようだ。確かに当時司馬は「百年の単位」「めでたき百年」といった文章を残したが、「くだって幕末争乱の最絶頂期というべき元治元年が、ことしをもってかぞえると満百年になる」と述べるように、「百年」はむしろ「幕末」を記念する意味で使われていた②。このように、幕末の小説を手がけることによって、司馬は「幕末史」という新たな領域に立ち入ったのである。

　最も、司馬の歴史小説へのこだわりは60年代に始めたわけではない。早くも1956年に、司馬は「正しい史観と資料をそなえたものでなければ、もう読者も食いつくまいというのが本筋の見方だ」と自分の歴史小説の作法と気負いを述べたことがある③。幕末を主題とした歴史小説を構想す

---

① 小林竜雄「『竜馬がゆく』誕生秘話」『司馬遼太郎が書いたこと、書けなかったこと』(小学館、2010) p. 16。
② 幕末という時代を扱う現実的理由について、「めでたき百年」では次のように述べる。「百年目のいまの池田政府はどうか。信長のころの足利政府や、元治元年当時の徳川政府からみればずいぶんと堅牢な政府であることはたしかである。当時の幕府の閣老の多くは、徳川家や日本の安危を考えるよりも自家の保身、派閥抗争でその日暮らしをつづけていた。その点は似ている。ただ社会が成長している。政治家が少々コップのなかで遊んだり騒いだりしていたところで、日本の社会の各分野が、強靭に日本を担当するまでに成長している。この点、歴史は変わった。泰平めでたき百年目というべきであろう。池田さんよ。」「めでたき百年目」『司馬遼太郎が考えたこと2』(新潮社、2001) pp. 306-308、初出『毎日新聞』夕刊1964年1月10日、「歴史は変わった」と述べるように、司馬は幕末と今の日本を比較し、戦後日本の社会性を強調した。1960年代前半という激動期に池田勇人政権、特に貿易自由化政策は「自家の保身」にこだわらず、いかに社会責任を担ってくれるかという新たな問題意識があった。司馬の社会論については、本論文の第七章「司馬遼太郎と世代論」を参照のこと。
③ 「歴史物の流行」『大阪新聞』1956年1月12日。

るため、司馬は資料を網羅的に収集し、特に京都にある史跡を丹念な調査をしていた。その創作経緯について、『司馬遼太郎が考えたこと』ではあまり紹介されていないようだが、ちょうど同じ時期に登場した「世相アラカルト」における寄稿は、司馬の取材ぶり及び生の感想を披露する貴重な資料である。「寺町雑感——ド根性のいやらしさ」において、京都の先斗町にある幕末尊皇攘夷家の本間精一郎の遭難地を訪れ、司馬はその感想を述べた。

　　木屋町へ出るために、三十九番露路をぬけ通ったが、途中、京格子のふるい家がならんでいる。出格子の柱に、刀傷が四点ある。一点は切りこんで二寸ほど。あとは、そぎおとして三寸ほどのきずをのこしている。幕末の剣戦のあとである。
　　文久二年八月二十日の夜、越後浪人本間精一郎が、先斗町三条下ル「近喜」に登楼し、すぐ□授をつれて外へ出た。雨傘で身をかくし、わざと酔ったふりした。すでに刺客があるとをつけていることを知ったからである。本間は京都のいわゆる勤王の志士のなかでも秀抜な理論家で、しかも議論をはじめれば相手を屈服させねば気のすまぬ性格があった。相手はつねに、議論を失なうと同時に名誉をも失なった。自然、同志から憎まれた。デマがねつぞうされ、佐幕派の公卿に近かづいているといううわさが立った。
　　当夜の刺客は、人斬りの異名で知られた薩摩の田中新兵衛、土佐の岡田以蔵らである。
　　この三十九番露路で前後から刺客にかこまれ、激斗した。狭い。それだけに本□にとってやや優位であったが、途中刀がソツバモトから折れ、斬られた。
　　そのあとが、平然とまだ残っている。平然と、といったのは、町民がべつに改造　もしないというだけのことである。出格子は、きれい好きの京都人らしく、いつもきれいにみがかれている。それも、住まいを□□にしておくというだけの動機で、磨いていくらか金をとるという魂胆ではない。
　　京都には、そういうおそるべき保守性がある。これが、町の美しさの秩序を破壊からまもっている。これはパリでもそうであろう。①

---

① 「寺町雑感——ド根性のいやらしさ」『大阪新聞』1963年3月26日。

第五章　司馬遼太郎の世相論

　幕末小説を念頭に置きながら、「出格子の柱にある刀傷」を目撃し、激動した幕末という歴史的現場に立ち会った司馬は大いに満足したようだ。伝統文化の保全に固執する「京都のおそるべき保守性」を褒めたわけである。『大阪新聞』への寄稿のため、司馬はただ単に京都を褒めるだけではない。司馬は文章の中心である大阪に話を移した。そこに、京都の「保守性」に反して、大阪の「ド根性」が挙げられた。

　　大阪はちがう。
　　全市、破壊の魔人のようなものだ。大阪の都心部の緑地帯は、寺町のあたりだけだったが、いまはむざんなものだ。
　　昨日、人がきた。町で写真をとりたいという。同行して寺町の源聖寺坂をのぼった。この石畳みの坂は、私の中学のころ五年間往復したところだからかつての記憶がある。大阪でも最も美しい坂の一つである。
　　それが無残にやぶれている。両側の寺が、土地の切り売りしているせいである。寺の境内地は、宗教目的以外には使えないことになっているのだが、いまの僧侶には、道心どころか、遵法精神もないのであろう。
　　坂をのぼりきって、寺の塀のつづくあたりに出たのだがあ、このあたりの寺の俗□無類の風景ときたら、ちょっとすご味がある。
　　なにかの理由で古い美をすてねばならない場合は、こういう機能第一主義の都会ではじゅうぶんありうるのだが、それはいい。破壊もいい。が、美をつくりだすための破壊ならいいが、なにも生んでいない。醜（みにく）さだけがそこにある。
　　これが、われらが町、大阪のド根性というものだ。ド根性のいやらしさを見ようと思えば、寺町で散歩されることをすすめる。おそらく市民としての自己嫌悪を感じることなしに、この町を廻りすぎることはできない。①

　近世から「天下の台所」と呼ばれた大阪では、大阪商人が経済活動に長じるという伝統はよく知られている。大阪は空襲の焼け跡から著しく復興、高度成長を遂げたのは、このような伝統が働いている言われる。その伝統を認めた司馬は、大阪を「機能第一主義の都会」と呼称した。ところが、司馬は60年代前半の町の変化を目撃し、大阪人の「ド根性」は寺

---

①　同本章の掲注 17。

町といった「古い美」を破壊する恐ろしい力に変わっている、と皮肉る。『大阪新聞』において、常に自己の郷土愛や地域主義を主張してきた司馬が、大阪を批判するのは異例であろう①。

　最も「破壊」という行為自体に対して、司馬が怒りだけを感じたわけではない。例えば50年代前半司馬は無頼派と言われる坂口安吾の作品に大きく感銘を受け、「徹底的な破壊と堕落の向うに見える絶対自由の浄土を夢見ながら、ムラがる敵をバッタバッタとなぎふせて行った」と坂口の破壊精神を絶賛したことがある②。空襲によって焼け跡になった大阪の土地において、司馬は新たな未来を期待していた。その一方、司馬は大阪人の「ド根性」そのものを否定するわけでもない。例えば、大阪の布施、十三地域の経済復興を見た司馬は、「市内で商売をしていて失敗をすると、尼崎、十三、布施に落ちのびたそうだ。つまり、大阪の平家村のようなものである。そこで何年か安い家賃で辛抱し、機が熟すとふたたび市内にのぼってきて商売の旗をたてる。それが、大阪ふうな土根性だったのだろう」と大阪人の強靭さを評価した③。

　司馬の問題意識は「あまり発展が急速だったために、じつにややこしい町になってしまった」という言葉にある。つまり高度成長初期において、「経済至上主義」に走り、経済と文化のバランスが崩れかけた大阪に対する不安である。このような現実認識において、司馬は「町の美というのは、それを創るためには大胆な破壊精神も必要だが、それだけなら、じゅうぶんではない。それを守る強烈な保守精神が必要である」と、自分の「保守精神」を初めて表明した。

第四節　内省の姿勢

　京都の保守性を高く評価する司馬は、京都を批判することもあった。「碑について——歴史を忘れた日本人」という文章において、司馬は史跡

---

① 第三章「『大阪新聞』と司馬遼太郎」を参照のこと。最も同時期の文献を照らしあわせてみれば、司馬が経済活動に長じるという大阪人の性格を評価する箇所が見当たらない。筆者が参考したのは『司馬遼太郎が考えたこと2』(1961—1964)（新潮社、2001）である。
② 「坂口安吾の死」『大阪新聞』1955年2月19日。
③ 「布施と十三——町の盛衰」『大阪新聞』1962年9月5日。

第五章　司馬遼太郎の世相論

探訪の不愉快な経験を披露した。訪れた場所は京都河原町の繁華街にある史跡、明治維新の策源地である薩摩屋敷だった。毎日大勢の人々が薩摩屋敷のそばを通りかかるが、記念碑が建てられていないため、誰一人も意識することができない。史跡を管理するはずの関係者は、その調査を学生アルバイトにやらせているという。司馬は市役所の「いい加減さ」に大いに憤慨し、次のように批判した。

　戦後、観光京都でさえ史跡碑がたたぬ、というのは、これは、われわれ日本人全体の不幸に根ざしている。
　われわれ日本人は、明治以降、終戦まで、ばかげた水戸学派の尊王攘夷史観の国史教科書を教えこまれ、終戦後、米軍の軍政者がそれを捨てさせると、こんどは大あわてで日本史そのものも捨ててしまった。この日本の珍事は、地球つづくかぎり人間文明史上の最大のコッケイ事件として記録されるべきだ。
　もっとも、この滑稽はなおも続いている。学校ではなお堂々たる態度で日本史は講じられておらず、日本史といえばヤヨイ式土器と米騒動のようなものだ、という印象だけで生徒たちは社会に出てゆく。
　歴史感覚がない、ということは、文明感覚がない、ということで、現代人としてはもっとも応ずべきことなのである。私は、日本が最近繁栄をとりもどしたが、なお戦後の荒廃のまっただなかにあるといいたいのは、歴史をわすれていることである。
　なにも、史跡に石を一つ置くことが、歴史でも文明でもないが、市民がそれを愛している証拠にはなる。すくなくとも、効用としては、それを通りすがる人にその巨大なものを考えさせる契機にはなる。①

保守性を誇る京都自身でも、史跡を軽率に扱う態度が見えるということで、司馬は京都の「歴史感覚の喪失」に失望した。実際に、「この民族は、『歴史』を喪った」という認識は、早くも十年前に明白に出た②。ここで「戦後、観光京都でさえ史跡碑がたたぬ、というのは、これは、われわれ日本人全体の不幸に根ざしている」と指摘するように、司馬は「歴史の喪失」が戦後日本を貫く根本的問題として認識したのである。

---

①　「碑について——歴史を忘れた日本人」『大阪新聞』1963年1月19日。
②　「歴史物の流行」『大阪新聞』1956年1月12日。

司马辽太郎的日本战后民族主义——以其记者时期的思想为中心

　　終戦直後の日本人の「歴史の喪失」の要因について、司馬は「われわれ日本人は、明治以降、終戦まで、ばかげた水戸学派の尊王攘夷史観の国史教科書を教えこまれ、終戦後、米軍の軍政者がそれを捨てさせると、こんどは大あわてで日本史そのものも捨ててしまった」と述べた。　この言説は司馬の戦後認識を示す極めて重要な表現として注目すべき言葉である。アメリカの支配により、いわゆる「皇国史観」的な日本史の叙述と健全たる日本史と、味噌もクソも一緒に処分されてしまったという。　戦後民主主義改革の強行により、戦後の歴史教育は「封建か封建でないか」という「史的法則」で行われ、「民族の史詩」を伝えることができない、という司馬の時代認識があった①。　アメリカの支配という外部から押し付けられた民主主義改革に対して、司馬は強烈な不満を持っていた。

　　以上の言説を繰り返して検討れば、この言説には司馬の思想にある微妙な展開が潜んでいる。　「尊皇攘夷史観」に触れた箇所、そして幕末という新たな時代を注目し始めた司馬の事情を考えれば、ここで言う「日本史」は「日本近代史」と特定した文脈がある。　「学校ではなお堂々たる態度で日本史は講じられておらず、日本史といえばヤヨイ式土器と米騒動のようなものだ、という印象だけで生徒たちは社会に出てゆく」と、「古代史」にこだわった歴史教育の「滑稽さ」を指摘した。　60年代に入り、日本本土においてアメリカの支配が終結し、経済復興を遂げた。　それなのに、学校教育は自ら「日本近代史」に触れようとしない、あるいは自ら記念碑を立てなく、歴史感覚を喚起する意欲さえ見られない。　それらの現実は、司馬にとって理解に苦しいものであった。　この時点で、アメリカなどの外部からの敵を想定するよりも、経済成長に伴う問題点という日本「内部」から問いはじめる、すなわち「自省」という司馬のスタンスが微妙に変わっているのだ。

　　幕末小説の取材を通じて、司馬は様々な資料を調べた。　その中に、彼が最も賞賛したのは文倉平次郎の『幕末軍艦咸臨丸』である。　同書は昭和十三(1938)年出版され、分厚い歴史研究書である。　著者の文倉は大学の教授でもなく、一定年社員であった。　咸臨丸に属する日本水夫の墓が米国で発見され、そのきっかけで文倉は「生涯の事業」として同書をまとめたという。　司馬は次のようにコメントした。

---

① 50年代前半の司馬の戦後民主主義改革への批判については、第四章「『逆コース』論争と司馬遼太郎」を参照のこと。

第五章　司馬遼太郎の世相論

　好事家が書いた歴史というのは、視野がせまく、えてして主観的なものだが、この書物は、大学の史学の教授でもこうはいくまいと思うほどの客観的姿勢をとり、資料の取捨選択は厳正であり、かつ、文章はきわめて平明である。しかも自分が生涯をかけた咸臨丸への愛情にみちている。日本史のなかでその船名をとどめながらしかも資料はほとんど壊滅していた咸臨丸はこの名著によって浮かばれた。①

　『幕末咸臨丸』は非常に信憑性のある歴史研究書だという。司馬はあまりにも気に入ったらしく、それを「男子の偉業」として絶賛した。勝海舟や幕末海軍を描いた『竜馬がゆく』は、同書が多いに参考になっただろう。

　筆者も実際に同書を調べた。1938年に海軍をモチーフとした同書の出版は、確かに「非常時」すなわち戦争勃発という特殊な時代背景と関係なくもないが、「非常時」のイデオロギー、例えば「国民精神総動員」のような表現は一切出ていない。同書は「皇国史観」的文脈も見当たらない純粋たる歴史研究書である。出版物が厳しい統制に置かれた時代において、同書は珍しいケースと言えよう②。

　ともあれ、資料を大量に集め、それらを取捨選択した上に、司馬は「厳正」たるつもりで『竜馬がゆく』などの幕末小説に取り掛かった。その結果、司馬は幕末史の激動した時代精神と出会い、幕末史に多いに魅了されたという。1966年『竜馬がゆく』が完結した際、司馬は評論家の大宅壮一と次のような対談が行われた。

　　大宅：ひとつ、外国へでもいってみませんか？
　　司馬：それ、自分自身に異論があるんです。
　　大宅：イメージがこわれる？
　　司馬：ウーン。そういうことですね。
　　大宅：蒙古語を専攻されましたね。蒙古なら、どうです？
　　司馬：いってもいいです。
　　大宅：かつては、憧れたんでしょう？

---

① 「幕末軍艦咸臨丸――名著によってその名永遠に」『大阪新聞』1963年3月12日。
② 文倉平次郎『幕末軍艦咸臨丸』（厳松堂書店、1938）。

司馬：いまでも、ものすごく憧れてますよ。けれども、小説の世界では外国に興味ありません。ぼくがいま、いちばんおもしろいのは、日本と日本人です。

大宅：あなたがねらっているのは、日本でもいちばんおもしろい時代でしょうね。

司馬：ぼくは抽象的な人間なんです。外国人のような目で、見物し歩いている…。なんていいますか、立場がそういう…。

大宅：ニッポン見物旅行だな。

司馬：そいつに、いまのところ熱中しています。ちょっと外へは関心が向きませんね。①

　それまでモンゴルに憧れていた司馬は、『竜馬がゆく』などの取材により、外国への関心さえ向かなくなり、日本、日本人と国内旅行だけに熱中していると言う。以上の言説は、第三節で触れた保守精神をそのまま反映しているように思える。60年代における保守精神の顕在化は日本全体としての「歴史感覚の喪失」という時代認識、そして幕末小説取材に伴った日本近代史への自らの探索と深く関わっているのである。

　高度成長期を歩み始めた『大阪新聞』の「世相アラカルト」コラムから、司馬が執筆した29点の新資料が確認され、『大阪新聞』は司馬にとって重要な存在であることが再び証明された。「世相アラカルト」において、司馬は他の執筆者と異なった「反世相」の立場を打ち出した。司馬は60年代前半の急速な経済発展、土地開発に危惧を覚え、文化と経済とのバランスの崩壊を意識したからである。そこに、「歴史の喪失」がなお戦後日本二十年間を影響し続ける深刻な社会問題として認識された。このような時代認識から、彼は「破壊精神」よりも「保守精神」が必要だと、自分の「保守精神」志向を初めて表明した。

　もっとも、司馬の「保守精神」は60年代に生まれたのではない。少なくとも十年前の50年代に、司馬の戦後民主主義改革を批判し、そのような志向が見え始めた。60年代前半における新たな時代認識、それに自分の幕末小説の取材をきっかけに、司馬の「保守精神」は顕在化した。その「保守精神」は「日本近代史」に焦点を当てる傾向が見え、外部を批判す

---

① 「竜馬が生きていたら三菱財閥をつくった」『大宅壮一全集　第十五巻』（蒼洋社、1982）pp. 155-156、初出『週刊文春』1966年9月5日号。

るのではなく、内部を「自省」する姿勢を取り始めたのである。個人史的な意味では、「保守精神」の顕在化が、司馬における戦後ナショナリズムの大きな展開と言えよう。

橋川文三は「日本保守主義の体験と思想」において、「進歩史観」という「戦後日本特殊な知的伝統」について検討したことがある。50年代民主主義、マルクス主義の文脈において、「保守」は常に「進歩」の対立面、すなわち「反動」「反革命」というイメージに結び付けられる。60年代の高度成長期に入り、イデオロギー闘争が下火になっているが、経済好調を裏付ける「近代化論」の文脈においては、「保守」が「経済」の対立面に置かれ、否定的に語られていたという①。もしそうであれば、60年代前半司馬が自ら「保守精神」を表明するのはかなり異色であろう。

司馬は幕末小説を創作することによって、幕末史を猛勉強したこと述べたが、幕末に継ぐ「明治」をまだ完全に視野に入れていないようだ。「われわれ日本人は、明治以降、終戦まで、ばかげた水戸学派の尊王攘夷史観の国史教科書を教えこまれ、終戦後、米軍の軍政者がそれを捨てさせると、こんどは大あわてで日本史そのものも捨ててしまった」という言葉を今一度見てみれば、司馬が明治を依然イデオロギーに縛られた時代と捉えたことが分かる。本論文第七章で検討したように、60年代前半の司馬は決して「明治」を「明るく」見ていなかった。「明治」という時代を問題視したのは、明治維新を舞台とした『坂の上の雲』を待たなければいけない②。

表 6-2 「世相アラカルト」コラムにおける司馬遼太郎の寄稿
（合計 33 点）

1962 年 8 月 1 日	ガタロがいない――だからコドモがギセイになる
8 月 8 日	コレラの今昔――死にかかった初代英大使
8 月 17 日	萩の宿――古い城下町の女
8 月 22 日	鉄砲と自動車――昔の若者はこれで泣いた
8 月 29 日	この娘を見よ――父が療養者ならいけないか

---

① 橋川文三「日本保守主義の体験と思想」『戦後日本思想大系 7』（筑摩書房、1968）pp. 8-46。
② 司馬の明治への展開について本論文の第七章「司馬遼太郎と世代論」、終章「『坂の上の雲』にいたる軌跡」を参照のこと。

司马辽太郎的日本战后民族主义——以其记者时期的思想为中心

续表

9月5日	布施と十三——町の盛衰
9月11日	村の恩師——同窓生、オトナ面忘れる
9月19日	山やくざ——人口過剰の悲喜劇
9月27日	変な置き物——この不便なもの"テレビ"
10月5日	年忘れ——気の若い時代※
10月12日	ある結婚式——この古く新しい若者たち※
10月19日	読史余談——丹羽長秀の切腹※
10月26日	若いものは悪いか——愚かな世代論※
11月1日	えらいやつ——T君の硬骨
11月9日	無線アンマ——「宇宙アンマ」とハナ高く
11月16日	戦車と貿易自由化——池田さん、大丈夫ですか
11月23日	団右衛門会社——そっくりのイノシシぶり
12月4日	ボーナス——どうも印象がキハク
12月11日	作戦要務令——悲劇はもう一度おこる
12月20日	狸の分野——退屈がこうじると
12月28日	ああ、わが社会党——そんな高い本は買えません
1963年1月9日	煙霧へのノロイ——星がみえない
1月19日	碑について——歴史を忘れた日本人
1月23日	経営者と無能——珍奇きまわる事件
1月29日	市長さん——その名も知らない
2月6日	ある終戦っ子——えらい子がでてきた
2月13日	医学時代——自己診断過剰
2月19日	走る、飛ぶ、服装——生命をあずかる人の場合
2月26日	腰が抜けている——もっと体力がほしい
3月5日	風景の賊——わがもの顔の像
3月12日	幕末軍艦咸臨丸——名著によってその名永遠に
3月19日	落第回顧——東北で味わった悲痛感
3月26日	寺町雑感——ド根性のいやらしさ

※はすでに収録されている作品である。

第六章　司馬遼太郎と世代論
その戦争記憶の表面化

　1962年8月1月から翌年の3月26日まで、司馬は『大阪新聞』「世相アラカルト」コラム（以下は、司馬の寄稿と略す）において、計33点の寄稿が確認された。そのうち31点は現在収録されていない新資料である。彼は1960年1月直木賞を受賞し、その後小説に専念するため、1961年3月彼はそれまで十三年勤めた産経新聞社を退社した。ただ、新聞記者を辞した後も「世相アラカルト」コラムにおいて週一回のペースで約7ヶ月寄稿している。従って、少なくとも新聞社をやめた二三年の間、彼は歴史小説を書きながら、同時に新聞記者の視点を持ち続けて精力的に社会を観察していたことが分かる。

　50年代前半の「風神」の記事と比較すれば、司馬の寄稿には次の三点の特徴を指摘できる。まず、50年代前半に美術、文学、社会といった様々な領域に発言したのに対し、彼の寄稿は、60年代前半の社会状況のみに焦点を当てた点である。これは、新聞社という組織に縛られることなく、司馬はより関心のある「社会」について発言できるようになったためだと思われる。また、寄稿では、自分の記憶、習慣、性格などが多く披露される。文学の登竜門と言われる直木賞を獲得したのに伴い、その個人的世界も注目されるようになったためだろう。さらに、1963年から司馬は『竜馬がゆく』『燃えよ剣』『功名が辻』、『坂の上の雲』といった長編小説を次々と発表し、小説家としての全盛期を迎えており、1962年、1963年の寄稿は彼の小説家以外の側面を知る上で貴重な資料となっている。

　本稿は司馬の寄稿を構造的に把握し、高度成長初期における司馬の「保守精神」について考察した。だがこれらの寄稿に対してまだ研究の余地が十分にある。例えば、社会に焦点を当てたこれらの寄稿は、60年代前半の社会的状況および社会認識を語る新資料であり、その中にとりわけ「若者」を主題とした文章は七点が数えられ、寄稿の中で大きな割合を占

司馬遼太郎的日本战后民族主义──以其记者时期的思想为中心

めている①。 彼が主張した「保守精神」を敢えて「旧」とすれば、「若者」の「新」というもう一つの力点が見える。 その小説に対して、関川夏央は明るくさわやかな人物像が浮き彫りされた、とその作品の文学性を評価する。 そのため関川は『坂の上の雲』までの司馬は「青春小説家」だと指摘する②。 ここで彼の小説の特徴には深く立ち入らないが、主人公の二十代から筆を起こし、三十代での事績に焦点を当てる、という小説の手法における傾向が見て取れる③。 二十代、三十代は現代の感覚で言えば青年から壮年までの時期に当たる。 当時司馬は四十代の前半で、青壮年に当たる主人公にある種の共鳴を覚え、またはある種の解釈を加えようとしたのかもしれない。

興味深いことに、司馬の若者への関心はそれまでなかったようだ。 敗戦を迎えてから十数年間、彼の意識では長くニヒリズムに支配された。 例えば彼は五十年代盛んだった京都大学の学生運動を「騒乱」「乱闘」としか見ていなく、学生運動の価値を評価しなかった④。 司馬の若者への関心が登場するのに、ある一定の契機が必要であった。 実際に、彼は当時の世代論論争に参加して初めて若者に言及したのである。 五十年代前半司馬を巻き込んだ「逆コース」論争を想起すれば、十年後、彼は再び社会の思潮に乗ったのである。 時代・歴史小説を書きながらも、司馬は依然社会に対して辛辣な発言をしていた。 世代論論争において、司馬は戦中派を自認しながら、自分の戦争記憶を初めて明かし、戦後派の若者に強い共感を覚えた。 本稿は、このような思想的位相を戦後ナショナリズムの展開の中で位置づけてみたい。

---

① 1962年8月22日「鉄砲と自動車──昔の若者はこれで泣いた」8月29日「この娘を見よ──父が療養者ならいけないか」10月5日「年忘れ──気の若い時代」10月26日「若いものは悪いか──愚かな世代論」11月1日「えらいやつ──T君の硬骨」1963年2月6日「ある終戦の子──えらい子がでてきた」3月19日「落第回顧──東北で味わった悲痛感」。
② 関川夏央『司馬遼太郎の「かたち」──「この国のかたち」の十年』(文芸春秋、2000) p.138。
③ 付表を参照のこと。 ちなみに『殉死』では五十代の乃木希典を主人公としたが、神格化された乃木像に対して痛烈な批判を加えるこの作品は、司馬の長編小説の中で異例と言っていい。
④ 第二章「宗教記者時代の司馬遼太郎の成長歴」第一節「学生運動への冷たい目線」を参照。

第六章　司馬遼太郎と世代論

第一節　60年代前半世代論の構図

　戦争は世代意識や歴史意識の断絶をもたらす最大な要因であることは、これまでにも指摘された通りである①。日本の場合、世代間の精神構造は戦争体験の有無によって大きく異なり、『戦後史大事典』では戦争中のことにこだわりたくない「戦前派」、戦争のことを覚えていない「戦後派」、戦争時代に自己形成をしてその刻印を受けている「戦中派」、と三つの世代に分類する。「敗戦から十年ほどの間、見知らぬ人が合うときにおたがいの話のいとぐちを見つけようとして、くりかえし話題にのぼった。ところが、この話題は共通性がなくなった時、戦争体験が論壇の主題として挙げられ始めた」②。これが、いわゆる戦後世代論論争の大まかな経緯である。

　1960年代前半の世代論論争は、戦前派と戦後派の対立ではなく、戦中派と戦後派との応酬が中心であった。戦中派と戦後派との矛盾がエスカレートした悲劇として、「話しても分からない　悲しい世代のズレ」という記事で報道された。同記事は物々しい軍隊行進を行っている学徒兵、個性的な服装やヘアスタイルを身につけ、楽しそうに雑談する若者、という二枚の対照的な写真に挟まれた。

　平和的な村で戦後はじめて殺人事件が起こったという。同じセメント工場で働く仲良しの三人、中木昇（38才）中村光雄（34才）灰田二三雄（27才）がいる。中木、中村は「タマの下もくぐってこともないくせに、大きなことをいうな」、「オレは五年間も南方で生死の境を通り抜けてきたんだ」などという戦争体験を語り、「軍隊で鍛えられたことのないいまの若いものはだめだ」「天皇のために戦ったことに生きがいを感じ、軍隊組織から自分を捨てた生き方を学んだ」という自慢話まで行った。それに対して、戦争の体験を持たない若者であった灰田は「天皇陛下バンザイ！！と叫んで死ぬことの、どこか偉いのだ」と強く反発した。結局、激怒した中木と中村は、灰田を刺殺した③。

---

① 橋川文三「戦後世代の精神構造」『橋川文三著作集4』（筑摩書房、1985）。
② 「戦争体験」『戦後史大事典　増補新版』（三省堂、2005）p.537。
③ 「話しても分からない　悲しい世代のズレ」『読売新聞』1960年2月7日。

この事件に対して、『読売新聞』「高まいなイデオロギーの相違というよりも"戦中派"と"戦後派"の酒の上での感情のもつれがひき起こした口論のあげくの殺人であり、単なる酔っぱらい同士の偶発的なできごとと片付けられない根深いものがあるようだ」と、殺人事件の原因を分析した。戦中派と戦後派の価値観の食い違いは、知識人層にとどまらず、社会全体に広がる問題となった。

　天皇制のほかに、国家観念、社会観念をめぐる相違点も、世代論論争の話題であった。たとえば、1960年10月政治家の浅沼稲次郎が17歳の少年に暗殺された事件で、未成年者の暴力化は厳しく問われた。1962年読売新聞の社説において、若い世代の「精神的空白」が批判された①。論者は近代列強の侵略を防ぐ立場から、天皇制を支柱とする忠君愛国の精神は無意味ではないと主張した。ところが戦後自由主義の氾濫により、日本人は国家、社会への責任感が喪失し、その自由は「自分だけ勝手にふるまう自由となった」と指摘した。このように戦前の教育を受けてきた戦中派は、「国家」という立場から戦後若者の自由主義を批判するのが大きな特徴であった。

　そもそも司馬は戦中派の一人である。旧制中学に進んだ彼は厳しい軍国主義教育を受け、旧制専門学校に進んでも、学年短縮、軍事教練、勤労動員で幅ひろい教養を身につける余裕はなかった②。1943年11月、当時21歳の彼は大阪外国語学校から仮卒業証書をもらい、いわゆる学徒出陣をして、敗戦まで戦場にいた。このような戦争の不安の中で大切な青春期を送り、人格を形成したのである。戦中派の精神的特徴について、例えば1963年1月1日付の『読売新聞』で討論されたことがある。「38歳の人間像」という記事において、著者は大正十三、四年から昭和二、三年生まれの、各領域で活躍した百人を対象に、その精神構造を総合的に分析した。39歳の司馬遼太郎の名も「作家・評論家」部類に見え、戦中派の代表的人物として選ばれた点が注目される。「38歳の人間像」では、戦中派の精神構造について次のようにまとめる。

　　敗戦でこれまで価値あるものと教えこまれていたものがすべて崩れたり、プラス、マイナスが逆の世の中になるとあるものはニヒリズム、デカ

---

① 社説「若い世代と精神的空白」『読売新聞』1962年8月23日。
② 第一章「戦時中の市立御蔵跡図書館と司馬遼太郎」を参照のこと。

ダンスに落ちていった。

　彼らにもうかつに信じるとひどい眼にあうからめったなことではだまされない、そして自分でたしかめるまであきらめない——そういうシンの強さが自然に見についてきているともいえよう。

　しかし、だからといってそれまでの教育を彼らが全部ふりすてたわけではない。いうなれば「三つ子の魂百まで」である。その第一は義務感であろう。明治の人間は封建時代からの主従の道徳にささえられた義務意識が強くしみこんでいる。これが戦後派なると個人の権利だけを主張して義務は観念的なものと化している。戦中派のそれは目先の個人的な利益になればいずれは自分も得をするという「待つ哲学」が作用していることもたしかだが、やはり長い間に受けた全体主義的団体訓練によって上官への服従、全体のなかの"個"の責任といった観念がしみついていることはいなめない。①

　戦前教育の価値を評価する立場から、それを受けてきた戦中派には、日本伝統的精神を受け継いでいると述べる。義務感、集団主義といった戦中派の精神は、個人的利益だけ求める戦後派には見られない美質だという。「彼ら(戦中派、筆者注)は戦争の惨禍を身にしみて知っているから心配はない。むしろ戦前と戦後の両方を批判し総合して日本の行き方を進めていくうえに、新しい価値体系をつくるべき適任者だ」と主張するように、壮年に入った戦中派は、社会のリーダシップが待望された。当然ながら直木賞を受賞し、作家活動を本格的に始めた司馬も、それなりの社会的役割が期待された。

　戦中派を全体として扱ったこの記事は、司馬に対する個別的分析は行なっていない。ところがちょうど同じ時期に司馬は『大阪新聞』「世相アラカルト」コラムに多数の寄稿をした。「若者」を何度も話題にしたこれらの寄稿から、60年代前半の世代論を非常に強く意識していたことが分かる。、司馬が戦中派の一人として世代論論争、そして社会状況をどのように受け止めるのかについて、これらの一次資料がその認識を語ってくれる。また、これらの資料が当時の戦中派の精神構造を考察する上で大きな手がかりともなっている。

---

①　「38歳の人間像」『読売新聞』1963年1月1日。

第二節　戦争体験を語りはじめた司馬

　先ほど触れたように、「世相アラカルト」コラムにおける司馬の寄稿の多くは、「社会」に対するコメントであった。これは５０年代前半司馬の記事と大きく異なるところである。その理由として、新聞社を退社し直木賞受賞作家としての司馬は、より自由に執筆できた点が挙げられる。また、当時の時代背景もその理由の一つであっただろう。50年代は、各種の「主義」や「思想」が横行する「政治的季節」であった。1959年安保闘争で退陣した岸信介内閣に変わり、池田勇人内閣は所得倍増計画を打ち出し、日本は高度成長という「経済的季節」へ足を踏み入れた。このような背景において、イデオロギーをめぐる論争は一旦沈静化となった。その一方、平和運動、反公害運動、反核運動、消費者運動といった市民・住民運動をきっかけに、60年代の日本では市民意識、社会意識が台頭するようになった。このような背景において、司馬も社会問題に関心を持つようになったと考えられる。

　50年代前半の文章と内容的には異なるものの、司馬の辛辣な筆使いは十年後でも少しも変わっていない。60年代前半における社会に対して、司馬は依然批判的であった。既述の通り、経済至上主義に走る戦後日本の動きに対して、司馬は社会が歴史感覚を喪失しつつあると危惧を覚え、「保守精神」を喚起しようとした①。そのほかに、社会問題についても、司馬は強く意識していた。新聞紙に報道された事件について、彼は積極的に発言をしていた。ところが司馬は社会のリーダシップと言われた戦中派とは違った立場を取った。

　たとえば、「この娘を見よ──父は療養者ならいけないか」という寄稿がある。この文章では、結核を患い、一生療養生活を余儀なくされる父親を持つ一人の女性を取り上げる。彼女自身は健康上に何の問題もなく、大学を卒業して就職活動を始めたが、会社の家族調査や書類審査の段階ですべて落ちてしまう。これに対して司馬は次のようにコメントする。

---

①　第五章「司馬遼太郎の世相論」第四節「内省の姿勢」を参照のこと。

第六章　司馬遼太郎と世代論

　　一種の村八分である。かれ(父親、筆者注)は青春のころ、病気のために社会に参加できなかったが、このときは彼自身が働ける健康でなかったために社会から身を引いたのであって、こんどの場合はそうではない。ありありと社会がかれの病気に対して加えた制裁である。その家族さえも社会に参加することを、この社会はするどく拒否している。
　　これほど、野卑で野蛮で恥知らずで不人情で無知で気狂いじみていて、てめえだけが涼しい顔の人間の寄せ集めの集団を、今日の文明の概念では社会とはいわない。それが、日本なのだ。私は日本をかぎりなく愛しているが、こういう現実を知るときむざむとしてしまう。①

　司馬は就職差別が社会の「野卑、野蛮、恥知らず、不人情、無知、気狂い」だと極言する。「それが、日本なのだ」と述べるように、社会意識の喪失が当時日本の深刻な問題だと指摘する。歴史感覚の喪失について検討したが、ここで司馬のもう一つの社会認識が見られる。言うまでもなく、このような認識は会社の管理者といった権力者の観点から発したものではない。新人採用を決める会社という組織に対して、落とされる娘の方は明らかに弱者である。事件をリアルに報道するにとどまらず、司馬は弱者の代弁者に近い立場で発言をした。実際に「経営者の無能」「ああ、我が社会党」といった複数の寄稿において、司馬は社会に対する無力な個人にも同情と理解を寄せた。50年代前半に現れた司馬の民衆的視点を想起すれば、60年代にもその立場を踏襲しているように思える。
　戦時中の制度や精神をある程度評価する戦中派に対して、それらを徹底的に否定するのは司馬の姿勢であった。例えば、60年代前半貿易自由化をめぐる議論において、司馬はその立場を鮮明に打ち出す。池田内閣は貿易自由化の政策を採り、アメリカを中心に行われた為替、輸入体制が開放経済体制へ移行していた。外国製品が日本市場に進出するため、競争の激化が起こるという経済的不安が社会に広がっていた。このような状況は戦時中米軍の「敵前上陸」に類似するということで、社会経済は戦闘的気分になったと言われる②。このような状況下に、1960年1月菅谷重平の著作『企業作戦要務令』が再版されて好評を博した。菅原は戦前陸軍

---

① 「この娘をみよ——父は療養者ならいけないのか」『大阪新聞』1962年8月29日。
② 「商売と戦闘の次元——作戦要務令の"流行"」『朝日新聞』1962年9月3日。

が作成した「日米作戦要務令」は近代的な経営のキーポイントが凝縮されたとして、同冊子を見直すことを主張した。その後、この旧陸軍の「作戦要務令」は一時流行となっていた。これを受けて彼は、「作戦要務令——悲劇はもう一度おこる」という文章を執筆し、「作戦要務令」を反論した。

  とんでもないことで、作戦要務令などは、下士官や下級将校の指揮法、心得などをかいたものであって、会社の経営者というのは、どんな小さな会社の主でも、軍隊でいえば一国の総大将なのである。大げさにいえば、世界史的な動向から発想して、自分の新作戦を考えるべきものなのだ。大東亜戦争当時の日本は、下級指揮官必携の「作戦要務令」しかポケットに入れてなかった将軍連に指導されたからこそ、ああいう悲劇の結末になった。
  貿易自由化でどっと押しよせてくる世界の商品を前にして、作戦要務令的頭脳で勝負しようというのなら悲劇はもう一度おこる。①

この文章において、司馬は初めて「大東亜敗戦史の研究」という「唯一の道楽」を表明した。彼は戦局の変化に柔軟な対応を失う戦時中の制度が日本敗戦の決定的要因だと理解した。その硬直化した制度を象徴する「作戦要務令」が却って評価される動きを見て猛反発したのである。貿易自由化を外国製品の「敵前上陸」として認めながら、会社の経営者は新たな状況を慎重に把握せず、もっぱら硬直化した制度で対応すれば、敗戦のような「悲劇」を招くだけだと強調する。さらに、彼は自己の学徒兵体験を援用し、「ちかごろの若い連中はだめです。やっぱりわれわれ学童疎開で鍛えられた者とはちがいますよ」という戦中派の「愚かな世代論」を厳しく批判した。

  私はこういう話をきくと（私は今年で満三十九だが）自分が叱られているような気がする。なぜかとえば、戦時中、学徒出陣で軍隊にはいったとき、古年兵から毎晩いびられたわれわれの共通の不徳は、すべて右の項目だからである。
  しかもたしかに当時のわれわれはそのとおりで、これが国軍の下級将

---

① 「作戦要務令——悲劇はもう一度起こる」『大阪新聞』1962年12月11日。

校になるのかとわれながら心配になったほどだった。その当時のわれわれの共同経験の仲間のなかで、——おれだけはそうではなかった。

といいきれる人に、私はあたらめてお目にかかりたいと思うくらいである。

それでもなんとか戦った。戦死者も多く出たし、飛行機のほうに行った連中の多くは、陸士、海兵出身の将校の温存のためにその身代りになって自爆した。

戦（いく）さに負けたのは、われわれがささぼったからではなく、その当時のオトナのなかでも大オトナである最高政治機関や作戦機関の連中が、だれが見ても負けるときまった戦さをやった責任であるし、途中で気づいても、

「ままええがな。おれが死ねばそれで済むことや」（これはまだ上等だが）という史上まれに見る無責任な態度で日本を動かしていた罪である。私の経験では、

「その世代がわるい」

ということはありえない。世代を糾弾（きゅうだん）する口裁判ほど、愚劣なひまつぶしはないと思っている。①

司馬の学徒兵体験は決して愉快なものではない。幹部候補生の初年兵として戦場に行かされたが、古参兵にさんざん虐められたという。将来下級将校に昇進したら、新兵に同じような暴力を振るうのではないかと心配し、結局軍隊を恐れてしまった、と学徒兵の辛い心境を回想した。それなのに、過酷な戦争を経験したはずの戦中派は、戦場でやられたことを戦後の若者にやり返そうとした。彼はこのような戦中派の無責任な発言に憤慨したのである。

戦中派の無責任な発言を批判するにとどまらず、司馬は戦時中の人命を無視する軍の参謀部を徹底的に糾弾しようとした。戦争末期に近づき、軍事力の差が明白に現れたのに、参謀部は陸軍、海軍を温存するために、神風特攻隊を組織し、飛行機部隊を先に自爆させた。戦車部隊に所属していた司馬は、自分の命が助かったことについて、「日本陸軍はきっと私を吝んだのではなく、その戦車が敵にこわされることを吝んだのにちがい

---

① 「若いものが悪いのか——愚かな世代論」『大阪新聞』1962年10月26日。

ありません」と述べる①。 参謀部の無責任によって多くの無駄死が強いられたことを、司馬は克明に覚えていた。 戦中派の発言から、司馬は戦時中の無責任な体制、無責任な思考法は戦後においても勢いよく存在していると意識した。 戦争のような悲劇を起こさないように、社会のリーダシップが期待された戦中派が、どのように社会責任を担ってくれるのか、という不安があった。

「世相アラカルト」コラムにおいて司馬は戦車兵体験を援用することが多かった。 しかし筆者が調べた限り、司馬は1961年まで自分の戦場体験についてほとんど語っていない②。 本土決戦の時、避難民を顧みず「轢き殺してゆく」と指示した少佐参謀という巷間有名なエピソードも1964年に初めて披露されたのである③。 終戦以来約二十年間、彼の戦争記憶は時間に伴って薄めて行ったところ、貿易自由化や世代論論争における戦時中を再評価する言論をきっかけに、その戦争記憶は表面化することになったのであろう。

第三節 「気の若い時代」

自分と同じ戦中派による「愚かな世代論」を批判しながらも、戦後の若者の姿は司馬にとっても非常に衝撃的であった。 彼は学徒兵の頃「重い三八式歩兵銃や軽機関銃、擲弾筒をまたされ、さんざんに野っぱらをかけまわされ、いやな目にあっている」という過酷な学校・軍隊・野外教練を受けてきて、戦後の「自動車や鉄砲や山登り」といった機械類や訓練などに「憎悪以上のものになっている」と述懐した。 それなのに今の大学生は平気にガンブームや山登りブームを起こしている。 戦争の苦痛を共有してもらえない司馬は、「あまりの気違いじみたこれらのブームに、つい

---

① 「文学から見た日本歴史」『司馬遼太郎が考えたこと14』(新潮社、2002) p. 15、初出『中央公論』第102巻第8号、1987年6月。
② 司馬の初期的文献について、筆者が調査したのは『司馬遼太郎が考えたこと1』(1953—1961)『司馬遼太郎短編小説全集1、2、3』(1950—1962)、そして「風神」の記事111点である。
③ 「百年の単位」『司馬遼太郎が考えたこと2』(新潮社、2002) pp. 312-313、初出1964年『中央公論』第七十九年第一号。

腹が立つことがある」と述べた①。しかし、彼はこれ以上若者を批判する気はなかった。自分の青春時代を振り返りながら、彼は次のように述べる。

　　まったく、日本のオトナたちは、あわれな青春をもった。鉄砲をいやいや射って射ち飽いてしまったし、自動車といえば、エンストを起こして死ぬほどなぐられた悪い思い出しかもっていない。
　　自動車や鉄砲や山登りのどこかがおもしろいのかと私はおもうのだが、これは体験のちがいである。われわれの時代には、それらの機械に国家の権力がのしかかっていたがいまの連中はまったく自由である。自分で求めてやることなら、何をやってもおもしろいにちがいない。②

　学徒兵頃の「あわれな青春」を振り返って、「何をやってもおもしろい」戦後の若者を羨む司馬である。戦時中、司馬は「国家の権力がのしかかっている」戦車に乗りながら、個人の命はすべて国家に勝手に決められてしまうという無力さを感じた。同じ物に対して、戦後の若者は全く異なった理解を示すのは、「体験」すなわち時代の違いであると主張する。ここに、戦前の権力構造の頂点にいる国家観念は、戦後には見えなくなったという時代認識が窺える。

　本章では、国家意識を肯定する立場から若者を批判するという戦中派の基本的姿勢について検討した。司馬の場合、むしろ国家や権力を否定的に捉えた。「日本の社会は、これはこれで、じゅんぶんにぶの厚さを持った社会だ」③とか「日本の社会は、われわれおたがいの社会だということをわすれてはこまる」と主張するように④、司馬は国家と違った「社会」の角度から当時の日本を解釈したのである。そこで、多様、互助、平等といった戦後日本の社会性を強調した。

　このような文脈において、司馬は戦後の若者に注目したのである。「ある終戦っ子——えらい子がでてきた」という文章で、司馬は優秀な中学生であるＡ君の例を挙げた。Ａ君は普通高校を薦めた先生の助言を聞か

---

① 「鉄砲と自動車——昔の若者はこれで泣いた」『大阪新聞』1962 年 8 月 22 日。
② 同本章の掲注 19。
③ 「萩の宿——古い城下町の女」『大阪新聞』1962 年 8 月 22 日。
④ 「この娘を見よ——父が療養者ならいけないか」『大阪新聞』1962 年 8 月 29 日。

ず、自分の意思で専門学校を選んだ。家はさほど経済的に困らないが、A君は体を鍛えたいと思い、新聞配達のアルバイトを見つけ、工業高校の三年間の授業料を自力で賄った。そんなA君に対して、司馬は「日本にもえらいこどもがでてきたものだと感心した。これが終戦っ子である」と称賛した①。

「えらいやつ——T君の硬骨」という文章がある。佛教大学卒業したT君は就職面接の時、会社の重役の差別的な言葉を受けた。T君は人間を差別する会社には自分の一生を賭けるわけにはいかないと大いに憤慨した。後に驚いた会社側は採用通知を出したが、T君はいよいよ憤慨して通知を受け入れない。結局T君の恩師を動かしてまで入社してもらうことになった。「一生を賭けた」というT君の言葉を、彼はよほど気に入ったらしく、数回も引用した②。

ある結婚式に参加した司馬は、若いお嫁さんの個性的考えに大きく惹かれたことがある。東京育ち、東京の代表的雑誌で仕事をしているお嬢さんは、敢えて田舎で徳川時代の古風の婚礼を挙げた。これに対して、彼は「まったく、当世の娘は、新しいのか古いのか、それともそんなものにとらわれずに、これはこれで独創的なのか、さっぱりわからない」とコメントする。三人の若者について、彼はその名前を明かさず、戦後社会の普通の人間像だと見なしている。また、戦中派の司馬にとって、運命を自分で決め、権力・差別に負けない、個性的な姿がいずれも衝撃的である。そして、戦後の若者の体験は自分の学徒兵頃の苦痛な記憶とあまりにも対照的である。戦場で青春時代を喪った世代として、司馬は戦後の若者の徹底した自由精神に感心している。

最も司馬は悲観的ではなかった。彼は「自分ではそれほどのおやじだという実感はなく、ごく自然な気持ちで、まだ二十二、三ごろじゃないか、と思っている。言語動作の軽率さ、思慮分別のなさ、どうみても、私はその程度のとしらしい」精神的に若さを自称する③。さらに「ちかごろは、だれもかれも気だけは若い。年齢というものがなくなってきたようである」と、時代の若さまで感じた。司馬は、戦後とはを戦中派に取って代わって「若者」が求心的な役割を果たすようになる時代だと認識した。

---

① 「ある終戦っ子——えらい子がでてきた」『大阪新聞』1963年2月6日。
② 「えらいやつ——T君の硬骨」『大阪新聞』1963年11月1日。
③ 「腰が抜けている——もっと体力がほしい」『大阪新聞』1963年2月26日。

第六章　司馬遼太郎と世代論

　1962年から1963年にかけて、『大阪新聞』の「世相アラカルト」コラムにおいて、司馬の書いた文章が数多く発見された。1961年に新聞社をやめた後も、彼は依然として新聞のコラムに投稿し続けた。社会状況や社会問題について積極的に発言したこれらの寄稿は、その社会への特別な関心を反映する。一方司馬の作家活動について、1962年までは短編小説を主に執筆してきたが、1963年から『竜馬がゆく』『新選組血風録』『燃えよ剣』『坂の上の雲』といった長編小説を大量に創出し、やがて小説家としての全盛期を迎えた。両方の活動を合わせて考えれば、長編小説に専念するまで、司馬は社会を長い時間観察していたことが分かる。このような関連性から、彼の長編小説を理解する場合、その社会認識への検討も不可欠だろうと思われる。本章は司馬の社会・時代認識を反映する重要な手がかりである世代論について構造的に検討した。
　戦後派である若者の生活ぶりや精神構造は、戦中派にとっては衝撃的な、不思議なものである。年齢的に戦中派だとされる司馬も例外ではない。ただ、若者の自由主義を糾弾する多くの戦中派とは異なり、司馬はむしろ戦後派の味方につき戦中派を激しく反論した。確かに戦争の苦痛な経験を共有してもらえないことで、司馬は若者に怒りを感じた。にもかかわらず戦場で青春が奪われた司馬にとって、自由精神を掲げた若者を作った戦後日本は、羨ましい限りであった。司馬は社会性が戦後日本の性格であると主張した。それが日本の国家性にこだわる戦中派との根本的な相違点である。司馬は戦後日本を「気の若い」時代、すなわち若者が求心的役割を果たす時代と評価した。60年代の経済成長に大きく感銘を受け、司馬は戦後日本を「若い時代」として捉えた、と一般的に捉えられるが、少なくともこの時点の「気の若い時代」という認識は経済発展と無縁なものである。
　終戦以来十六年ぐらいの間、司馬は自分の戦争記憶に言及していなかった。60年代前半の世代論をきっかけに、彼の戦争記憶が表面化することになったのである。この中で、彼は「大東亜敗戦史の研究」、すなわち「日本はなぜ無謀な戦争を起こしてしまったか」という問題意識を初めて言明した。この究極的な問題意識を持ちながら、彼は懸命にその答えを求め続けていたのは周知の通りである。この過程において、司馬は数多くの答えを案出した。例えば50年代前半において、司馬は国学が昭和日

111

本を支配していたとして、思想の非合理性を批判していた①。十年後、司馬は自分自身の戦争体験を回想しながら、指導部の無責任を徹底的に糾弾したのは、注意すべきところである。同時期の文献と合わせて見れば、この時期彼は軍事面の差が敗戦の原因だと見られた。この時点で、イデオロギーへの批判がなかった。一般的に知られた司馬の「大義名分」批判論もこの時期には現れていなかった。このような思想的波動について、高度成長初期に政治・思想論争は下火になっていたという時代背景が考えられる。1970年前後に軍部のイデオロギーを糾弾するまで、いくつかの契機がいるように思える。

60年代前半の社会を観察し、若者の自由精神に惹かれた司馬は、長編小説『竜馬がゆく』の執筆に取りかかった。小説の第二巻目「風雲篇」を終えた時、司馬は第三巻の抱負を語りながら、次のように述べる。

> 筆者はなお、この若者とともに長い坂をのぼらねばならない。この巻をかりに風雲篇と名づけはしたものの、風雲らしい段階にまではいらずに、八百枚の枚数をついやした。
> 筆者は、この人物を通して、幕末の青春像をかいている。坂本竜馬をえらんだのは、日本史が所有している「青春」のなかで、世界のどの民族の前に出しても十分に共感をよぶに足る青春は、坂本竜馬のそれしかない、という気持でかいている。
> 竜馬は、ふしぎな青年である。これほどあかるく、これほど陽気で、これほどひとに好かれた人物もすくなかったが、暮夜ひそかにその手帳におそるべきことを書いている。②

司馬は幕末を日本史における「青春」の時代として理解した。その「青春」という時代精神を描くのに、陽気な青年であった坂本竜馬は絶好な手がかりだと述べる。彼は60年代前半の時代・社会認識をそのまま『竜馬がゆく』に投影させたのは明らかである。1968年『坂の上の雲』

---

① 第四章「『逆コース』論争と司馬遼太郎」第二節「『思想』が横行する時代において」を参照のこと。
② 「あとがき(『竜馬がゆく 風雲篇』)」『司馬遼太郎が考えたこと2』(新潮社、2002) p.317、初出『文芸春秋新社』1964年2月。

第六章　司馬遼太郎と世代論

の連載予告として、司馬は「明治の若者たち」「明治の若者の気分」①という文章を発表した。題目から分かるように、若者へのこだわりは司馬の歴史小説の底流として長く流れているのである。

表7-1　司馬の長編小説における主人公の年齢

作品	主人公	生没年	没年齢	描写時の年齢
竜馬がゆく	坂本龍馬	1835—1867	32才	三十歳前後
燃えよ剣	土方歳三	1835—1869	34才	三十歳前後
国盗り物語	斉藤道三	1494—1556	61才	三十代
関ヶ原	石田三成	1560—1600	40才	三十代
最後の将軍	徳川慶喜	1837—1913	76才	三十代
殉死	乃木希典	1849—1912	63才	五十代
坂の上の雲	秋山真之	1868—1918	50才	三十代

注1：本表は1963年から1970年までの司馬の長編小説、しかも歴史人物が特定できる作品を列挙したが、網羅的ではない。
注2：人物の生没年に関して、『日本近現代人名辞典』（吉川弘文館、2007）『日本近世人名辞典』（吉川弘文館、2005）を参照した。
注3：「描写時の年齢」については、『司馬遼太郎事典』（勉誠出版、2007）のあらすじを参考して推定したものである。

---

① 『坂の上の雲』は本論文で扱う対象ではないため、論述を省略する。書誌情報や詳細については『司馬遼太郎が考えること3』（新潮社、2002）を参照のこと。

終章 『坂の上の雲』にいたる軌跡

第一節 「戦後ナショナリズム」をめぐって

　本論は司馬の記者活動（1946—1963）を中心に、その思想すなわち「戦後ナショナリズム」を歴史的に考察した。思想的連続性を考える場合、その知的形成がなされた学生時代も視野に入れた。このように、本論は1940年から1963年まで、司馬の青壮年期の二十四年間を研究対象にしたのである。調査で発見した大量の未収録作品や一次史料に基づき、本論は「戦前」（40年代前半）「戦後」（50年代前半）「直木賞受賞前後」（60年代前半）という三つの時期における司馬の言説を分析・検討した。

　第一章「戦時中の市立御蔵跡図書館と司馬遼太郎——『大和民族』という精神的自覚」では、司馬の読書活動を通じて、その武士への憧れは戦後まで連続した部分であることを、第二章「宗教記者時代の司馬遼太郎の成長歴——『不逞な青年』から『門徒』まで」では、終戦直後のニヒリズムを脱出した青年像を、第三章「『大阪新聞』と司馬遼太郎——その地域主義の出発」では、司馬の大阪ゆかりを、第四章「『逆コース』論争と司馬遼太郎——『思想』が横行した時代において」では、その文化原理主義を、第五章「司馬遼太郎の世相論——その『保守精神』の顕在化」では、高度成長初期の社会批判を、第六章「司馬遼太郎と世代論——その戦争記憶の表面化」では、司馬の若者への関心を、それぞれ考察した。

　序章においてこの三つの時期における印象的な言葉を挙げてみたが、ここで繰り返して紹介しよう。学生時代に「俺は生粋の大和民族や」と自慢し、洋画に興味を示さず、もっぱら時代劇を楽しんでいた司馬であった。「風神」時代に「日本人ほど無宗教な、もしくは宗教に対して無貞操な民族はないといわれる。ところがこの国ほど世界のいろんな宗教が雑居している国はまずない」と日本人の思想的な素朴さを力説する司馬で

あった。そして直木賞受賞の頃「われわれ日本人は、明治以降、終戦まで、ばかげた水戸学派の尊王攘夷史観の国史教科書を教えこまれ、終戦後、米軍の軍政者がそれを捨てさせると、こんどは大あわてで日本史そのものも捨ててしまった」と、戦後日本の歴史感覚の喪失を糾弾する司馬であった。さらに代表作『竜馬がゆく』が完結し、「そいつ(日本国内旅行、筆者注)に、いまのところ熱中しています。ちょっと外へは関心が向きませんね」と海外旅行に難渋した司馬であった。戦前にしろ戦後にしろ、日本人として高いプライドを自覚し、日本に関心を寄せ、外国には興味のない司馬であった。これらの言葉は青壮年期の司馬のナショナリズムを克明に浮き彫りにしている。

　70年代以降の代表作『坂の上の雲』を中心に現れたナショナリズムを想起すれば、司馬のナショナリズムは、青壮年期から一貫していると認められる。ただし新聞記者時代の司馬のナショナリズムは、必ずしも「国家」「明治」「国民」といった近代精神を表すような性格を持っていない。新聞記者時代の文献を歴史的に検討した結果、司馬の戦後ナショナリズムは、次のような特徴が指摘できる。第一に、国家及び国家を動かす政治に深刻な不信感を抱き、国家主義との対極に、司馬は民衆の立場から文化原理主義と地域主義という新たな価値観に踏み切ったこと。第二に、「歴史感覚の喪失」を問題視し、保守主義的立場から戦後民主主義改革を批判し、経済復興・高度成長に必ずしも同調しなかったこと。第三に、戦後日本の国家性を否定し、その社会性に多大な期待を寄せたこと。このような戦後ナショナリズムを形成するに当たって、司馬自身の苦痛な学徒兵体験はもとより、新聞記者としての深い社会観察も求められたわけである。

　序章で触れたように、これまでの司馬研究では「小説家」としてのイメージがあまりにも支配的である。その中で、特に『坂の上の雲』を中心に、司馬が理解され、検討されているのである。しかし、以上の戦後ナショナリズムという文脈において、司馬は果たして「明治」という「国民国家」を「明るく」見ることができるのだろうか。『坂の上の雲』という作品に注目するのは、諸研究者の専門分野や研究者自身の問題意識に関係しているのだが、必ずしも司馬自身の問題意識を反映するものではない。本論文は大量の一次資料を利用し、司馬が置かれた環境、そして当時の問題意識を実証的に明らかにする意味では、有意義かつ斬新な検討を行ったと言えよう。

第二節　『坂の上の雲』という難渋な作品

　『竜馬がゆく』の好評を受け、『産経新聞』では1968年4月から1972年8月にかけて、歴史小説『坂の上の雲』計1296回が連載された。後に司馬の代表作と言われた作品について、司馬自身が次のように語る。

　『坂の上の雲』と言う作品は、ぼう大な事実関係の累積のなかで書かねばならないため、ずいぶん疲れた。本来からいえば、事実というのは、作家にとってその真実に到着するための刺戟剤であるにすぎないのだが、しかし『坂の上の雲』にかぎってはそうではなく、事実関係に誤りがあってはどうにもならず、それだけに、ときに泥沼に足をとられてしまったような苦しみを覚えた。①

　歴史小説を数多く創作してきたにもかかわらず、『坂の上の雲』は非常に難渋した作品であったという②。その思想的展開に辿りながら、『坂の上の雲』で司馬はこれまでもない新しい挑戦に挑んだのである。新しい挑戦とは、次の四点が考えられる。第一、それまで近世を注目した司馬は、近代という新たな時代に変わった。第二、それまで日本にこだわり続けてきた司馬は、にわかに東アジア近代史と接触し、人生初の外国旅行も要請された。このため、司馬にとって外国はもはや不可避の他者となった。第三、それまで「国家」を否定的な文脈において描いてきた司馬は、近代における「国民国家」が不可欠な問題となった。第四、それまで保守精神を主張してきた司馬は、明治期の「文明開化」すなわち西洋化を解釈せざるを得なかった。

　これほど多くの課題を抱えながら、司馬は『竜馬がゆく』と同じよう

---

① 　『坂の上の雲』第八巻 (文春文庫、1999) p. 369。
② 　実際に『坂の上の雲』より前に、1967年司馬は日露戦争を扱った『殉死』を書き、それを描き上げるのに最も難渋した作品と回想している。司馬は日露戦争における古参の軍人乃木希典を扱い、乃木を「無能の将軍」と断じている。そのいつもの主題である「若者」と異なった作風を見せたという。この意味では、『殉死』は司馬の作品の主流ではないと言っていい。『司馬遼太郎事典』(勉誠出版、2007) p. 94。

に、資料を徹底的に収集し始め、猛勉強をしたわけである①。　それにしても、「ずいぶん疲れた」と心境を述べたのは、これらの問題は司馬にとっていかに重い挑戦であるかは、ある程度想像できるだろう。　『坂の上の雲』は本論文の主題でないため、これらの問題群について具体的な論証を進めない。　ただし、『坂の上の雲』はそれまで異なった新しい状況に置かれたことを改めて注意したい。　換言すれば、『坂の上の雲』の頃の状況を、他の時期の作品に当てはめるのであれば、その時期の司馬の問題意識は社会現実から離脱してしまう恐れがある。

　『坂の上の雲』が1968年、すなわち「明治百年祭」の頃に登場したのは決して偶然ではない。　佐藤栄作内閣による官製イベント「明治百年祭」は、「近代化論」または民主主義改革の文脈で語られていた。　近代化論の成果を上げることによって、社会主義国家の革命成果を封じ込める狙いがあったと言われる②。　それに呼応するように、日本社会は様々な記念行事を行った。　大佛次郎の『天皇の世紀』が出版されるように、明治維新を再評価する機運が盛り上がったのである。　『天皇の世紀』より一年遅れた『坂の上の雲』は、これらの動きを念頭においた作品だと考えられる。　『坂の上の雲』に先立ち、司馬は「明治百年」という文章を書いた。

　　今後の日本人の課題としては、この人類史上稀有の一枚張りの大衆社会(むろんそれは世界に誇るに足る)を混乱からすくい、秩序を確立し、秩序美をつくり、それを精神にまで高め、かつて江戸期の日本人がついにみごとな美的精神像をつくりあげたと同様の努力と作業をしてゆくべきであろう。③

　江戸期の「精神の美意識」は現代の日本にも良い影響を与えているとし、その遺産を継承するのが将来の日本の重要な課題だと力説する。

---

① 『竜馬がゆく』のために使われた資料は「三千冊、重さにして一トン、金額は当時で一千万」と言われる。　小林竜雄『司馬遼太郎が書いたこと、書けなかったこと』(小学館、2010) pp.13-14『坂の上の雲』の時、司馬の資料収集の徹底ぶりもよく知られるエピソードである。
② 金原左門『「近代化」論の転回と歴史叙述』(中央大学出版部、1999)第四章「『日本近代化』の歴史像の組み替え」pp.131-163。
③ 「明治百年」『司馬遼太郎が考えたこと3』(新潮社、2002) pp.227-230 初出「明治百年の誕生」『産経新聞大阪版』1967年1月3日。

「明治百年」という題目の文章だが明治維新に触れずに、鎖国と思われた江戸時代を評価するのは、興味深いところである。実際に1960年代前半貿易自由化が始まった頃、司馬は経済開国に不安を感じたため、鎖国を伝染病から防いだ「科学的攘夷論」として評価したことがある①。当時掲げられた「保守精神」を想起すれば、『坂の上の雲』を執筆する段階においても、このような「保守精神」は司馬の頭から離れなかった。以上のように提示されたこれらの問題は、『坂の上の雲』にとってはもとより、70年代以降の司馬を理解するためにも格好の端緒だと考えられる。

第三節　戦後ナショナリズムの一典型としての司馬遼太郎

　本論文は司馬の青壮年、合わせて約二十五年間の思想を歴史的社会的に検討した。その中に、二十年間に渡る彼の記者活動を中心的に考察した。序章で述べたように、記者を勤めながら、司馬は時代・歴史小説といった記者らしくない作品を数多く発表した。ところが、『大阪新聞』の文化コラムにおいて、司馬の寄稿百数点が確認され、社会に対する観察や、作品の創作主旨にいたる経緯など、多く披露されている。それらの資料を構造的に検討することによって、司馬の小説はいずれもその社会関心、社会観察が強く投影されていることが分かる。すなわち司馬の記者活動はその小説を深く影響していたのである。

　実際に1960年代後半以降、記者活動から退いたとはいえ、司馬は社会観察をやめたわけではなかった。1970年代の社会事件やイベント、例えば大阪万国博覧会、三島由紀夫自決事件、中国の文化大革命、国立民族学博物館の開館などに対して、司馬は積極的に発言していた。本論文の考察対象ではないため詳述は控えるが、「司馬遼太郎のモンゴルとモンゴルの司馬遼太郎」という論文を紹介しよう。

　モンゴル文学の専門家である芝山豊は、司馬がモンゴル題材の小説やエッセイを幾つか書き、モンゴルまで足を運んだが、実はモンゴルの事情に詳しくなく「意図的に方便として嘘をついている」と指摘する。「嘘を続けた」のは、日本の土地問題に深刻な危機感を感じ、「日本批判のため

---

①　「コレラの今昔——死にかかった初代英大使」『大阪新聞』1962年8月8日。

の道具としてモンゴルを理想化した」と結論づける[①]。 つまり、モンゴルではなく日本こそ司馬の関心の対象であった。 1970年代日本の土地問題に心をいため、のち対談集『土地と日本人』を「悲鳴のようなつもりで」上梓した司馬は、終始日本のことを強く意識していた[②]。 このような関心は、戦後ナショナリズムの延長線上に位置づけられても差し支えないだろう。 司馬の個人史の再構築という意味において、1970年代以降の司馬の戦後ナショナリズムの展開と変容について、さらなる研究が必要であろう。

　小熊英二が指摘するように、「戦後ナショナリズム」の形態は多様的、かつ重層的である[③]。 司馬の戦後ナショナリズムももちろんその一つの形態である。 ただし、司馬は「われわれ日本人は、明治以降、終戦まで、ばかげた水戸学派の尊王攘夷史観の国史教科書を教えこまれ、終戦後、米軍の軍政者がそれを捨てさせると、こんどは大あわてで日本史そのものも捨ててしまった」と批判するように、日本の伝統文化、素朴な精神といった良質の部分も戦後の民主主義改革によって捨てられてしまったと強く認識している。 実際に、東京裁判史観、靖国神社問題、近代史認識など、現在の日本においても激しい論争が続いている。 司馬が抱いたこれらの問題は、あたかも日本人の集団的コンプレックスとして、様々な形で解釈され、反映されているようだ。 今後の課題として、丸山真男、吉本隆明、江藤淳などの当時の代表的知識人たちとの比較を通じて、「戦後ナショナリズムの一典型」として、司馬の戦後日本文化ナショナリズムの位相を定めてゆきたい。

---

① 芝山豊「司馬遼太郎のモンゴルとモンゴルの司馬遼太郎」『清泉女学院大学人間学部研究紀要』pp.18-23、2009年3月。
② 「作品譜」『司馬遼太郎が考えたこと5』(新潮社、2002) p.385。
③ 小熊英二『民主と愛国——戦後日本のナショナリズムと公共性』(新曜社、2002)。

付録　資料集

「風神」の記事

（1953年11月19日—1956年2月9日）

計84点

注：
　①本節は『大阪新聞』第六頁文化コラムにおける司馬の未収録記事計91点を対象に翻刻したものである。
　②そのうち「三つの離婚」などの7点の記事は、資料の劣化が進んだため、入力されていない。
　③判読困難な箇所について、□で記しておいた。

すかんぽ
1953年12月3日

文化財に淫する

　骨トウばなしいじっている妙な心理状態におちいるものらしい。　物に淫するというやつである。　べた惚れしてしまって、かえって物の向うにあるものや、物の本質、さらに、あくまで主体であるべき自分自身をすら見失ってしまう。
　骨トウが古美術もしくは「文化財」と銘打ったところで問題は同じだ。戦後、古美術ファンがずいぶんふえて、シーズンを問わず奈良、京都の古刹は参観者でにぎわっている。　参観料は三十円から百円也。　修学旅行団あたりでは案外バカにならない額で、五、六軒も回れば予算に大穴があくという。　お寺さんにいわせれば天平、白鳳の名品を見せてやるのに百円か千円でも高くはないよなんていうかもしれないが、古美術参観でなしに仏さまを「参詣」しようという奇特な人にまで木戸銭を召上げるなんてのは可哀そうだろう。
　文化財といえばとくに法隆寺、金閣炎上後、保護への感心が大いに高まり、一部ではまるでこれを損うとは日本の貞操を自らやぶるものだとまで極言するほどの熱狂ぶりである。　症状は明らかに淫している。
　京都という街は古いお寺が多いせいか、狐狸妖怪の仕業のようなマボロシ現象が時々見られる。　一昨年の春から秋にかけて宗教大博覧会なるカラッポ博があったかと思えば東山の上に無気味極まる超ド級大仏がぶっ建てられかけたり、ついこの間は文化財保護全国大会なるものが開かれたりする。　いや、その大会の方は高松宮様を総裁に頂いております通り、決して今までのようなインチキ臭いものではなりませんと主催者側ではいっているが、さて内容といえば全国の文化財もしくは骨トウ品所持者が何百人が集り、戦時中の国民大会よろしく空虚な気勢を上げただけで、何をしたのか何をするのかさっぱりわからない。
　文化財に対する考え方が少々常軌を外しているのではないか。　その美と、歴史的価値を合理的に追求し、保護についてはあくまで科学的であるべきで、妙に神がかった旗を振らない方が文化財自体の為でもある。

司马辽太郎的日本战后民族主义——以其记者时期的思想为中心

すかんぽ
1953年12月24日

おお聖夜！

　Xマスの宵、繁華街の横町を、どっかのバーでもらったサンタじいさんの紙帽子を横チョチにかぶり坊やへのプレゼントらしい包みをぶらさげた中年の紳士が、調子外れの軍歌をうたいながらマンサンたる歩を運んでいる。　ちょいと彼に登場してもらおう。　オケラ詣の立看板にチラリ視線を流し危うく終電にゴールイン。　車内には同類が十数人、吐浮療法にいそがしい二、三をのぞき、アバンもアブレも肩を叩きシコを踏み、大いに「ジングルベル」を合唱。　その凄絶な聖歌隊を運転台の上から成田サマのオフダが見下ろしている。　メリーXマス！　たどりついたわが家。　おお坊やもう寝たかオヤ靴下をタンスのカンに吊してらア、子供の浄いユメは壊しちゃいけないよ、サ、こいつを靴下に入れといてやるからな、喜ぶぜあすの朝…。　おっとそうだ女房、火の用心は大丈夫だろうな、大晦日には台所の三宝サマのオフダを貼替えとくんだぜ。　ウン門口にあるどろぼー除けの午王サマのオフダもナ。　迷信じゃねえ、心理的安定感を得るためだ。　そうそう、この忙しいのに明日はバアさんの命日じゃねえか、坊さん呼んどきなよ、ウン一人でいい。　ナニ初詣は何様にするって？　ソウさな金も要るし住吉サンぐらいにしとくか。　そうだ住吉サンといえば花子さんの結婚式場はあそこだったかい。　オイオイ困るよ、この家計簿は。　ウラナイ費四百円也とはなんだ。　カリにもだぞ、お前のご主人は、インテリ様だぜ…。

　日本人ほど無宗教な、もしくは宗教に対して無貞操な民族はないといわれる。　ところがこの国ほど世界のいろんな宗教が雑居している国はまずない。　いかなる宗教にも魂は渡さぬ代り、いかなる神とも仲よく矛盾なく手軽に親類交際している。　うれしくなるほど楽観的で底が浅く気前がいい。　ということが神サマだけならいいが、思想の場合も「民主主義とも心易いが軍国主義とも古いナジミで捨て切れねえ、共産主義も何かのマジナイぐらいには使えるよ」なんてことになっちゃ大変、イヤなりかねないのがヤマト民族というものかもしれない。

すかんぽ
1953年12月31日

梵音響流

　歴史年表を繰ると、「応永二十六年六月二十六日、朝鮮、蒙古ノ兵、対馬ニ来寇、宗貞茂ヨク防ギ之ヲ退ク。」との記述がある。弘安の役（元寇）を去る三十八年目。足利幕府の末である。
　その年の暮三十一日、ふたたび島の東岸に小部隊の侵寇を見、近在の守備兵はほとんど全滅、敗兵は避難民とともに山際まで退き、海岸線の来寇兵と対ジして夜に入った。寒夜を赤く染める野の余響は、あすは元旦という夜だけに、山の人々には一そうに凄惨なものであったにちがいない。
　そのときである。生きるものはすべて灰になったはずの焦土のなかからいんいんと梵鐘がひびきはじめた。鯨音は時にかすかに時に、おおきく、音の輪を闇夜にころがしつついには死の静寂の中で唯一の生き物のように山野に乱舞しはじめた。音はたしかに、海岸に近い焼崩れたはずの禅寺から響いてくる。いったい誰がつくのか、山の難民たちは周囲を見回した。さきほどまで彼等のむれの中で凍えた手をこすっていたはずの二人の若い雲水の姿がなかった。
　鐘はなおもやまない。何かの通報と疑ったのか、来寇軍からの火箭が鐘楼に集中した。幾すじかの火が楼の裾張りをはいはじめ、やがて山からも見えるほどの炎となった。それでも鐘楼は力強い呼吸をやめようとしない。鳴鐘一時間余、百七までの点鐘をかぞえたとき、鐘楼はついに火柱を吹きはじめ、鯨音はついに絶えた。除夜の鐘は百七点鐘で旧年を宣命し、残る一点鐘を新年に撞いてその警策にするという。その最後の一点鐘はいくばくもなく火柱を破って響きわたり、と同時に鐘楼は火の粉をあげて崩れ落ちた。
　夜が明けると海岸の陣地から払われ来寇軍は一兵の影もなかった。
　なぜ撤兵したのか、それはわからない。結果としてたしかなことは二人の雲水の死が島民を死から救い、平和をまもったことである。

司马辽太郎的日本战后民族主义——以其记者时期的思想为中心

すかんぽ
1954年1月14日

紀元節

　　キゲンブシとはどういう唄だ。と大マジメにきかれ、あわてて「それは江戸時代にはやった語りモノの一種で真元節と書く。まあナニワブシみたいなものやな」と真顔でこたえた話がある。きき手は高校一年生答え手はその教師だが、この応しゅうは、笑い話どころか、厚味のある堂々とした喜劇の要素をふくんでいる。

　　紀元節復活運動もどうやら逆コースの本格的上げ潮に乗ったようだ。運動の主体は保守党ロマン派をスポークスマンとして、神社庁に拠る全国数万の神職によってになわれている。なにぶん神社ほど戦後きびしい受難にあったものはない。国教的な神通力をうばわれ、土地山林は没収、そのうえ八十万氏子が口ツキからさめたみたいに神の子から真人間にかえったもんだから神さまもすっかり干上ってしまった。と同時に、悠遠にして不可思議な神話的日本史からといっさいの妖気が払い出され、民族の歴史はほんらいの科学にたちもどった。

　　それじゃ困る、なにか神秘性があった方が詩的で楽しいじゃないかというロマンチスト、いや妖気を復元してフヌケ共の土性骨を叩き直してやるんだという壮士派、もう一度天ノ岩戸をあげたいという神道家のメンメンがココロをあわせて押し転がしはじめたのがこの紀元節復活運動だろう。

　　本質的にみると紀元節はきわめて宗教的なもので、シャーマニズムの一派である神道の宗派的祭典にすぎない。げんに明治五年設定いらい宮中の皇霊殿および全国の神社で宗教的行事として行われ、戦後もそのまま続けられている。その宗教の信奉者がその宗祖または中興祖の祭典を行うことは大いにりっぱなことなんだが、神道を信じたい人々に国家的祝日の名のもとにカシワ手を叩かせようというのは話のスジが通らない。

　　そうなればクリスチャンはイエス様の降誕日を国の祝日にしてくれといったってかまわないし、大本教は出口王仁三郎、霊友会も小谷キミ女史の立教開祖日を祝日にしてろとわんさ要求して来たところで発言理由は十分になりたつ。信教の自由の憲法は、八百万の神々にのみ特等席を設けてはいけないということを、近代国家の名においても一度キモに銘じてほしいものだ。

ペーパーナイフ
1954年1月23日

文壇回顧録

　文壇回顧録がはやっている。「わが文壇紀行」「文豪の素顔」などのたぐいである。
　なぜ流行するのかやはり現在の社会心理と一つの繋りはある。転換期という意識と心理は日本の社会のあらゆる部分にひしひしと追っている。次のステップを踏もうとする者がいちど支柱をふりかえって、その中から次の行動への新しい知識を採りとろうとする心理、そうしたものが文学をする世界、文学を読む世界にも響いて来きているようだ。文壇ものや文壇問題の流行の基盤の一つと考えていいだろう。
　「わが文壇紀行」（水守皐之助）は蕪村から川端康成にいたる三十人の作家の印象紀「文豪の素顔」（長田幹彦）も同じく蕪村を筆頭に徳田秋声、谷崎潤一郎、近江秋江などをならべ、最後にどういうつもりかご自身長田幹彦も入れてある。ところで響かれていることといったら現代の生活人にとって何の関係もないことばかり。たとえば「わが文壇紀行」に青山青果が「文士というものは貧乏をしなきゃだめだ」と語るくだりがあるが、うかつに口車に乗って貧乏を試みた日には三日も経たぬまに文士の干物が出来ないかねない当今、大正期とは貧乏は貧乏でも質がちがうはずだ。
　製作意識の点でも同じこと、映画もテレビもなかった時代と現代の安価な芸術社会とを同列にくらべられてははなはだしんどい。
　「むかしの作家の生活態度はりっぱだった。それに比べて今の作家は」などという言い方ほど現代の創作者をぶじょくした言葉はない。こんな唐人の寝言から次代の芽に必要な酵母がかもされようはずがない。

司马辽太郎的日本战后民族主义——以其记者时期的思想为中心

すかんぽ
1954 年 1 月 28 日

科学技術の低下

　　「ぼくは十年後の日本の科学技術に保障はもてないな。水準はガタ落ちに落ちるよ。技術立国なんて夢の夢さ。明治以来先輩たちが黙々と築いてきた日本の技術もこの辺でおしまいかと思えば夜もろくろくねむれねえや」
　　悲憤コーガイ、マナジリに涙をためて掻き口説くのは日本の土木学にその人ありと知られたＫ大学の工博士。むろんシラフである。「それがねえ、情けねえことに世間様がちっともそんなことに気付いていらっしゃらねえんだよ。気付いてたところで、こんにちのアブッキに気を奪われてとんとおかまいなし…第一おカミがそうじゃねえか、あのおカミが…」――一体、何を教えていらっしゃるんで。
　　「ああやんぬるかな、君らジャーナリストにしてその調子が、新制大学のことだよ、工学部関係の。高校を出た子供連が大学に入る、最初の二年間は教養教育さ。肝心要めの専門学と実技はあとのたった二年間で叩きこむんだよ、一体何が出来ますか」
　　かつての旧制工学部の専門教育は旧制高校三年の基礎学の上に立っていたし、一方堅実な旧制高工があって、技術養成のピラミッドに一応堅ロウをほこってはいたが…
　　「うちの教室の新学士たちは、ひとまず一〇〇％売れはしたが、現場でうまくやってくれるだろうかと思うと、寒気がいたします」
　　さきにＫ大工学部教授会は工学部だけ五年制の特例を布こうとして、学部長会議で破れた。その悲憤も手伝っているらしく…
　　「五年制がだめなら残る道は新制大学院だ。ここで一、二年ミッチリ仕上げをやれば問題は解決する。ところが入り手がねえんだよ、大学院には。大学を卒業すれば金がとれる、もう一人前だから自活しろてんで親達が金を送って来ねえのさ。会社の方も大学院などという大層な所を出た男より新制大学だけの方が何かにつけ手軽でよろしい。かくてハンバ品ばかりが濫造されて水準はいよいよ低下するという仕様だ。これが悲しまずにおれますか」

すかんぽ
1954年2月3日

学術語の改革

　「クルブシに□□腫が出来てね、化膿して□になっちゃった」
　「天皇さまの御興味はやはり棘皮動物だろう。　虫□は植物学の範囲だからな」
　読めますかな文字が、それぞれの分野の専門家でないかぎりよほどの□学の大家でもサジを投げる。　第一植字工がなく、といった訳でいま学術語をやさしくしようという運動が起っている。　尋常性痤瘡をニキビといい、顔面紺□状白□をすなおにハタケといおうじゃないかという運動である。　以上の類いはまだ生易しい方で、学術書をひらけば生れて始めて見るような字がふんだんに使われている。　明治の初年、漢籍に明るかった「洋学者」たちが輸入学問の翻訳に知識の限りをしぼって漢字に移しかえた労と博識ぶりには敬服するが、それぞれの文字が時代の推移とともに死字となったばかりか文字の死骸が科学知識の普及を大いにはばんでいるとすればこれはゆるがせにできない。
　問題はただ読みやすいだけでなくわかりやすいものでなくてはなるまい。　棘皮動物をキョック皮動物と音訳しただけなら原語の□□をそのまま使う方がまだ気がきいている。　要するにウニやヒトデなどの□称なのだが、この手合にはトゲ（棘）があるから棘皮といったわけで、意味に重点をおいて「とげがわ動物」といった方が通りがよかろうし、また浮遊動物とむずかしくいうよりすでに一般化しているプランクトンの称を使う方がよいのにきまっている。
　いずれにせよこの問題は単なる学者社会だけの問題ではなく一局部とはいえ日本語改革の一環につながるものだから委員会が設けられるにしても慎重な人選と審議がのぞましい。

すかんぽ
1954年2月11日

前衞挿花

　前衛挿花がショーケツをきわめている。　このため若木が根ッコのままどしどし盗伐されて、大げさにいえば治山治水の問題にまでなっているそうだ。　むろん犯人は可憐な嫁入前の挿花修業者である。

　前衛挿花の展覧会をみると徒らに奇をてらったもののみ目立つ。　要するに珍奇、もしくは奇怪な素材を見つけたものが勝なのだ。　脚力に自信のあるには山野をバッショウして渓流の岩に打上げられた朽木を拾い上げ脚と金に余裕のない女傑たちは人サマの持山に忍び込んで若松を抜き、根を洗って赤ペンキなどを塗る。　それらをイワクありげに組合せてならべたのがつまり前衛挿花。

　才気や思いつき、もしくは偶然の効果だけで構成されたものが芸術であるとしたら犬のオシッコの跡も芸術になる。　もし前衛挿花をいじる何万かの女性が本心そう思っているとしたら、それは日本人の美の教養の上から大きな問題だ。

　造形の芸術はもっときびしいものだ。　もし嫁入前の女性たちに美の教養が必要であるとするなら、直接前衛挿花に触れるよりも、前衛挿花を構成している基礎要素、つまり絵画や彫刻をやる方がはるかに真っ当である。　同じことが挿花の先生方にもいえるかもしれない。

すかんぽ
1954年2月18日

視覚の革命

　アメリカの新車が道を走りはじめたころ、その異様な□に人々は眼をシバただいた。　自動車といえば、機関銃の四角い□と、それよりやや大きいキャビンの□、それに四つの車輪をくっつけた形を、□念の型にハメ込んでいたからである。　ところが今となるとむしろ旧型の方に奇異の□をむける。
　街にハンランする非写実的な新しい形は、たんに自動車だけではない。電車のなかのポスターを見拾え。　□馬の広告のほかはほとんどモダンアートに属する。
　喫茶店のテーブルが完全な□形でなかろうと、デパートの駅地帯のマネキンな人形がイサム・ノグチの作品然たるノッペラボーであろうと、誰も仰天するものはない。
　形というものは、科学的、社会心理的、思想的要素によって決定される。　新しい環境、時代に則した新しいフィルムがわれわれの周囲に浸透しつつある。　つまり□□ではあるがわれわれの視覚に革命が起りつつある事実はまちがいないことだ。
　ところがフシギなことに、こうした新しい視覚の習性を無意識ながら身につけた市民たちが、絵の展覧会に入ったばあい、複雑、□□、奇怪な現代絵画を前にして、やはりクビをかしげる。　とても自分たちの住んでいる感覚世界のものじゃないと顔をそむけてしまう。　まして自分の画風や事務所に□けようとはゆめ思わない。　日本のいわゆるモダンアートの作家だけが普通の市民と断絶して雲の上に住んでいるのではなかろうから、この両者の間の□□は、やはり□る□の□に帰さねばなるまい。　彼らの芸術意識にどこか狂いがある。　そうしたものを的確に見つめ□ように追求して新しい美学を確立しなければ新しい絵画はいつまでたっても市民のものにならない。

司马辽太郎的日本战后民族主义——以其记者时期的思想为中心

すかんぽ
1954 年 3 月 25 日

被害者の良識

　ビキニ島で起った原爆禍は、単なる事件としてかたづけるにはあまりにも大きな問題を世界史のなかにふくんでいる。事件に関する米紙の論調をみると、
　「米国にとっては大した事件ではないが、日本人にとっては大事件である。日本人は彼らだけが原爆被害者であるという点で必要以上に神経過敏になっている。今後この問題は反米共産勢力の好個の宣伝材料に利用されるだろう」――クリスチャン・サイエンス・モニター
　「日本における反米思想は、この事件によって激化する兆候をみせている。また野党側は吉田内閣不信任のホコ先を反米運動に転じようとしている」――ニューヨーク・タイムズ
　と、いずれの論調もたんに反米思想の激化というごく手前勝手な、近視眼的視野のなかで渋面をつくっているにすぎず、ただ一紙、ヘラルドトリビューンのみが水爆の秘密主義に論及し「これほど破壊力の大きい水爆の内容を公開し原爆のおそろしさを十分に認識させるべきではないか」と世界政治の絶対面にむかって、わずかにカギ穴の所在を示しただけである。
　米紙の論調が、なんら人類史的場に立った方向の指示をせずきわめて狭隘な現象観の上にしか立っていないということを、われわれは笑うことができない。
　というのは、現在、日本の知識層の中でことごとに風波をたてている反米感情なるものも、また、多くは小児病的なものにすぎないからだ。われわれは三度も原子兵器の実験に供せられた。が、その肉体的な痛覚だけで加害者にむかい、ヒステリックに叫びをあげるだけでは、それこそ金綱の中のモルモット□となんら変らないではないか。
　「被害者日本」良識はこの問題をどう料理するか。それは発言の場を世界史的な足場にまで高める必要が十分にあろう。原子力管理・原子兵器の使用禁止・原子力ブール案、さらに積極的に原子力の平和的転用など、日本こそ世界にむかって強力によびかけ、好転へ主軸を回転させる第一級の発言権をもっているはずである。
　だが現実は…いまこそ日本の政府と良識の貧困を嘆かざるを得ない。

ペーパーナイフ
1954年3月27日

新しい俳句

　煙一本の平和山茶花壇日凪
　俳句というより、教祖のお筆先かジュモンという方が適当であろう。「秋刀魚」三月号の作品の一つである。
　この句をみて、作者のえがいた想念世界について行けるひとは、よほど神秘的な直観力にめぐまれた特殊な精神機能の持主であろう。
　同じ号に、
　戦争遠のきしや冬型気圧肌に迫る
　また砲声砂を噛むごとく不漁の日日だ
　いったいこれが俳句なのか。このグループの俳人たちが、いわゆる花鳥諷詠にあきたらず、現代の生活環境の中から打出されたあたらしい俳句をめざしているということは、十分にわかる。
　なるほど、今日のわれわれの生活感情や環境は、古池に飛びこんだ蛙の音や菜の花の向うに沈む月よりも、内□の砲声や、原子キノコからうける恐怖感の方により多く感覚世界を左右されていることはまちがいないことだ。
　といったところで、この新俳句と、たとえば「白菊や奈良には古き仏たち」とをならべてみたときわれわれはどちらにより多く感動するか。後者はむろん二十世紀後半人の生活世界ではない。前者には現代というものがギスギスしいほど盛られてはいる。が悲しいかな詩としての勝負は前者のほうが完膚なく敗けである。
　現代・生活・社会を盛上げればすなわち新俳句というのではあまりにもお寒い。これら新しい俳句の中に俳句という短型詩独特の韻律の光沢、余情の音感がいったいどこにあるのか。
　そのくせ不思議なことにこれらの俳句もまた季感、十七文字という伝統の拘束を後生大事に守っている。日本的な風土性、短型詩としての説明余白を補う季節的空思、こうしたものが俳句に季感の必要を要求しているとすれば、新しい俳句の性格からは、季感というものはおよそ間尺にあいかねる存在ではないか。さらに季感というものが俳句の脊骨として不可

欠なものであるとすれば、こうした新しい俳句自体、もはや俳句という詩型をとることすら無意味になってくるものではないか。

　俳句にはそれしか俳句に盛込み得ないという宿命的な世界がある。それ以外の世界を盛込みたいというのなら、いさぎよくそれ以外の詩型をとる方がノーマルであろう。

すかんぽ
1954年4月1日

四月馬鹿

　エープリル・フール、一名万愚節。 西洋渡来のものかといえばさにあらず。

　むかしむかし、オシャッカ様の時代、祇園精舎に「菩薩行」という行法があった三月の二十日すぎから一週間、オシャッカ様が大衆を集め「この期間中だけは特別有難い説法をしてやるぞ、この行法に参加した大衆は極楽往生ゆめ憂いなし」とスペッシャル。サービスをなさる。

　凡夫愚婦一同大いに畏れかしこみ、三月一ぱいは政治家も収賄をさしひかえ、商人も五分の利を一分に減らし、色事師も眼をつぶって美人の前を素通りし、潔斎精進、ひとえに波羅蜜、つまり西方浄土に生れることを祈念する。

　ところが凡夫愚婦の浅ましさ、この期間をすぎると一ヵ月押えに押えていた悪の愉しみが一時にワット発散、精進明けの四月一日ともなれば、ソレ悪への解禁だとウの目タカの目で悪の材料を探しはじめるから厄介だ。人間というやつ骨のズイから善はきらいな動物らしい。 そこはそれ粋にさばけたオッシャカ様、カタバンの諸仏諸善□の硬論をおうように製し、「まあええ、人間一日ぐらい阿呆に帰りたかろう。 この日の悪行はメモせぬようエンマの庁に申し伝えい」と有難いタイコ判を押して下さった。

　悪に動じ易いのは人間の常、この習慣次第に「ほら東洋人てやつは案外シャレ者だな」と最先に取上げたのはルイ王朝華やかなりしフランスの宮廷、むろん全ヨーロッパにまん延するのに何年もかからなかった。 東洋に逆輸入されて来たのは日本では大正の末期。 当時のモガ、モボどもが争ってこの新輸入文化を享受したのはもちろんのこと、自来伝統三十年をもつ。 日本の場合、永い軍部専制時代、四月馬鹿すらバタ臭えとダンアツされ、欲しがりません勝つまでは禁欲十年を経て来たもんだから戦後ワッと社会のあらゆる層に悪の華が咲いた。 ところが最近の造船疑獄いたるまでこの華、咲きっぱなし。 この分では四月馬鹿どころか一日ぐらい四月利巧を設けてもよさそうもないものだ。

司马辽太郎的日本战后民族主义——以其记者时期的思想为中心

すかんぽ
1954年4月8日

花まつり

　　四月八日、三千年の昔、インドの北、カヒラ城で釈迦が生れた。
　　マヤ夫人の産屋から出るやスタスタと歩き「天上天下唯我独尊」と叫んだという。　むろん後世の伝記作者の詩的表現だが。
　　中世以降、中国や日本で誕生仏を花御堂に安置し香水や甘茶をそそいだの花まつり、陰気な行事の多い仏教としては唯一の明い行事といっていい。
　　釈迦は葬式屋の先祖でもなければ、加持祈祷をしたり死後の心霊をよびもどしたりする人々の教祖でもない。　こうしたものが仏教だと間違いにしている何人かの坊さんとは思想的に全く無縁の人である。
　　葬式が仏教として宿命的な業務でないことはいうまでもないし、また坊さんが葬式をやるようになったのは日本ではきんきん室町時代以降のことだ。
　　さらに、耳も口もない死者の中に中国上代語の経文を音読して済度したとすることは、霊魂の呪術的存在を否定していた釈迦にとって喜悦でしかあるまい。
　　釈迦没後、数百年も経たぬまにその教説はバラモン教や土俗宗教と馴れ合い、さらに中国、朝鮮を経て日本に来る迄に、いろんな原始宗教、呪術信仰と野合して今日の日本仏教の原型が出来た。
　　加持祈祷によって家内安全や病魔退散を祈るのは、おそらくバラモン的要素の中に中国の道教、日本の土俗信仰が加味されたものにちがいない。透徹した哲理の中にのみ生きた釈迦には何ら関知しない分野である。　仏教とは死臭と怨霊のにおいがするこうしたビボウもまた釈迦そのものとは何のかかわりあいもない。
　　ちかごろ、ヨーロッパやアメリカの知識層のあいだで、仏教研究熱が急遽に高まりつつあるというが、カトリシズム・マルキシズムの二つの大きな思潮の相克への、弁証法的解決と力として、あらためて釈迦の思想が三千年のホコリを払って引出されてきたという見方が十分に成立つような気がする。　はたしてこういう風潮に対して日本仏教がどれほどの媒介的役割を果しうるか、花まつりの時節とはいえ、そぞろウステ寒い話である。

すかんぽ
1954 年 4 月 22 日

オ博士事件

　「A話」何をノンキなことをいってやァがるんだ。問題はマグロだけじゃねえんだぜ。おめェの吸ってるその空気、そいつにチャンとホーシャ語ってやつが含んでござらっしゃるんだ。日本人はもうヒャク年ともたねえそうだぜ。生殖能力ってやつがバカになっちゃってね。オイオイ、ウソじゃないよ、ちゃーんとおれは耳打ちされてるんだ、それェ大学の先生になどという流説が死の灰よりもアクチーブにとび回っている折柄、水爆作りの張本人、といっちゃ悪いが、後世の史家があるいは死の科学者と名づけるかもしれないオッペンヘイマー博士が、米政府から「機密保持上危険な人物」として指摘された。

　「B話」「狡兎死シテ走狗烹ラル」という中国の諺がある。野兎が獲りつくされてしまろうと、猟犬が無用になるどころかえって邪魔になり、主人の食卓に供されてしまうという意味だ。前漢の将軍韓信、つまり設クグリの韓信だが、漢の高祖劉邦に仕え、山東、山西、河北の野に、魏を討ち降し趙を破り、ついに楚の項王を滅して前漢三百年の基礎をきずいた。ところが高祖劉邦、平定の野望成るや五年、韓信の才能が自分よりすぐれていることを恐れ、むざんにもムホンのヌレ衣をきせて殺してしまった。

　「C話」徳川三代家光のとき、宇部宮騒動というのがあった。史実では、幕府側が宇部宮城主本多正純を抹殺しようがためのネツ造事件であったようだが、講談やカブキではもっと面白い。正純が家光を城内の湯殿に招じ、かねて苦心のカラクリの吊天井を切って落しシイ逆の野望をとげようとしたそうだが、そのさい事前に、秘密のもれるのを恐れ、設計と建築にあたった大工全員を皆殺しにしてしまった。いわゆる宇部宮缶天井事件である。

　「D話」オッペンヘイマーの事件は、日本の原子物理学者にとっても個人事ではない。明日はわが身に灰が降りかからないとも限らぬと早くも素粒子論グループでは論議がフットウしはじめたという。死の灰は、物理学もしは生理学の研究課題だけではなさそうだ。

司馬遼太郎的日本战后民族主义——以其记者时期的思想为中心

すかんぽ
1954年4月29日

天皇誕生日

　誕生日を祝う風習は、おそらくキリスト教的な思想に根ざしているのだろう。仏教では、ナマ身な人間が濁世の仲間入りをしたところで、さして問題にならない。それよりも、人間が成覚しなかどうかで価値を決めるんだから、誕生日よりも入寂日のほうにより多く記録的価値を置いている。

　天子の誕生日を祝うのは、唐の玄宗皇帝の開元十七年（七二九年）が文献上、世界最初であったようだ。日本では今から約八百年のむかし、光仁天皇の宝亀六年に天長節と称し寿誕を祝ったのが最初。ただし、これ一回きりでその後あとが開かず明治にいたった。やはり誕生日という思想は日本人のウマにあわなかったのかもしれない。

　維新後、天皇制の確立のためにアラヒト神のアレマセシ日を記述する必要が起り、光仁帝のころの古記録を翻って天長節がもうけられた。明治五年のことである。儀式は宮中に内外の官を集め、まず天子が勅語を賜う。「ナンジ臣民、朕ガトモニ楽シムノ意ヲ体シ、ソレヨク歓ヲ尽クセヨ」とのたまえは内閣総理大臣が高級官吏代表、華族華頭者が華族代表として進み出「群臣感喜ノ至ニタエズ」と奉答、あとは当時としては日本最大の宴会に移る。場所は宮中、そのそとでは、華やかなりしころの帝国陸軍が百一発の祝砲をうち国軍の偉容を示すのだが、いずれにせよこの盛儀、招かれざるもののヒガミでいうんじゃないが、皇室の精神たる華族、天皇の官吏といわれた奏任官以上、天子の股肱といわれた軍人以外のタミクサには直接の縁はなかった。

　天皇誕生日をやめて天長節にしろという意見が近ごろ横行しているが、よしといたほうが利口なようだ。臣茂が感泣して祝辞を述べ、汚職官吏が宴席に酔い、保安隊が外国製のって古典的天皇制を復活の橋頭堡にしようとのコンタンなら脳ミソがお寒むすぎる。なにしろ佳節の時季ば青葉だし、妙な思想に結びつけるヤボはせず人間的親愛感をもって天皇の誕生日をお祝いしようじゃないか。

ペーパーナイフ
1954年5月1日

出版界妖話

　さァさ、お立会。これからゾッキ本を叩き売る。ヒマと金とのあるやつは聞いてゆけ。
　こう不景気じゃ仕様がねえ、そのうえオショクだ、母子心中だとあっちや気の弱いお人は死んじまいたい気になるだろうが、マァはやまるな。こんな世の中に倦いた人は出版界をご覧うじろ。アリスの不思議の国よりも孫悟空の妖怪国よりも世にも奇妙キテレツな怪現象が、お立会衆の不思議欲求満足させるばかりか何をクヨクヨ川端□と七転八起の闘魂をかきたてることウケアイだ。
　A社の負債九千万円、今日にも倒産だといってもお立会は驚いちゃいけない。「新」という魔法の護符がチャントある。社名の上にベタリと貼るとたちまち生気を吹きかえし、何百人も温泉地へ招待して「特価販売」なる魔法の杖でダンピングを叩き出す。悪書が良書を駆逐する効め、ゆめ疑いない。
　メフィスト殿にいわせれば、児童雑誌など本気で作るやつがバカ、フロクのオモチャで売るというレッキとした玩具商だ。こうなれや本のことしか知らない良心派なんさツブれるのは当り前というわけさ。
　出版界のピストン運動てのを知ってるかい。社運をかけてつくった本を鉄道に託して送り返す。何のこたねえ、本を旅行させただけだよ。よろこぶのはせいぜい鉄道屋ぐらいのものかね。
　一人一社てえ出版社なんさザラだよ。もろん社員数百人てのもあるにはあるが、造られる本は同じようなもので同じように扱われる所に他産業にねえ幻妙さがあるな。一つ当れば御殿が建ち、一つはすれば煙のように消える。まるで現代の幻術だね。
　アチラで全集が当ればコチラでも真似っこしコチラで文庫を出せばアチラでも思せき切って臆面もなく出す。売れても売れなくても年中、書店にうす高く飾られ、まとまった出版資料もなく本の旅路の果ては版元も著者も本屋も誰も知らない。ま、知ってるのはおいらゾッキ本屋ぐれえのもんだ。買うかね、負けとくよ、定価の十分の一だ。

すかんぽ
1954年7月1日

医師の争議

　あちこちの争議に誘発されてというわけではないが、お医者さままで健保の点数をめぐって争議をはじめた。
　相手は厚生者。「単位を値上げしろ。新薬の点数切下げはは反対だ」と、代表数氏がハンストをぶったり、雨中で乱闘を演じたりはでなこと。
　要求そのものについては明年一月一日から実施の医薬分業との振合いもあって、今とやかくいうには問題が微妙すぎるが、当面考えうることはこの狭い島国にお医者の数が多すぎるということだ。
　何しろ既設の医大でも多すぎるのに、戦時中軍医養成のため各府県に臨設された医専が、そのまま新制医大に切替えられ、医師の大量生産に拍車をかけはじめたのだからこの先どうなるか同業相食む悲劇は眼に見えている。
　とにかく、文化国家の名に恥じず医師の人口比率にかけてはドイツと共に世界一。同患の西ドイツの現状はどうか。近着の雑誌によると、ハミ出た医師は医療に従事出来ないという徹底した仕組みとなっている。保険医の資格は医師会で厳重に統制され、統制外の医師はやむなく他の職業に従事しているが患者の約八十％が保険治療だから保険医になれなければ医師として失業する外はないという形である。
　その代り保険医ともなれば生活は十分に保障されている。電気冷蔵庫と自家用車はごく常識的な必需品だし、むろん日本のように不必要な投薬や注射をして点数をかせぐようなムリはしなくてよい。他の、つまり失業医師は、会社員などをしながら気長く保険医定員の欠員をまつわけで、日本みたいに医大を出れば何が何でも患者の体をつつかねば気が済まないという傾向はまずないという。
　同種職業の過剰という問題は社会問題の中でもよくとくに深刻な部類に属する。何もドイツの真似をしろというわけではないがたまたま発生した健保値上げという医師の生活問題を契機に、医師会も厚生省も、この際、抜本的な策を考える必要はあるまいか。

すかんぽ
1954年7月8日

夏祭と阿呆

　七月は祭月。
　人間、一年に一度は、デフレも女房のヒスも忘れてワッと阿呆になりたいという欲求が、祭というものの心理的起源であるようだ。
　踊る阿呆に観る阿呆…その痴呆的フンイ気こそ、祭のダイゴ味であり、この日一日、アタマのネジをゆるめればゆるめるほど祭神の御意思に添おうというものだ。祭バヤシがいい例である。あれほど痴呆的な音律はまず他いない。
　十七日は祇園祭、二十五日は天神祭。祭もこれほどシニセがつき大規模にもなると、その神髄である痴呆的フンイ気が失われ、祭をやる群と観る群との役割がスッポリ演技者と観客というグアイに割切られてしまう。つまり、祭がアトラクション化した。いわば、「阿呆」の芸術化である。
　秋の「時代祭」などがその極端な例だろう。行列に参加する武士も雑兵もニコションで雇ってくるというのだから。
　祇園祭や天神祭もこの例外ではない。人足を日当二、三百円で雇う。氏子が、タダで阿呆になればわけはないのだ、タタで終日炎天下に阿呆面を曝すほど近ごろの氏子は阿呆でなくなった。祇園祭だけでも五、六百円の金がいる。ホコ一台出しただけで、十五万円というベラボーなお金が消えるのだが、その阿呆金はホコの出る町内が分担しなければならない。敬神家も無神論者も、阿呆になりたい奴もなりたくない奴も、一様に一口数千金。さて、阿呆になるのもセチからい。

ペーパーナイフ
1954 年 7 月 17 日

挿絵の危機

　オール読物今月号の『平次捕物控』のサシエをみて、永年「平次」となじみ深い神保朋世の画がひどく変ぼうしているのにおどろいた。元来この人は日本画出身らしい線の味に魅力があったのだが、今回から惜しげもなくそれを捨て一種流動感をもった新味を追おうとしている。結果としては義理にも成功したとはいいにくいが、その冒険とその裏にある苦悩は大いに賞揚されていいものだ。

　従来、サシエに片足を突込むことは「本画」の画家仲間では決して歓迎されたものではなかった。サシエという大衆との妥協に立った職技を弄していると、どうしても「本画」が甘くなるというのがその理由である。日本画家仲間では「版下描き」と蔑称され、画の値段が下るとまでいわれたものだ。

　ところが戦後、そうした「本画」の画家たちが、アトリエを出てどっとサシエの世界に進出した。押出されたのはサシエ画家である。安易をむさぼって職技を磨くことを怠った人々は、目にみえて没落した。

　サシエの画家が「本画」の連中よりも画がヘタクソだというのでは決してない。サシエにはサシエ特有の職業感覚と技術がある。たとえば凸版効果という水モノをジュウブンンい知悉し、効果を駆使するという点では、カンバスと絵具だけで生きてきた「本画」の連中のおよぶ所ではない。その代表的なアルチザンが岩田専太郎だろう。彼の制作腰は変化の一字に尽きる。フォルムを変え、効果を変え、停頓する所がないその彼すら、単なる職人技術の点では行く所まで行きついた感があるのだ。

　サシエ画家と「本画」の画家との決戦は、まだ当分続くものと思われる。この期にのぞんで、サシエ画家たちが何らかの思いきった飛躍をやらなければ、サシエという独立した職業分野は、ついに亡び去って行くかもしれない。

すかんぽ
1954年7月24日

出版界哀話

　デフレでまず参ったのは出版社だった。　元来、出版ほどケッタイな商売はない。　スネ一本ウデ一本でも結構回転するかとおもえば、社員の数百人もかかえた大げさな店舗でも倒産の危険度は一旗組とさして変りはない。　一発当れば一夜成金になるが、はずせば夜逃げしても追っつかないというバクチ稼業だ。
　不況時代には出版の場合等ナカナカ企業体の大きいのも考えのである。小回りが利かずかえってボツラクを早めたりする大阪の老舗Ｓ社など気の毒だがその例の一つだった。　東京はすでに解散して大阪もこのほど全従業員に解雇通知を出したそうだが、経営規模が中途半端に近代企業になりすぎたことが倒壊の大きな原因だろう。　とはいえ在来、出版的領地といわれる大阪にあって、戦後よく敢闘したこの社の歴史はいま消滅したとはいえ、永く大阪出版業史にのこるものではあった。
　ところで、Ｓ社という小さな芽が吹き出た。　編集一人、営業一人、たった二人でやるという。　その営業方法も自叙伝その他自費出版希望者から、編集、刊行を請負うという面白いやり方だ。　自費出版を出来るだけ安く仕上げてあげましょう、その代り、売るについては著者先生も何割かの責任を分担して頂ますというやり方。　いかにデフレに悩んだとはいえ投機好きな出版業者にしては、出来すぎた堅実商法である。
　大正九年以来三十五年というべらほうな長年月にわたって受験界に君臨した「小野圭」の英語参考書、著者の小野翁すでに他界したとはいえ、永年これでもうけてきた版元のＳ・Ｄ社このほど「小野圭」関係の参考書だけを出版するために新社を作った。　つまり、火事場からいち早く金目のものだけを持出すというチエだ。
　こんなのは近ごろザラな例である。　ともなれば、出版なんぞ、水商売どころか、最も手堅い企業へ質的変化しつつあるというわけだ。　ともいえようが、企業体は軒並みに細分化し、再び大昔の家内工業に逆戻りしつつあることも事実である。

司马辽太郎的日本战后民族主义——以其记者时期的思想为中心

すかんぽ
1954年7月29日

原色のハンラン

　数ヵ月前、ある洋画家と城東線のホームからぼんやり梅田界ワイを見おろしていた。ふと横をみると、画家の顔が妙にひきつっている。ケイレンでも起したかとあわててたずねると「いやそうじゃない。あの色をみて下さい。あの恐るべきカンバンの色…」と指さしたのは、近ごろのカンバン界にショウケツをきわめている蛍光塗料だった。そのときは、なんやオモロイ神経やな、程度で聞きながしていたが、その後、この塗料が爆発的な勢いでチマタを占拠しはじめるにともない、鈍感な筆者の神経ですらこの色彩にノイノーゼ同然の傾斜を示すようになり一方、同様の症状もしくは反対意見をもった市民や色彩専門家が意外にことに気づいた。
　蛍光塗料の特許権は米国にある。輸入されたのは二、三年前。実際に使用されだしたのは今年のはじめだ。価格は普通塗料の五倍から十倍。おまけに、ひと月も経てば退色するから、その塗り替え費だけでも大変と来ている。
　しかし、塵もシャクシも蛍光塗料とくれば、せっかくの□□しさも互いに相殺してしあってさっぱり効果が上るまいと思われるのに、この狂乱怒涛の盛況ぶりは一体どうした理由にもとづくのだろう。
　ただ、恐るべきは、この塗料が三原色しか表現できないことだ。品位の低い原色で占領された大阪のチマタ。一国の文化はその国の商業の水準をみればわかるといわれ、しかも大阪の商業美術界は全国的な指導地位を占めてきたというのに、これではまるで、文化以前のすさまじさである。
　「子供の部屋に原色を使うな」と児童心理学は教えている。幼い神経を刺激させるからだが、あのチカチカした原色の怒涛の前には大人の犯罪心理すら刺激しねないではないか。交通事故の誘発というおそれもあろう。ハレーションを起すからだ。せっかくのけなしの外貨を使ったこの塗料を頭からコキ下す魂胆はさらにない。要はその使い方にある。ベタ一面に塗りたくるより、ほんの一点色面を強調するだけに使うほうがはるかに効果的だし、それ以外にももっと頭のいい使い方があるはずだ。

ペーパーナイフ
1954 年 7 月 31 日

人道の欠如

　近ごろ最も不愉快な事件は、東京都議会に押掛けた結核患者の争議である。　要求内容そのものについては同情すべき点が十二分にあるが、問題はその争議形態だ。　座込んだ患者のうち、すでに死者一名を出し、発熱患者も多いという。　結核治療の第一条件は絶対安静ということに決まりきっている。　座込みは健康人でも過重というのに、その過労が今後彼らの病巣にどのような影響を残すかはかりしれないものではない。「座込み時間が長くなればなるほど私達の命は死に近づいているのです」だから要求を入れろという戦術の卑劣さ、いやそういう戦術を考え出した根底にある救いがたいような人間感覚の欠如、人道への無感覚を思うと、総毛だつような感じがする。　南京マニラの虐殺を強行し、特攻自殺を賛美したわれわれ日本人の体の中にはこういう人命軽視の蒙昧非文化な血な今なお消えずに流れているのだろうか。　いや虐殺や自殺、母子心中の場合なら、まだ人命軽視ということだけで片付けることも出来よう。　が、今度の場合など、自分の命の代償に何らかの要求を満足させようという□劣さなのだ。　その要求内容が、いかに社会性があり、正当であろうとも、打出してきた劣悪な精神を考えると、冷静な共感をもちがたい。
　ひところ、ハンストという争議手段が流行した。　これも同様の精神に根ざしている。　自分の生理を傷つけて相手の同情をよぶというマゾヒズム（自虐趣味）の精神は、同時に相手の生命をも傷つけかねないサジズム（加虐趣味）の精神に通じている。　ヒューマニズムなど、根も下しようのない土地だ。　こういう土地の上に発生した今後の争議など最も端的な日本的風景といるだろう。　近江絹糸争議が世論の支持を得たというわけでその問題にあてはめるべく一種の人情争議の形をとったつもりだろうが、そうは問題がおろすまい。　大衆の□□は、争議の裏にある□□□的な精神を決して見逃しはしないからだ。

司马辽太郎的日本战后民族主义——以其记者时期的思想为中心

すかんぽ
1954年8月5日

博士号余聞

　近頃、ユーゴのリュブルアナ医大でひらかれたユーゴ医学会で「この際、医学博士という称号を廃めようではないか」との動議が出て現場が大混乱におちいった。ほとんどの医学者が猛反対したのだが、その反対理由というのがふるっている。「そんな馬鹿げたことをすれば愚者の医師に対する信頼感がなくなってしまうじゃないか。博士号というものは歴史的にも社会的にも必要だから存在してきたわけでもしそれがなくなれば患者たちは医師の質がおちたとみて失望するにちがいない」見ようになっては学問医療の進歩とは何の関係もない愚もつかぬ俗論だが、心理学的にはきわめてウがった卓説である反対者の多くは、患者心理に精通した開業医であったにちがいがい。
　有名なはなしだが、わが国基礎医学界の泰斗Q博士は医師免状をもっておられない。大学を卒業されたとき、当時の規則として医師免状を受けるためには何十円かの手数料を必要とするのだが先生にはその金がなかった。そのまま大学に残り学位をとり教授に累進し、今ではその名は海外にまで轟いている。
　「おれんとこは子供が風邪をひいても近所から医者をよんでくるんだよ家内がおれの技術を信用しないということもあるが法律上診察する資格がないんでね」
　評論家清水幾太郎氏が学位をもっていることを知っている人は案外すくないようだ。先年同志社大学に論文を送り、こっそり「文学博士清水幾太郎」になった。今さら何を血迷ってといわれそうだから、バツがわるくて人にはいいたがらないらしい。今さらといえば、永年無学位で有名だった京大総長の滝川さんも先年面倒臭そうな愛情で法学博士の称号を受取った。無学位派の巨頭には、前東大総長の南原繁氏がいる。南原さんもお医者でなくてよかった。

ペーパーナイフ
1954年8月7日

大阪の郷土文学

　前週この面で、荒正人氏が郷土文学の検討という点に触れ、次のような興味ある考え方を示していた。
　「『地上』という余り知られぬ雑誌をみていると「外国版」「土のよう文学よもやま話」という座談会がもたれている。農民文学が都会文学への解毒剤と語られているがこれは旧い考え方である。むしろ地方主義とか郷土文学とかいった角度からの新しい検討がのぞましい。郷土小説は、火野葦平の『対馬守の憂鬱』（文学界連載）などの試みもすでに出ている」
　残念ながら、荒氏の文章は、主題がほかにあったため、この程度しかふれられていない。
　一体、郷土文学とは何か。概念的いえば、一つの風土を身につけた文学ということがいえるだろう。その作家が住んでいる風土帯、その中には数千年来の生活史的な伝統もしみこんでいるだろうし、その圏内の生活人たちには、他地帯にはない特異な気質やものの考え方、特有の言語、習慣などが共通して支配しているはずだ。そうしたものの掘り下げが、自己の体質の追及と焦点をあわせて行われたとき、はじめて郷土文学が生□ずるとみていい。
　というものなんだが、さてここで考えられることは、大阪の郷土文学ということだ。果して、かつても、また現在も、その名に価いする程のものがありえただろうか。なるほど多くの大阪出身作家によって大阪を題材にした作品が発表されてはきたが、そのほとんどは単に大阪風景に取材したというだけのもので、風土性という性格から程遠いものだし、非常に数少い数□の作品の中には、それに似通ったものがあるにはあるが、それも厳格にみれば、大阪というエキゾティシズムを、中央に売りつけた程度のものにすぎない。
　非常に困難なことにちがいないのだ。しかしやり甲斐のある未開の分野だともいえる。大阪で踏みとどまって文学活動ををしている人々に、根気よくこの点を期待したい。

司马辽太郎的日本战后民族主义——以其记者时期的思想为中心

すかんぽ
1954 年 8 月 12 日

アジアの美術界

　最近、韓国と台湾から渡日してきた一人の画家の話をお伝えしよう。
　まず韓国から、語り手K氏は、抽象画をかく韓国での新進画家。語学といえば体がいいが、渡日にさいし悲惨な体験を経てきたらしく、これについては多くを語りたがらない。渡日中の生活費は、土工や日雇をしつつまなかっているようだが、来日後発表した作品は、民族の苦渋のにじみ出た、風土の匂い豊かな作品が多い。
　この人が悲痛な表情で訴えるのは、京城画壇の窮迫ということだった。京城には四、五十人の洋画家がいる。彼らは、動乱と困窮の中にあってなお、画筆をにぎり続けてはきたが、ひとつ残念でならないことは、国際的な視界と接触の中で□がかけなことだという。せめてアジアの中だけでも、各国合同の展覧会がもてないものかと、京城の仲間の悲願を代弁してK氏の語調は沈痛だった。
　次に、台湾屈指の日本画の大家K・S氏はこういう。
　台湾では「日本画」の系統が画壇の大きな分野を占めている。洋画では、日本の春陽会系の画風が根強い伝統を培い、いずれも戦前、日本に留学した人達が主導的な役割を果している。そのほか、国民政府の□□とともに大陸から渡台してきた中国画系の画壇があるが、多くは古画の模倣をやっている程度で、大きな努力にまでは生長していない。
　おしなべていえることは、台湾画壇のほとんどが日本との定期的な美術交流を望んでいることだ。
　政治家や外交官には国境という荷厄介なものがある。が、美術家なら相手が何国人であれいつでも手を握ろうと思えば握れるはずだ。
　アジアの各国を□□した国際美術展は、やる気さえあればさして困難な事業ではなかろう。

ペーパーナイフ
1954年8月14日

小説から読物

　一応、税務署あたりの展出で小説家と名乗っている職業人は全国で二百名ばかりはいよう。　月々生産される小説量は商業雑誌関係だけで百余篇。　それを戦後九年で累計すると、ゆうに一万篇以上の小説が生産されてきたはすだ。　よほど小説好きな民族というか文運の隆昌、祝賀にたえないが、さすが最近になって、作家のほうも多量生産に疲れてきたとみえ、通俗、中間、純文学の分野をとわず、一様に質の低下がめだってきた。　読者の側からいえば、とかくのリクツは別として小説が面白くなくなってきた。　作家の側からいえば、這いまくられっぱなしで、精チな構想も練れず、十分な取材もできないという。

　読者は正直だ。　面白くなければ、特殊な文学研究者か文学青年でもないかぎり、金を出してまでして読む義理は感じない。　雑誌ジャーナリズムというのはもう一段と正直なものだ。　読者が文壇に向ってアクビしはじめた気配をいやはやく感じとった。　作家といえども、無限に湧く創作の泉源をもっているわけではない。　見わたしたところ、文壇のいずこもが枯渇寸前の惨状にある。　もうこの先生達に頼っていてはデフレ下にこちらの息がとまる。　と、切換えたのが読物偏重方針というやつ。

　文句なしに面白い、これが第一要件ついでタイムリーであること、これが第二要件。　読物にはニュースストーリーあり、人物評伝あり、各界専門家の人生体験ありで、文壇という手工業的世界から生産された小説よりも、はるかに社会的半径が大きく、材料も生々しい。　A子やB男のへたな恋愛小説よりも、秀胸のその後のほうが面白そうだし、中年以後の人なら無声の大正回顧録なんてのもこたえられまい。　世界の立物にセリ上った周恩来の人間と一生なども直接的な□□がある。　かくて、一冊まるっきり読物へ転進する雑誌すら現われはじめた。　作家にすれば、何ともニガニガしい現象に違いない。　文学よ□□せよ、純文学作家も大衆作家も、今こそ、こうしたカケ声をかけ合うべきときではないか。

司马辽太郎的日本战后民族主义——以其记者时期的思想为中心

すかんぽ
1954 年 8 月 19 日

近頃の学生気質

　ある大学の助教授が、泣き面でこういうのである。
　学生七、八人を連れて、ビワ湖へ遊びに行ったと思いたまえ。経費は、ボーナスの半分を投じたが独身の気安さで、さしたる摩擦もない。
　さて、湖畔で、泳いだりシジミをとったり終日遊びほうけ、近頃こんな愉快なことはなかったと、互いに語りあいつつ車中の人になった。みんな、袋に一ぱいシジミをかかえている。話題が、しぜんシジミのことになった。
　「ミソ汁に入れるとうめえぞ」
　「一体、シジミって、いくらぐらいするもんだろう」
　話が金銭に満ちてきたあたりで学生達、とつじょ、案があると手をたたいた。「先生、これみんな買いませんか。安くしときます」
　両腕に抱え込まされたシジミよりも重い気質で帰路についたそうな。
　二ヵ月ばかり前の旧聞になるが、これも、これも、ある大学の助教授の話。
　その人、学期末試験の監督で教授をまわっていた。ふと気づくと教授の真中あたりで紫煙がゆらゆら立昇っている。かっとなって近づくや、学生の指からタバコをはたき落した。
　「何をするんです！」
　この、ノ付きの会話は、喫煙学生のほうから発した言葉だ。
　「何という失礼な人だ。自由を侵害にも程がある。試験場でタバコを吸っていけないという学則がありますか、あるなら今ここで見せて頂ましょう」
　憎々しげに、といった様子でもなく、昂然と上げた□宇に「正義」を守る決意がありありと□□でいたそうである。
　「とにかく、このことは自治会で問題にします」
　喫煙生はイスを蹴って出て行った。その間、助教授は呆然、無言のまま。

すかんぽ
1954年8月26日

ジャポニズム

　欧米、とくにパリの画壇で、最近とみに日本熱がたかまっている。ジャポニズムというやつだ。
　□はとくに抽象的な画をかく連中のあいだで高い。一体に、例のワケのわからぬ画というやつは、新しいフォルム(形)の発見が実に困難で、とくに最近、いよいよ形が単純化してゆく一方だから、ますます形の種類が少くなり、新しいスイ星を発見するより至難なシナモノになってきている。
　世界中の抽象画家が血眼になって探しあぐねたあげくの果てに見つけ出したのが日本の書と画だ。「珍重すべき抽象芸術ではないか」と、早速絵画に大胆に取入れたのが欧米画壇の売れっ子ル・コルビュッジェとかシェナイテールもしくはクラインなどのめんめん。
　そこへ眼をつけたのは、フランスの真似事には抜け目のない日本の絵描きさん達だ。「なんだ、それしきのことが問題になるのなら、こちとらは千年来のお家芸」とばかりに、日本画の□や様式を加味した油絵の個展をパリで開くや、国元の日本ですら無名の画家達が矢継ばやに大好評を博した。「シンデレラ画家」の名が生まれたゆえんである。
　なにしろ、先年、パリのサロン・ド・メエ展に日本の洋画を出品して「これじゃ単なるフランスの画風じゃないか」とさんざんな不好評を買った矢先だから、日本の画壇に妙な自信をつけるハメになった。これあるかなと早速逆輸入して、この秋の展覧会に打って出ようという向きがあるようだが、ひと言だけご注意申し上げたいフランス人達は、単に異国趣味を買っただけなのだ。それにおんぶしてついて行こうというのでは、タヒチ島の土人にも劣る。要は、自分の体質とこの国の風土をどう掘り下げていくかという点にかかっている。他国で、日本の異国趣味が流行ろうがはやるまいが、日本の芸術家に何かの関係があろう。単なるトピックスに過ぎないではないか。

司马辽太郎的日本战后民族主义——以其记者时期的思想为中心

ペーパーナイフ
1954年8月28日

「直木賞」その後

　『オール讀物』十月号に、第31回直木賞の選考評が七人の選考委員によって書かれている。
　七人の評に共通した点がふたつある。その一つは、全員一致して有馬頼義の『月光』など一連の作品を激賞している点、これほどの一賞を見た選考は、少なくともここ十年、絶対になかった現象だ。それほど有馬の作品は魅力をもっていたともいえるし、何か今後の、直木賞または大衆文学の性格づけに重要な新議題をふくらんでいたともいえる。
　事実、有馬の作品は、タダモノではない。材料の使い方のうまさ、これは大衆作家としての資質を十二分に表出しているし、人間観照にも確かな作家の腰がすわっている。亀井勝一郎は別の場所で、これは同時に芥川賞にも値いする作品だと考えているが、七人の選考委員達も同様、この作品を大衆小説とは見ず、明確に純文学の範チュウに入るものだという点で、意見の一致を見ている。この作品の受賞が直木賞と大衆文学の行手に重大な新議題を含んでいるというのはこの点である。
　在来、芥川賞は純文学に、直木賞は大衆文学にと、創設以来、相場のきまったものだ。その相場は今回をもって崩された。川口松太郎委員は「その文学性こそ大事で、賞の性格の既成執念は崩すがよい」と力説、永井龍男委員は「大衆文学の寄席から脱出」すべしと説き、小島政二郎委員にいたっては「これで直木賞の性格がハッキリした。文学でない大衆小説は凡そありえないことなのだ」と、まるで文学革命でもやってのけたような喜び様である。
　これだけを見ても、明らかに、大衆文学に一つの新しい時代が近づいていることは否めない。面白い題材を手際よく料理するだけの技術それが在来の大衆文学の定義だったのだが、ぼつぼつ既成作家たちも、その技術の裏っ側で安眠しているわけに参らなくなったようだ。

すかんぽ
1954年9月2日

再建の言論

　戦後ひところ「日本再建案」というのが流行った。ハラは減るし住いはなし、せめて夢物語でもというのがジャーナリズムの狙いであったのだろう。むろん、涼み台で手ズネをたたく類のホラも多かったが、傾聴すべき意見も多かった。
　ところが、それらの一つでも政治の大筋に採用されたものがあったか。世論にすらなったものがない。そのうち流行のほうがいつとはなしにシボんで、今や「新日本再建案」などと力むものならニンマリ笑われてしまうのがオチである。
　占領当時、軍の最高指導者すら、一時は「日本を東洋のデンマークに」などと大真面目に表明したものだが、「満州爆撃論」が飛び出すあたりからアブなくなり、折角の卓見も歴史の彼方に消えてしまった。まして在野の意見などハカないものだ。「言論無用論」が横行するのもムリはない。
　最近、面白い意見を聞いた。意見の主はいま和歌山県の寺に引込んでいるが、往年、ある階級宣言を起草した社会党内の老闘士である。自衛隊を廃止して「技術軍」を□設しろというのだ。むろん兵器じゃなく平和産業の技術である。学術会議の調べだけでも、日本には六万の技術者がいる。むろんこれは、学者という名のA級技術者だから、大学出たても含めれば、さらにこの三十倍にもなろう。これらの技術者を、政府予算をもってアジアの各国に派遣し、その開発に尽力させる。日本の国費と技術水準と誠意を傾けて、アジア諸民族の福祉向上に協力するのだ。感謝されないはずはない。例え外国の侵略を受けようもその時は「アジア」が守ってくれるという意見である。
　時の勢いは、こうした意見を許容しえないまでに直進しているといえばそれまでだが、妙な諦観から、意見を吐くことを絶望するのは民主主義の自殺と心得てよい。日本再建をめぐる平和論はさらに執ように繰り返される必要があろう。

ペーパーナイフ
1954年9月4日

非活字文化

　少年講談を出している出版社の人が、丹精した新刊の講談本を一冊もってかえって小学六年の男の子にあたえた。ところがちっとも読もうとしない。代りにマンガ本を与えたら一っぺん飛びついた。そこでその人、こいつァ案外、あてこんだはずの講談企画も向うから外れるんじゃないかと家をひらかされたそうな。

　活字文化は、十代、二十代の世界を中心に衰えつつある。「読む」という能力や修練が、ほとんど親まれていない世界なのだ。書物は、読むものではなく「見る」ものだという概念が、この世界で確固とした形になりつつある。

　講談社が出している少年雑誌はすでにA5判『文芸春秋』だったが、時に勢いには抗すべくものなく、十一月号から、まず「幼年クラブ」をB5判（「平凡」型）にするという。写真・マンガ・色ページ・大ゴマの挿絵という視覚対象物をブンダンに掲載するには、もうA6判では間尺にあわなくなったのだ。

　講談社が崩れたとなると、A5判の最後のトリデはおそらく小学館ぐらいのものになるだろう。主な少年雑誌の九割までが、B5判、つまり、「非活字判」さらにいえば「紙芝居判」という現状なのだ。

　集英社にいたってはさらにこれが徹底し、「少女ブック」を卒業した方はどうぞ「明星」へという仕組みになっている。

　小説などもどんどん絵物語の形式に移りつつある。挿絵を追うだけで物語のスジがわかろうという算段だ。こういうひと達が大きくなった暁を思えば、われわれも目で見る文化欄の新型を考えておかねばなるまい。

すかんぽ
1954年9月9日

坊さんの責任感

　近江絹系事件のトバッチリを食って本願寺さんの評判がこのところよくない。
　「一体、西本願寺は何をしているんだ。いわば間接的な関係者ではないかいろいろ事情もあるだろうがせめて調停ぐらい買って出たところでバチは当るまい」等と非難の声が高いが、使用者側からは利用され、労働者側から誤解されるといった立つ瀬のないこの事態に、どうして毅然たる態度を示せないのだろう。
　西本願寺は、教団としては何ら、近江絹系布教と関係がなかったことはたしからしい。本山から布教使を派遣するという形でなく、単に夏川さんのほうから直接布教使に依頼して講話を進めていたというのが実情であるようだ。「だから本山当局としては事件とは無縁である」まさかこうはハッキリいってやしないが、そういう印象を与えるおそれのある微妙ないい回しの言明を何度か行っている。
　以前にもよく似たケースがあった。保全経済会事件のときだ。「仏教保全経済会という組織には東西本願寺の重職者が運営に関与しているがそれはあくまで個人的な活動であって本山当局は何ら関係がなく従って東西本願寺とは無縁のものである」じつに首尾一貫した立派な論理なのだが、どこか一点欠けている。モラルといえばいい過ぎになるだろう。社会的責任感の欠如とでもいおうか。
　われわれは決して真宗の教学が反労働者的であるとは思わない。この点については本願寺に万幅の同意の意を示そう。が、その真宗教学の本山たる本願寺の社会的感覚については多少の疑問をもつ。なぜ飛びこんで火中の栗を拾わないのか。教養と宗祖の像の上に寝そべっているより、はるかに教団を生かす道であるはずだ。近江絹系事件も今が調停の絶好のチャンスだろう。ぼつぼつこの辺で立ちあがっても極楽往生には支障はあるまい。

司馬遼太郎的日本战后民族主义——以其记者时期的思想为中心

すかんぽ
1954 年 9 月 23 日

乞食リアリズム

　戦後の文化現象の中で、もっとも慶賀すべきことは、日本映画が世界の評価を得たころだろう。今後、映画の外国市場進出はいよいよめざましくなるにちがいない。ドル獲得の面はいうにおよばず、文化水準の誇示、さらに日本人の生活感情を理解してもらう点からも、これほどの幸いはない。もうひとつ、日本の風俗の理解という点でも、大きな役割を果すことになろう。さて、それについてである。
　例を「七人の侍」にとろう。黒沢の徹底したリアリズムは、ついに、侍も百姓も、一様に乞食風体にしてしまった。家屋も同然である。パプア族もこうかと思われるような掘立小屋だ。なるほど、戦国大名からシボれるだけの収奪をうけていた百姓の多くは、あの程度のものが辛うじてのネグラではあったそう。大名の手から離れた失業武士の風体も、ルンペン顔負けのすさまじさであったには違い。「乞食リアリズム」とよぶと聞えが悪いが、時代映画の写実性に、一つの革命をなしとげた功績は、十分に評価されねばなるまい。
　が、その写実性も、輸出するとなると、多少、別の考慮が払われていないのではないか。これは単に輸出映画の選択の問題なのだが極端な「乞食リアリズム」は遠慮するという基準があってもよさそうだ。何しろ海の向うには「日本には電車があるか」と聞く手合もいるそうだから、ことさらに日本認識を誤まらせるような映画は、外国市場向きには避けたほうが利口のようである。

すかんぽ
1954年9月30日

画壇デフレ物語

　「ひでえもんでね、家中見渡しても質草一つないんだよ」
　ちかごろ、絵描き三人寄れば貧乏物語だ。
　「なにしろ、ぼくなんか、得意先が造船と繊維関係だからな。　まるで糧道を絶たれたようなもんだ」
　画壇もまた、浮世の無風地帯ではない。
　「春あたりから、ちょうど半減してきますよ。　収入が…」と、これは日本画の画商のはなし。
　「そのくせ画壇のシキタリというのはおかしなものでしてね、大家に限って画料がデフレをよそに下りまへんわ」
　戦後邸宅の新築などで日本画の値段がうんと上った。　一流どころの二、三が、尺二で三十万から四十万円。　中堅大家でも五万から十万円で右から左へ売れた。　その価格のピークが、売れなくなった今日なお、超然とした雲の上に厳存している。　根を下げると画家としての格が下るという、日本画壇特有の心理経済学があるのだ。　「だから一点何十万という画がワンサとお蔵に寝てます。　気の毒なのは中堅以下の画家でんな。　買ってあげたくとも売れまへんのでな」
　「だいたい、絵描きさんの数が多過ぎまんねん」と洋画の画商さんがこぼす。　戦時中、画材が配給剤になったとき登録された数が六千人だったそうな。　それが戦後やたらと殖え、今じゃその倍はあろうという観測。　おそらくフランスに次ぐという画壇人口である。
　その中で、描きさえすれば売れる、つまり札ビラを刷ってるようなもんだというクラスが、洋画では安井、梅原だけ。　何とか商品価値があるというのが、林武、三岸節子、東郷青見、猪熊弦一郎など二十人というからお淋しい。　あとの一万余名のツワモノは、このデフレ禍に、それぞれ個性ある幻妙不可思議な経済学をもって生きぬいている。　ああ文化国ニッポン！

ペーパーナイフ
1954年10月2日

武士という素材

　○サムライというものが、文学とくに大衆文学の世界で取扱われてから、すでにひさしい。

　○ところが、サムライ風習や風俗については、大衆作家が多くを語ってきたが、サムライという職業人がもつ倫理感、生活感覚、人間性について、作家の眼でで□□たものは案外少い。

　○サムライと□□□ても、時代によってその性格が変わる。たとえば源平、戦国と□□戦乱期はサムライは敵の首を□□□奇妙な稼業の人だったし、徳川治平期のサムライは、すでに戦闘的な性格を失くして、官僚として存在していた。

　○仇討をすることが武士道の華とされ、多くの大衆作家もそれを無批判に受入れて小説の世界に持ちこんだが、少し観点を変えてこれを見ると、大ていの場合、仇を討たねば家は取りつぶされ、自分が失業するのである。相手の生首が自分のメシの種になるのだ。これを武士道の華と賛えたのは、太平の中にも戦闘的気分を多少でも残しておこうという徳川幕府の政策だったのだろう。

　○サムライの中でも、剣客という職業分野がある。その職業の習技に、宗教的な神秘性を伏したところに、西欧中世の剣客職業との相違があるのだが、要は、戦闘と防衛を目的としたスポーツにすぎない。

　○その最終目標は、神もしくは獣になることであった。敵が後ろに来てもサトリ、寝ていても物音がすれば眼をサマシ、二階から転げ落ちてもチャンと立つ。こうしたことは犬や猫のよくする所で人間にはすでに退化した動物本能なのだが、これを習練によって呼び覚す所に武道の本義があった。

　○大衆小説のほとんどは武士や武士道を無批判に美化しそこから安易に英霊を導きだしている。もっと、武士という人間の生態に文学者らしいメスを入れてもよいのではないか。

すかんぽ
1954年10月14日

親切屋

　〇東京駅に電話すると「阿蘇」なら一時間前に並ばなきゃとても座れませんぜという。やむなく日程を早目に切りあげ純情にも仰せのごとく並んでいたんだ。汽車が入ってきた。この程度なら必ず座れるという見通しがあったから、悠揚迫らず、行列の進むがままに車内に入った。ところが驚いたね。車内はぎっしり詰って空席一つない。こんなはずじゃなかったんだが…とキョトキョト車内を見回していると、世の中には親切な人もいるもんだね「旦那」と肩を叩いて自分の席を指さし「お座んなさい」といってくれた。慈しくなるほど頭を下げ、さんさお礼をいって、曲りなりにもシートの上の人と相成り、一たん荷物を置いて車外に出、見送りの人々と歓談していた。すると「旦那」と肩を叩く人がある。ふりむくと、さっきの親切の方なのだ。「ああ先程はどうも…」「いえ、お安いこって。で、お金を…」おどろきましたね。この方、それが□商売だったんです。とはまア、これは最近来阪したある小説家のはなし。

　〇どうやら、特急以外のキップを無制限に売るようになってから出現した商売らしい。座席一人前二百円というのが相場。何も東京ばかりじゃない。大阪駅でもこの種。「親切業者」が盛んに活躍しているたくましいのになると、一日千五、六百円はかせぐという。「どや、景気は」などと、ホームで駅員とカンタン相照しているなどもなごやかな国鉄風景の一つ。ただ、とういう方法でこういう親切な人々が構内に侵入するのか、交通公社あたりでもさっぱりわからぬという。入場券だけで入るのか、もっと高度な忍術があるのか、いずれにせよ良民にはあまりにも幻妙すぎる多次元世界なのであろう。

司马辽太郎的日本战后民族主义——以其记者时期的思想为中心

ペーパーナイフ
1954 年 10 月 16 日

小説とモデル問題

　○またまた、モデル問題がもちあがっている。問題の作品は、本年度直木賞受賞の有馬頼義『終身未決囚』。東京裁判の法廷で将軍の頭を仰いだ戦犯を主人公にしている以上、モデルは大川周明だと見られても、まず止むを得まい。抗議を申込んだのは大川の友人津久井龍雄である。云い分は小説の宮原、つまり大川が発狂を装って出所したというのは当人にする名誉毀損であるというのだ。これにたいし、有馬は「たしかに大川氏に関する法廷での小事件を取扱いはしたが、作品はあくまで創作であって、モデルはない。強いていえば主人公宮原は、私の父(頼義)であり、私自身でもあり、日本人全体の象徴でもある」とやわらかく逃げている。

　○モデル問題の歴史はずいぶんと古い。明治のころでは『金色夜叉』での黒谷小波、『不如帰』の大山元帥、大正時代では久米正雄の『破船』や漱石の『三四郎』『坊っちゃん』藤村の『破戒』などがそれぞれ当時の文壇をにぎわした。戦後さっそく火の手をあげたのが今日出海の『三木清における人間の研究』。彼はその後矢継早やに『狸退治』でモデル羽仁五郎・説子夫妻と物議をかもしている。

　○平林たい子も『栄誉夫人』でモデル松谷天光と衝突し、同じく女流作家由紀しげ子が『警視総監笑い』(芥川賞受賞)を書いたために、ついにモデルが自殺し、それを菅原通済が「芥川賞の殺人」で□□を入れたものだから事件はいやが上にも有名になってしまった。

　○文壇の同士討としては、徳永直をモデルにした壺井栄の『岸打つ波』。筆□を加えたつもりだろうが、やられるほうこそたまるまい。井上友一郎が『絶壁』で宇野千代・北原武夫夫妻を書いて北原と絶交状態になり、佐藤春夫『日照雨』が、柴田□三郎と一未亡人の交渉を損いて今も問題を残している。芸術の名のもとに人のアラを書きたがったり、モデルは誰だなどと金ツボ眼を光らしたり、いずれも、狭くて湿った日本人社会の宿命的な現象なのだろう。

ペーパーナイフ
1954年10月23日

その名「大衆文学」

　○大衆文壇の中でだいぶ風波が高いようである。「大衆」という看板を下して何かもっとスマートな、知的な匂いの名前にしたいというのだ。火の手をあげた最初の人物は、白井喬二、長谷川伸などという長老。なるほど、長谷川などは、純文学畑と称する作家の何割かよりも、はるかに格調も高く、文学性の濃いものだし、作品だけの面からみれば、吉川英治や村上元三、土師清二、山本周五郎、海音寺潮五郎などの作品も、初期（大正末）の大衆文学の水準よりもはるかに質的に高められている。いつまでも「大衆文学」という、ベッ視的な名称の下にいるのをいさぎよしとしない気持は、わかりすぎるほどわかる。

　○とくに通俗雑誌などで、車ワイこの上もない読物がハンランしている折柄、マジメに文学と取組んでいる作家としては、アレもコレも大衆文学という呼称では、感情的にもやりきれないのにちがいない。

　○ところがである。青野季吉は「大衆文学の下限は、まぎれもなくナニワ節だ」といっている。それはまだ体のいい表現で、ナニワ節にすら価いしない読物が、カミクズのようにチマタにハンランしているのが現状だ。

　すると、名称をスマートにしたところで、馳せ参じる資格のある作家は、一体幾人あるだろう。つまり、「上限」の人数の問題だ。かぞえてみたところで、指を十本も折れば十分という貧困さである。十人で一つのジャングを作っても仕様があるまい。せいぜいマンカ家に材料を提供するだけがオチである。

　○要は作家個人がその文学性を高めてゆけば済む話である。由来、大衆作家は集団意識が強すぎるようだ。名称がどうのこうの、キミはオレの側で、オマエはあちらじゃなどと、代議士の新党騒ぎか、ヤクザのナワバリ争いみたいなことは、しないほうがはるかに大衆文壇をスマートにする道だろう。

司马辽太郎的日本战后民族主义——以其记者时期的思想为中心

すかんぽ
1954 年 10 月 28 日

科学と芸術

　○科学は、職業地図を変える。人力車がカゴカキを追い、化学染料が養蚕業を大幅に縮小してしまった。こういう事例は数限りないどころか、今後いよいよ増加してゆくだろうし、将来、原子力が産業に利用されでもすれば、職業地図に歴史的な変動が巻起こるにちがいない。
　○芸術の分野ですら、あんかんとしていられない。たとえば、絵画だ。写実的な画を描いている人たちは、すぐれた天然色映画の画面をみて、どう感じているのだろうか。何しろ、色彩が光を透過している。この点でも、絵具の手に負えるものではない。こうした恐るべき色彩芸術ににに触れることのなかった前時代の画家たちは、何と幸福な人たちであったろう。むろん今の段階では、表現能力の多くの部分で、また絵具の方がたちまさってはいる。しかしそれも、いつまで優位が保てるか、手軽な保障はできない。画面構成の点でも、最近はワンカットごとに相当の造形的配置が加えられているし、色彩表現とあいまって、すぐれた映画は画面だけでもけっこう楽しめるようにまで進歩している。前時代の観賞者たちが、絵画だけで満足させてきた□□□を、の人達は今映画の分野で十分以上に楽しんでいるといえば早断だろうか。
　○こうして、科学が芸術の分野にまで踏みこんできたのだが、ふしぎにも画家たちは、それほどにはあわてていない。何か特別な成算があるのか、それとも、専門外の進歩には第三者以上に鈍感だという、感度の問題によるのだろうか、その点は筆者もわからない。
　○ただ、ここで現実にいえることがひとつある。画家たちの領土が今後せばまるにつれ、その質的水準は逆に向上するだろうということだ。画壇人口は漸減するにちがいないが、ホンモノは残る。むしろ喜ぶべきことかもしれない。

ペーパーナイフ
1954 年 10 月 30 日

浪曲界の急務

　○毎週日曜日発行の本紙二面に麻生路郎氏の時事川柳欄がある。さる二十四日発行の分に「浪曲文化祭に参加」との題で「文化祭森の石松なみになり」という句があった。句としても面白く、句の語意も何ら妥当を欠かないはずのものだが、実にそう受取るのは、浪曲に無関心の証拠で、多とでも浪曲に興味があり、その世界に縁があれば受取りの方も違ってくるようだ。というのは、右の句について極めて戦闘的な投書があった。趣旨は、要するに、浪曲ベッ視がけしからんということなのだが、ここでは、その投書の内容については批評をさしひかえよう。

　○ふしぎにキを一にして、ある新聞に浪曲礼賛の寄稿が載った。浪曲をバカにする人は、おそらく食わず嫌いにちがいないというのだ。新劇は見るがカブキは見ない。クラシック音楽は愛するがジャズは嫌いだ、というのと同断だといい、ラジオの浪曲番組がインテリ層には全く聞かれていないのを悲しんでいる。

　○いずれも、大阪市教委が今秋の市長文化祭に浪曲を取上げたことに対する□放の一つなのだが、問題は「浪曲は文化か」などとシチ面倒な論議を繰かえすより、浪曲がインテリもしくは若い人々に受けない欠陥を緻密に検討し、皮ヘ前進させる方が浪曲界にとって急務だろう。それには、作家、演出家などのフランクな協力も必要にちがいない。ナニのワブシかなどと噛んで捨てるのは簡単だが、芸術家に大衆に対する義務があるとすれば現実のボウ大な愛好大衆の存在は噛んで捨てられないはずである。

司马辽太郎的日本战后民族主义——以其记者时期的思想为中心

すかんぽ
1954 年 11 月 3 日

「文化」の語感

　「ことば」というのは、社会情勢や生活環境の変遷で、内容だけでなく語勢も変ってゆく。　たとえば、「国際」という言葉である。　日露戦前後あたりは、この語感の中に、シャンゼリゼの輝きとシャネルの香水の香りがあったように思うが、昭和初年国際連盟の崩壊時代ともなると建艦競争を連想するクロガネの匂いがつきまとい始め、太平洋戦争時代には全く死語同然になり戦後しばらくはもっぱらセミ市で使われて語感が完全に一変、何だかモツの匂いとヤミ米の値段を連想するようにまで語相が転落してしまった。　その語相もここ二、三年来立直り、最近はオール世界を表わすより「どちらの国際ですか」等の設問が必要になってきている。「平和」という語感についても同じことがいえるだろう。　この種の言葉はさらに今後、歴史のきびしい進展によってどう変遷してゆくか、いま予想すら出来ない。

　さて、本題の「文化」の語感だ。　戦後、これほど数多く、またお手軽に使われてきた言葉もすくない。　戦時中の「聖戦」や「一億一心」「神風」といった、言葉だけヤタラと壮烈なものフンダンに製造された。　その製造は戦後まで続き「一億総ザンゲ」から「文化立国」というコースを踏んでいる。　ことばというのは、内容や事実が存在していてはじめて発生したり流行したりするものだが、これらのことばになると内容があろうがなかろうが「政治」が作り出してしまう。

　日本は古事紀の時代から「言霊ノ奉ハフ国」とされている。　言葉に呪術的な力があるとも思っていたのだろうか。　とくに政治家のアタマの中ではそのくせが今だに抜け切っていないようだ。　敗戦後は「明治節」を突如として「文化の日」に切変え、マジメに実体を作るよりも、言葉を唱えているだけでソコハカとなく、「ブンカ的」な気分になっている。　そのうちに「一億総ブンカ」とでも唱えだすのではなかろうか。

ペーパーナイフ
1954年11月6日

マチスの死

　○アンリ・マチス死す。 人類は替えがたい至宝を失った。 今から五十年前、つまり彼がアンデバンダンガレ・フォーヴを確立したころ保守派の画家から大悪魔のように憎まれ「神はマチスのごとき画家を永く地上に生存せしめておかないであろう」とまでののしられたが、神はすべてをみそなわしている。 八十四歳という稀有な天寿を失うしたばかりか、その晩年は、二十世紀の全世界の画家たちまるで美の救世主のように仰がれた。
　○天才は夭折するという。 ゴッホにしてもロートレックにしてもその短い生涯は不幸と迫害に満ちていた。 その点、マチスは恵まれている。先駆者としての迫害は十分に受けたが「後世」は生きているうちにやってきた。 五十歳以後の彼は、世俗的には栄光のヒストリーだった。
　○マチスはまさに二人前の「天才」である。 というのは天才の原則は、三十代までに偉業をなしとげ、あわただしく世を去るのが普通なのに、彼はさらにその倍、もしくは三倍も生きのび、その間一日として天才的な歩みを怠ったことがない戦後は南仏ヴァンスの尼僧院の礼拝堂建築に従事し、壁画、ガラス絵に色彩の魔術を駆使した。
　○礼拝堂の床は、一面の白大理石を敷きつめられている。 四方の壁も純白の上に□一色の聖画が描かれているところが、南側の八つの細長い窓から日の光が微笑みはじめると、真白な礼拝堂の中に万華鏡のような色模様が流れるのだそうだ。 何度もいうがマチスの偉大さは、八十四年の生涯でただ一日も芸術の歩みをとめなかった点だ。 早老な日本の芸術家たちは、この点だけでも学ぶがよい。

司马辽太郎的日本战后民族主义——以其记者时期的思想为中心

すかんぽ
1954年11月11日

コジキ節

　　いつか作家の石坂洋次郎氏が「書斎に流行歌が流れこんでくると、ああまたかとペンを投げ出してしまう。精神がみるみる低くなって、作品にまであの調子がウツるような気がする…」との意味を書いていた。「そのくせ、いつの間にか、自分もそれを口誦んでしまっている…」ウタというものは、ことほど左様な神通力をもっている。

　　まず、頭の横に耳があるほどの人なら「お富さん」を知りませんとはいわせない。パチンコ屋の前を通れば電蓄、家へ帰れば近所合壁のナジオが仲よくオシャカサマデモ何トヤラをガナリたてていようし、たまさか気の弱い人があって「なんとかオトミサンからのがれたい」と発心し、ここならばと秋色の深山を踏み分けてみたところで、紅葉の時谷々に待ちうけたヨッパライ団が、天にも届けとシンダハズダョオトミサンをやっているに違いない。文字通り大和島根の天地はお富さんで満ちている。

　　「日本の流行歌はコジキ節です」とカッパしたのは長野隆博士であった。なるほど「右や左のダンナ様」を一節やって「帰り船」あたりを口誦ん御覧うじろ。このいう場合にこそ同巧異曲という言葉を使うものだ。フシだけでなく歌詞もそうである。どの流行歌も申し合わせたみたいに、ナミダやらワカレやらココロなどの単語を使う。こんな低湿な感情世界の中から、民族の明日を作る若々しい精神の躍動はとても生れてこない。

　　コジキ節でわるければ御詠歌節といい直してもよい。安っぽい厭世調と逃避調が、詞と曲に過度な湿度を作っている。血はおもしろいもので、ババ様やヒイジジイ様が信じていた、誤れる仏教の諦観主義、今なおマドロスやミー子ハー男の恋の形を取って哀々と歌いあげられているのだ。行く果ては恋の十万億土。極楽を恋の陶酔境に置き替えたにすぎない。一人の歌手が音頭を取れば、津々浦々がどよめいてこれに和する。一体日本はどうなるのだと、右翼左翼ならずともつい思ってしまう。

ペーパーナイフ
1954年11月13日

再びモデル問題

　〇はげしく人間を追及してゆく過程においてついついモデルらしき人物に傷がついたという種類のものはしばらく伏せておく、□□は、モデルの興味で読者を釣り上げてやろうというタクイの作品だ。およそ戦後以前の問題だが、戦後はとくに多く、例を挙げれば限りもない。

　〇ナゲかわしくもあさましいことだがヤマト民族には男女をなべて金棒引が多い。頼まれもせぬカゲロを叩いて歩き、聞く方もわくわく胸をおどらせている。叩いて歩くのはまだ可愛い方で、小説家ともなればその□□□売品として配るわけだから□は□い。

　〇この間では、有名人をモデルに使えば必ず売れる。その購買心理というのは、純粋に小説を読みたいというものじゃなくて、あン畜生のカゲロを□きてえという下□から発したものだ。そういう下□に頼って小説を売るなどは下□以下むろんブンガクなんていえやしない。

司马辽太郎的日本战后民族主义——以其记者时期的思想为中心

すかんぽ
1954年1月25日

おとこ・おんな

　○英語のニガ手なある代議士さんの話である。故国を出るとき「gentlemen-unityが覚えにくけりや、□りの長い方が男便所で短い方が女便所だ」と教えてもらったのはよいが、いよいよニューヨークの晴舞台を踏み、ホテルの便所にとびこんだところ、これはしたり女便所だった。あとで人に調べてもらうと、何とそのトピラには「men」「women」と書いてあったという。女便所のほうが長かったわけである。

　○男女両性を表す言葉は、どうも世が進むにつれ複雑多岐にわたるようである。昔の銭湯の板看板にはごく端的に「男」「女」を使っていたがもっともデリケートな神経を必要とするデパートの化粧室などではそうは行かない。大ていは「殿万」「御婦人」と表現するのが普通である。「御婦人」はまだいいが「殿万」にいたっては、どうも過分すぎる呼称で、失礼ながらマクラ絵中の人物を想像する。おそらく、ブルジョア文化華やかなりしころの山ノ手用語をそのまま輸入したものであろう。

　○お役所などに行くと「女子用」「男子用」というのが多い。簡潔にして的確なる文書用語でまことに結構なのだが、案外こういう表現はデリカシィに富む女性連の間では受けていない。男子といえば「男子の本懐」などという言葉があって一種の美称にもなるが、女子という言葉は「女子と小人は養い難し」でもわかるとおり蔑称に通ずるからである。

　○こうした新しい女性心理を敏感に反映したものか、劇場、駅などで一方を「男子用」と書いているくせに一方を「御婦人用」とあがめている。レディにはジェントルマン、ウーマンにはマンという対語の原□がある以上、言語文化の上からあまり見上げた配慮ではない。それほど面倒なものならいっそ色彩で分ければどうだろうと考えた人がある。女性は赤、男性は白といった具合だ。世界中そうすれば第一日本の代議士さんが救われるというのでが、問題はそうは簡単に片付くまい。ウカツな色分けをすれば政治問題化する。

ペーパーナイフ
1954年11月27日

尼門跡

　精雅の門跡で知られた一条尊昭尼が、ついにイカルガの地を捨てた。おそらく自己の内□の真実な□びに忠実でありたかったにちがいない。

　戦前に、美ぼうの門跡□□尼公の□□事件があり、戦後は、□□□家から出た若い尼僧が敢然と還俗した。問題の当否は別として、今後もこうしたことが相次ぐだろう。

　京都の知恩院山門下に□衆学校という学校がある。一条尊昭尼の母校で、かつては五年制の高女、いまは中学、高校に準じて六年制の全国唯一の尼僧養成機関である。現在は生徒数四五十名だが年々減少の一途をたどっているという。

　仏門にはいった動機といえば「両親が勧めるから」といった程度の他動的なものがほとんどで、地域的には東海地方出身が圧倒的に多い。都会の無信仰地帯に住む人には理解を越えることかもしれないが、この地方には「一人仏門ニ入レバ九族天ニ生ク」という思想がある。相当程度の農家なら家格上の体面もあって、子供のうちの一人は僧もしくは尼僧にする風習があった。小学校へ上る迄に剃髪させるのである。

　戦前は皇族、華族の間にもそういう風習があって、尊昭尼などは一種のギセイの一人だろう。一個の人間の一生のコースを、当人がなんら判断力をもたない時代にオトナ達が決めてしまったのだ。この世界では「幼時に得度させなければとても持戒を守りおおせるものではない」という。見方によっては、これほど残忍な言葉はない。

　仏教にもカトリックにも古くから童女崇拝思想というものがある。幼少□髪の尼僧などはそうした一種のロマンティシズムのギセイともいえまいか。といってこれは別に仏教を攻撃することにはならない。元来信仰も教法も、そうした甘いロマンティシズムとは本質的には何の関係もないからである。

司马辽太郎的日本战后民族主义——以其记者时期的思想为中心

ペーパーナイフ
1954年12月4日

芸術と生産力

　○芥川賞の創設以来、受賞者は三十数名をかぞえるが、そのうちなお創作活動を続けている作家は半数に満たない。他の「天才」たちはどうしたのか。いわずと知れている。ヤミに消えてしまったのだ。

　○芸術家というからには、それにふさわしいヒラメキがなければなるまい。しかしそれだけではその名に値しない。問題は生産力である。すぐれた作品を数多く継続的に生産するところに、職業としての芸術家の価値がかかっている。

　○「だれでも一生に一□ぐらいは、自分の体験をもとにして小説を書けるだろう。しかし、続けて書くことは出来ない」□□□の言葉だったろうか。生産力、それが、文学であれ美術であれ、作家としての□能の第一要件である。

　○かつては、芸術を生涯の仕事にしようと思う者は、生活と一生を賭けたものだ。今はもっと利口になっている。他の職業と二足のワラジをはく日曜作家の存在こそ戦後的合理主義の所産だろう。こうした文学青年が東京だけで六万人、大阪も千人は下るまいといわれている。美術青年の数もこれに劣らない。戦後、各在野展が経営上の理由から審査のダンピングをやりはじめて、ますますこの□がふえてきた。二回も入選すればリッパな芸術家だ。日曜日をまちかねてベレーの味を楽しんでいる。

　○同人雑誌などを見ていると、時に珠玉の輝きを発見することがある。が、多くの場合、その寿命はスイ屋のように短い。大ていは二篇目あたりから姿を消している。

　○芸術はあ生産力だが、その生産力を裏付けるものは、才能と情熱のほかにコケの一念という精神を忘れてはなるまい。日曜作家や日曜画家に欠けているのはこれだ。器用さと合理的処世だけでは芸術は生産出来ない。恐しいことは一念の欠除が、日曜芸術家たちの作品にまであらわれていることである。

ペーパーナイフ
1954年12月11日

悪いおじさん

　○近ごろのコドモの世界は、マンガをヌキにして考えられない。功罪はいろんな角度から論じられよう。まるでヒロポンかアエンと同列にノノシル人もあればコドモの夢を育てるイミから一がいに禁じられまいという教育者もある。げんに、ある教育者の家庭でマンガ本を禁じたために、その子は他のコドモ達がマンガ本から離れる年頃になってその魅力にとりつかれはじめ、ヤミクモに成績が落ちていったという例もあるくらいだ。まずヒロポンというよりハシカみたいなものだろう。

　○功罪いずれにせよ、ある時期のコドモの精神はマンガ本を主食にしていることはたしかなようである。何しろ、少年幼年雑誌なども、戦前はせいぜいサシミのツマ限度にしかあつかっていなかったのが、今や軒並みにマンガのスペースを戦前の二〇％がたふやし、編集の骨幹をマンガ類に置いているかっこうだ。単行本なども、夜店で売る千円本や駄菓子屋であつかう赤本までいれると、現在流動している部数というものは天文学的なものだろう。

　○その九割までは俗悪、無智、無慚なものだ。なにしろ、マンガ出版を取巻くオトナ達といえば、理想を失ったインテキ漫画家、売らんかなだけの赤本業者という、それこそマンガ本に出てくるワルモノそこのけのオッカないオジサンが多いのである。そのオジサンたちが、まるでベーゴマやメンコを製造する調子で残忍と俗悪の精神を売り盛っている。

　○もっとも悪いオジサンばかりではなさそうで、近ごろ、K書房を中心に漫画集団のメンメンが『世界名作小説』のマンガ化を企図しているという。現在出ているものでも『昔草物語』『少年ケニヤ』『小公女』『ささえさん』『あんみつひめ』あたりは上質のほうといっていいだろう。そのほか、マンガ本業者六社によって「児童漫画出版同志会」という相互批判のグループも出来たという。コドモの渡る世間もオニばかりじゃない。このさい教師や父兄も強い力を作ってワルモノどもを改心させたいものだ。

司马辽太郎的日本战后民族主义——以其记者时期的思想为中心

ペーパーナイフ
1954 年 12 月 18 日

作家の自伝

　○自叙伝の自費出版が流行している。五百□□ってザッと四万円、たいした出費ではない。財界人あたりのお道楽としては、まず入書□害のほうに属する。

　○とことで大衆文壇のあいだでもボツボツ流行のキザシがある。カワキリは古□を□えた長谷川伸の『ある市井の徒』だろう。つづいて小島政二郎が『甘肌』を書き吉川英治も文春に今月から『忘れ残りの紀』を□けはじめた。

　○川口松太郎の『□は□吉郎』（発刊サンケイ連載中）も見ようによっては自伝風といえなくもない。作中、次のようにその動機を語っている。「秀吉と自分とを比較するのではないけれども少年期の貧病生活に共通点を感じ、悲しい親近感を抱きつつ（中略）貧乏の□しさを知る者は貧乏人であり、その意□で秀吉の半生を描くのに、□ほど適任な作家はないのだ」

　事実、秀吉の貧の嘆きを描くくだりに、作者の少年時代が出てきたりするからやはり一種の川口松太郎伝だろう。

　○四氏のうち三人までは□□をすぎている。学脈も小島氏をのぞいて僕は独学。苦難時代の職業は、長谷川氏は土工、吉川氏はカンカン虫、川口氏は講釈師の文□番と、いずれも青少年時代は汗と涙にまみれたものだ。

　○皮肉に見れば立志伝の□念にピッタリ条件がハマっているわけである。自叙伝を書くフンイ気がチャンと出来上っているわけだ。

　○作家が自分のことを書くのにフシギはない。ただ大衆文学の特殊性として、従業作家の顔や生活がほとんど出ることはなかった。で、珍しくも機会あってここに自己の内臓をぶちまけるわけだが、通俗小説でも書くつもりで一代記を語り進めては、純文芸の文壇から内カブトを見すかされることになる。せっかくの機会なのだ。ぜひ従来とはちがった高いものを創りあげるよう、好意をもって激励したい。

付録　資料集

ペーパーナイフ
1954年12月22日

「クリスマス」諸説

　○ことしも「キリストのいないクリスマス」論議がカシましい。金がキャバレー、商店街に横ヤリを入れたために、論議に一そう熱が入ったようだ。

　事実、他人の神サマサマの誕生を祝う無邪気な異教徒は、おそらく世界中ニッポン民族をのぞいて□ずるまい。なにしろカイビャクこのかた「□□」のカンバンで残している。おまけに神様の人口は八百万と□ているから、キリスト様お一人ぐらいマギレこんだところでフチには関らない。おおらかなものだ。

　○ところで、クリスマスは正真正銘、キリスト様の聖誕日かどうかになると少々アヤしい。

　第一、聖書記述にくわしいバイブル『ルカ伝』からして□□についてはふれていない。□□のキリスト教界ではその論争がはなやかだったようだ。当時五月二十日□や八月十九日□、□二十日□があり、アレクサンドリヤの哲学者クレメント（二一五年没）はこれをバクにして十一月十七日と□覚している。いずれも□□な□□があったものではない。

　○□れて十二月二十五日を聖誕日にするようになったのは四世紀後半から五世紀にかけてでローマの冬至祭が変化したものだろうというのが定説だ。『ルカ伝』には、降誕の夜、放牧者たちが□□していたと記述しているが、十二月はユダヤ地方の□□で夜□どころの□□ではない。

　○もっとも一説にはイラン地方に□□していたゾロガスタ教歌（拝火教）の神事がその先祖だという人もある。いずれにせよ、クリスマスもモトをただせば異教の神事だったし、この二十五日と神の□子の聖誕とは何の史的関係もないようである。

　○もっとも、こう申したところで、わが神国民にとってはカキのヘタほどの関心もあるまい。リアリストは飲んで歌えればいいし、ロマンチストは□しこの夜にソコハカとない詩情を捧げればそれで十分なのだ。神よ、この愛すべき多神徒どもをゆるしたまえ。

司马辽太郎的日本战后民族主义——以其记者时期的思想为中心

すかんぽ
1954 年 12 月 23 日

おお聖夜

　〇ちょうど去年の今夜のこの話である。私は「おお聖夜」という題で、ある酔っぱらい紳士が演じたＸマス寸□を書いた。一年後の□きこよい、ふたたびその紳士の職場をもとめようと歳末のチマタをたずねあぐんだのだが、ついにその□はなかった。
　〇繁華街の裏通りを歩いてみよう。なるほど、去年と同じく酔歩の紳士はいく人も見受けられはする。が、□気の□に流れるものはまるで去年と同じではない。
　〇□□い北欧の国々ではこの夜、星空に鳴りわたるシングルベルの響きとともにどの屋根の下にも□かな祈りが息づいていることだろう。東洋の一島□でももろんイエス様へのサービスはゆめ怠っていない。アルサロではクラッカーが間断もなくハジケ飛び□暦のなかを□□□のサンタ・ニコラスが忙しく□きまし、バデンコ屋から「ジングルベル」がチマタを圧してがなりたてているがどうも去年とは様子がちがうのである。イエス様がいみじくもいわれた「笛吹けども踊らず」とはこのことであろうか。試みに、去年の紳士とよく似た中年の酔っぱらい氏のあとを追ってみよう。
　〇例年なら当然のコースとして彼はこのあとバーかキャバレーあたりで聖夜の最後の祈りを捧げねば終電車に乗れないはずであるが、彼のくぐった先は、タコ焼の屋台であった。ウンとお思いなら北やミナミの裏街をのぞかれるがよい。本来ならおよそ場違いなタコ焼屋が、飲み屋の屋台にまじって数台も進出しているはずである。彼は二十五個買って三つ食べ、十二個をポケットにねじこむ。Ｘマスプレゼントを待つ髪児のためだとは、いうもヤボであろう。
　〇タコ焼屋には紳士と同じ目的の客が何人も焼けるのを待っていた。だれもかれも、今年の聖誕祭をバーややキャバレーで祈ることのできない紳士達である。そのうちの一人が、この年の□になって店が倒産したと、かきくどいている。くどかれるタコ焼のオヤジも、秋の初めに繊維問屋をたたみタコ焼をはじめたものの、大阪中のタコ焼が五十軒、年末に

なって五十軒もふえたという。 来年はまた共倒れ…「わてら一体どうなりませんねやろか」タコ焼の焼ける匂いが静かに星空に昇ってはいったが…

司马辽太郎的日本战后民族主义——以其记者时期的思想为中心

ペーパーナイフ
1954 年 12 月 25 日

滝川事件

　　上げ潮の鳩山さんにケチをつけるわけじゃないが、例の「滝川事件」に関しては妙なところがおありなようだ。廿一日の衆院予算委員会での答弁である。
　　責問の要旨は、こうだ。
　　「あなたは昭和八年文相当時京大事件すなわち滝川幸辰教授罷免の責任者として学問、思想の自由を弾圧した。現在なお、あの措置が正しかったと考えているか」
　　内心（そら来た）と鳩山さんは思ったに違いない。ホオば引き締めつつ慎重な語調で、
　　「私は、『刑決読本』は共産主義の本だと思っていたし、内務省では発売を禁止している。本のどこがわるいかは、くわしく考えていないが…（以下略）」
　　それはマアいい。へんなのは第二問の答弁である。
　　質問者「あなたはまだ滝川氏を共産主義者と考えているか」
　　鳩山さん「滝川君はこの頃は共産主義者どころか、むしろ右翼だという評判さえあるそうだが」こんどは滝川氏を「右翼」にしてしまった。
　　「評判」なるもの、一国の首相としてどういう信用ある新聞から取材したのかはしらないが、およそ健全な良識人なら、滝川氏を「右翼」の名に価いする人物だとは、誰も思ってはいまい。
　　昭和八年には鳩山文相から「共産主義者」のレッテルをはられ昭和二十九年には鳩山首相から「右翼」のレッテルをはられた滝川幸辰氏は、戦後学園に復活し、いまは京大学長として学界山脈の頂点にある。滝川氏の復帰とともに逆に追及になった鳩山さんも、やや永い悲劇の幕が閉じて宿願の首相になった。時代の回り舞台というものはオカシなものである。
　　近ごろは「アカ」だとか「バイコクド」だとか、無断で他人の背にレッテルをはるのがはやっている。吉田さんも南原東大学長の背中に「曲学阿世」の大レッテルをはって物議をかもした。罪公八ッつあんならいざしらず、権力の最高座にあるものが、ムヤミと気分まかせでレッテルをはり回っては、再び「滝川事件」後に招来した日本の暗黒時代をまねきかねない。

すかんぽ
1954年12月30日

54年を葬送する

　○ことしも、あと数十時間を残して暮れる。明けて三十年を昭和壮年期のスタートとすれば、さしずめこの一両日は、□□と騒乱にあけくれた。「青年昭和」の最後の□□といえるだろう。除夜の□□も、暮れれゆく□□□を葬送して、ひときわ冴えかえるにちがいない。

　○大年を□る夜というのは、何となく詩情も深まるものらしく古今に俳諧も、多くこの夜に名吟を残している。「ねずみ子も□神つ年の一夜かな」（白□）というのもあれば「□生ける大年の夜の灯影かな」（月斗）という抒情派、「手杖や年が暮れよと暮れまいと」（一茶）といったデフレ□私小説派もある。

　○一茶といえば、一生貧乏のどん感で送った人だけに、おおみそかを主題にしたものは、スゴ味がニジんでいるほどだ。

　「めそめそと年は暮れけり貧乏□」「□の出る□のほしさよ年の暮」などは、デフレ下の全国民ご同様、ハラの立つほど共感をよぶ。

　「ともかくもあなたかせの年の暮」もうどうでもしろというのだろう。いまならさしずめ政治への不信といえるかもしれない。

　「しゃまかり出てとる□□のとし」江戸に出れば何とか食えるだろうと田を売って出てきたのだが、大きなアテ違い、□入れもない相変わらずの□店ずまいだ。さて戦後の一茶たちも変りもない。東京大阪へとナダレ込み同都市の人口は天井知らずにフクレあがったが、今年の後半期に入ってピタリと止まり、都市人口は戦後最初の下降線をたどりはじめた。不況に職を失い、店をたたんで帰郷する人が毎月ふえている。「恥しゃ逃げ帰ってとるくにの年」悲嘆は一茶より大きい。

　○除夜の鐘が鳴りおわったところで、生れ変ったみたいないい年が来るわけでもあるまい。が、二十九年があまりにも悲惨だっただけに、新年にかける全国の一茶たちの悲願は切ないほどのものがある。新しい年を担当する政治家を、こんどこそは正しく選ぼうと、一九五四年のこの欄を結んでおきたい。

司马辽太郎的日本战后民族主义——以其记者时期的思想为中心

すかんぽ
1955年1月13日

神道復活

　ことしの初詣は各神社とも大盛況だったそうだ。伊勢神宮などは戦後最高の人出という。
　こういう現象からただちに国家主義の復活、逆コースなどとみたくはない。
　庶民が神社へもつ愛情というのは、えらい文化人が考えているのとは、すこしちがうようである。
　たとえば、伊勢神宮と庶民との結びつきの歴史にしても、きんきん四、五百年も出ない。それまでは天皇家の宗廟ということで、庶民の宗教生活とは無縁の存在だった。応仁の乱前後、あらゆる中世的権威体制がくずれ去ったとき伊勢神宮も庶民の中に降りて、お伊勢さんになったわけである。
　弥治郎兵衛、喜多八ご両人の登場をうながすまでもなく、江戸川の好個な題材がお伊勢まいりだったことをみても、神社にたいする愛情の持ち方というものが、現在観念的に考えられているものとはずいぶんちがう。そうした庶民の愛情と思想としての神道とは本質的に別のものだ。
　村の「宮さん」や「お伊勢さん」を、シントイズムなる異様な思想にまで仕立てあげたのは、国学者という幕末のインテリの仕業である。平田篤胤の偏狭な思想が明治、大正、昭和まで影響し、ついに古事記をバイブルとする平泉神道にまで発展し、「非常時日本」のバックボーンになった。弥治郎兵衛たちのあずかり知らぬところだ。
　ことしの参拝客のなかで、意外なほど中学生や高校生など若い年齢層が多かった。これをみてもすぐ国家主義の芽などと早合点しては、ソソカッシすぎる。彼らは、その祖先たちと同じく祭典を楽しんでいるにすぎないのだ。
　ただこうした伝統的な庶民の炉端に、ふたたび平田、平泉党の紳士たちが招かざる客として割りこんでくると、事態は少々やっかいになる。

ペーパーナイフ
1955年1月15日

成人の日

○十五日は「成人の日」。この日、満二十歳の適齢者は全国で百五十万。

○いったい何歳で「成人」だとなると、十八歳、二十歳説と諸説マチマチで、所□の文部省でもハッキリしない。地方の習慣や当人の環境などで事情がちがうためあえて数字を設けなかったというのが趣旨だろう。

○制定されて第六回目だからシニセがついてないが、国民習慣としては相当ふるく、その原型の一つに「元服」がある。五歳で元服した天子様もあるが、大体は十六歳だったようだ。

○元服式の日もおよそきまっていて、宮中や公卿の家では一月五日までに行い、武家では同十一日の「□びらき」の日に行った。

○とにかくこの日からオトナのカッコウをするわけである。公卿の子なら長い髪を、武家なら前髪を切るわけだ。映画の佐々木小次郎は廿歳を過ぎてまだ□□だが当時は若衆好みというのがあって小次郎君もあれでシャレたつもりだったんだろう。信長も□□森□丸に前髪を残させていたようだから、いい年をしてそんな風体をした者は、まずは男色愛好家と判断して間違いあるまい。

○女性にも手落ちなくちゃんと元服に相当する儀があった。十四歳から十六歳迄の間に「袖どめ」「くしあげ」などの儀を行う。儀式は髪をあげ、袖をみじかく切る。ははあ彼女ももう恋愛有資格者かと、仇し男が通いはじめるわけだが、近ごろはむろんこういう便利なケジメはない。その代り男性の方も「成人」したところで独立の経済力が一夜に出来るわけではないから、うかつに結婚したりすればオヤジ殿のほうが干上る。経済力の裏付のある事実上の「成人」はうんとズレしているわけだ。「成人の適齢」は、あるいは世のセチ辛さに反比例するかもしれない。

司马辽太郎的日本战后民族主义——以其记者时期的思想为中心

すかんぽ
1955 年 1 月 20 日

人生画壇

　○まことに寡聞を恥入ることだが、段位というものは柔剣道、囲碁将棋ぐらいかと思ったら、ナントカ肖像画協会というのがあって、加入□には段位がつく。初段なら揮ゴウ料いくらか八段ならこのくらいというお客様への便宜のためだろう。最近発行された全国画家名鑑のようなものにちゃんとその名録が出いている。

　○話は違うが、ある日本画の大家が、日本は広いという話のついでに「何しろ横山大観が全国に二十人はいますからねえ」と慨嘆していた。田舎などに写生旅行すると「ああ先生もエガキさんですか。ちょうどこの村に横山大観という人が来ていらっしゃいます」

　驚いて拝顔におよぶと、なるほどヒゲやお□の飲みっぷりは似ているが実物ではない。この人はこの□の「横山大観」に二度まで出くわしたそうだ。村の有力者の家に十日ばかり滞在して、飲み食いしてはフスマ絵などをかく。まれに大観同士が鉢合せをする。そのときはあとから来た大観がそっと土地を抜け出すのが仁義だそうである。

　○「画家名鑑」をこしらえるという手もある。名鑑のトップは日本画なら大てい横山大観だが、その次ぐらいに自分の名をかいておく。だからこれはニセモノではない。名鑑を印刷する手間だけがかかるわけである。宿にあがって主人を呼び「私はこれほどの画家だ」と名鑑を見せる。そうなるとあとは黙っていても主人が村中に触れまわってくれる。あくる日に「うちのフスマに一丁描いてくんろ」というのが十人も□掛けてくるという仕掛けだ。

　○ニセ絵をかいているのが意外に多い。ときどきホンモノよりうまく描いて見破られたりする。それなら正業に戻ればよさそうなものだが「画壇というのは運とツルがモノをいいますので…」と、あとは悲しい身上話がつく。華やかな画壇よりも「ニセ絵画壇」の方にあるいは人生があるのかもしれない。

ペーパーナイフ
1955年1月22日

大衆文学

○さる「文壇の巨匠」が、ある婦人雑誌に通俗小説を連載中編集者と摩擦して執筆をやめた。弱ったのは編集者だ。おそるおそる社長に報告すると「かまわん。続きはわしが書く」

○それがすごく当った。読者の人気投票は常にトップ、ついに一年で打切りの所を三年も続けた。要するに雑誌経営者だけに、自分の読者の泣きどころ、笑いどころを、とくと心得ている。つまり文才よりも商才で書いたのだ。

○こういう挿話は、作家にとって決して愉快ではない。いかに通俗小説とはいえ「文学」とはそうした安易なものではないと、ニガ虫を噛みつぶすだろう。

○しかし通俗小説の場合、その文学性よりも、当るか当らぬかでその商品価値がきまる。良否の基準は面白さにあるのだ。

○ところが困ったことに、最近大衆文壇のなかで、「大衆」の称を卑下し、忌□する動きがある。まだ具体案はできてないようだが、「大衆文学」の名も別なものに変えるそうだ。大衆食堂のオヤジが劣等感やるせなくついにカンバンだけグリルやレストランに書き変えるのと似ている。

○それでかどうか、近ごろの大衆文学はどうもおもしろくなくなった。作家たちが、ウドンをこしらえるよりも穴をあけてマカロニーを作るのに力を入れだしたせいかもしれない。大それた頼りだ。孫悟空が猪八戒を助けるのに妙な心理的思入れをしたり、三好清海入道がニヒルな自嘲をもらしたりしては、大衆小説の自殺ではないか。お客が散ってしまうだろう。

司马辽太郎的日本战后民族主义——以其记者时期的思想为中心

すかんぽ
1955 年 1 月 27 日

最後の講義

　蛋白質研究の世界的権威近藤金助博士にとって、さる二十三日は記念すべき六十三回目の誕生日だったが、同時に、三十年□しんだ研究家を去る日でもあった。この日、京大は停年制の名のもとに名物教授の一人を失ったわけである。
　近藤博士は、大正六年北大の前身札幌農学校を出た。欧米留学ののち同十三年新設の京大農学部に迎えられ、その創設と育成にあたった。在勤三十年、現農学部の教、助教授のほとんどはこの人の教え子といってよい。
　教壇を去る日、最後の講義が行われた。詰めかけた「最後の受講者」のなかには中学時代の恩師□兵庫大副学長や□吉田貞治郎博士（東大名誉教授）の顔もみられた。テーマは「循環と愛」！
　「人間は愛と死の問題を追及するために宗教を考えたが、仏陀キリストの没後数千年、ついに人類の幸福はもたらされなかったばかりか、原爆をすら製造する時代になった。このアトムの時代に宗教に代るべき真理は何だろうか」最後の講義はこの設問を冒頭において、次のように結論を結んでいる。
　人類は、その相互の間だけでなく動物、植物、あるいは無機物に対してすら他人ではない。人間は直接間接に植物の生産物を食物にし、複雑な生命のいとなみを続ける。植物は、土壌からチッソ、リン酸、カリなどを吸いあげ、太陽エネルギーを利用して合成作用を行う。地上のすべての生物はこの循環の理に結ばれて血液を同じくしているわけだ。われわれは全生物に対する絶対の愛を、この真理の上に置かねばならない。この愛の真理が人類の精神の中にゆるぎないものとして育ったときに真の平和が実現されるだろう。私は最後に、ホイットマンの詩「ストレンジャー」を朗読し、Commde be rellklowns（友よ、敬ケンなれ）と訴える。

ペーパーナイフ
1955年1月29日

出版とラジオ

　〇「活字と電波の統合」というのが、近ごろ出版界の大きなテーマになりつつある。ラジオの当り物を本にすれば一〇〇％外れっこないというのである。

　〇『君の名は』がこの好例だった。堂々百五十万部を売って、元来ラジオには□□な出版人の眼をさました。後続の『由紀子』も宝文館が版権をとり、四月完結を待って出る。皮算用では二百万部だそうだ。

　〇戦後の日本文化を「クイズ文化だ」とカッパした文化人があるが、このアメリカ文化の粋？も年年順調に生長し、ついに「日本クイズクラブ」なるグループ□で『クイズ年鑑』まで刊行されるにいたった。三八〇円、ラジオテレビ文化協会刊。全国のクイズ出題者にはうってつけの参考書。まことに波おさまる太平のめでたさであろう。

　〇まじめなほうではNHK教養プロからまとめた『ことばの研究室』がある。二六〇円、講読社刊、日本語読本としては当代最高といえるだろう。もうひとつは『光を掲げた人々』（二八〇円、光の友社、全十二巻）の十冊目が出た。適度に修身くささを脱臭し、人格主義のみに偏しない周到な編集配慮が各巻にシマリをあたえている。

　〇口八丁だけではときにたいくつになるのか、放送関係者の著者も最近めだって多くなってきた。新刊ではNHKの花形アナや担当メンバーが舌を筆にかえた楽屋ばなし集『アナテナは花ざかり』（一八〇円、□書房）肩のこらない明るさは一般うけしよう。ワンマン古墳鉄郎会長も『ばら色のハンカチ』（三六〇円、□書房）なる著述をモノした。題名からみると歌謡曲集みたいだが重厚にして深刻なる英語詩集だ。まず珍書の部類に属する。

司马辽太郎的日本战后民族主义——以其记者时期的思想为中心

すかんぽ
1955 年 2 月 3 日

愛情の心理学

　○米国の実験心理学者の間でTATテストというのが流行している。絵画解釈による性格測定法の一つだが、良人や恋人の愛情測定にも使えるから、世の□□型女性には大いに研究していただく必要があろう。
　○まず、男女一組の出ている映画のブロマイドを用意していただきたい。どういうシーンか、はっきり説明のつかない類いのものが適当だ。
　○テストは、彼にブロマイドを提示して簡単な物語を作ってもらえば済む。たとえば、彼がこんな物語を作ったとしよう。
　「彼女はその事実を強く否定したが、怒りで我を忘れたぼくは、思わず暴力をふるって彼女を殺してしまった。次の瞬間、ぼくは悔恨で気が狂いそうだった。その死顔の何と崇高なことだろう。それにつけても彼女との楽しかった昔が思い出される」
　物語の重点は明らかに過去に置かれている。テストでは「過去型」に分類する。過去型の人は現在に不満があるため昔の事を追いがちになるというのが常態。この種のクヨクヨ型は、愛情の面ではがいして妻を大切にするタイプに属するそうだ。
　○現在進行型に重点を置いた物語を「現在型」と名づける。TATテストではこういうのを現状満足型と分析する。つまり生活を楽しんでいる結構人が多いというのだ。このタイプにかぎり、浮気、心変りはないというから奥さま方も胸をなでおろしてさしつかえない。
　○厄介なのは「未来型」だ。現在不満という奴を内蔵している。理想を夢み、性格はがいして攻撃性に富み、強情、意固地とくる。こんなのは必ず妻に服従を要求するから、カカア天下を志される方は、あっさり旗を降したほうが家庭平和のためには良策というものだ。

ペーパーナイフ
1955年2月5日

乱世の文壇噺

　〇丹羽文雄の『小説作法』がずいぶん売れた。「ある作家の作品を読みましたら、驚いたですな。ちゃんと小説作法どおり書いてあるじゃないですか」アトムの時代ともなれば、文芸鑑賞法も数学の公式みたいになるらしい。

　〇サムライもこんなのはまだ小物。大物ともなれば「あの本を読んで小説家になるつもりです」と地下鉄にでも乗って梅田へ行くみたいな調子。ワケを聞けばモットモな次第で就職は落ちたし、商売のモトデはなし、小説家は景気がよさそうだから一丁荒稼ぎすベエかというのだ。乱世とはこういうものだろう。

　〇もっとも乱世の雄は無邪気なわれわれ庶民の仲間から輩出するのかと思ったら、驚くべし文壇にもあった。娯楽小説だが一方の旗ガシラといわれる仁なのである。令息がどうも不出来で、大学は出たけれど毎日二階でゴロゴロしている。「会社へでも勤めろ」といっても「口がねえよ」と鼻で返事をする。万策つきて家業の小説業を継がせようと、一案講義じある雑誌社に出むいた。

　「見給え、ぼくのセガレの原稿だ。最低の八百円でいいから書かせてやってくれないか」

　〇拝見におよぶと割合イケる。商談が成立してその後もドンドン使ったが、どうも文章が大先生にソックリなのだ。内偵した結果、以外や頭痛鉢巻で原稿を書いているのは大先生のほうで、小先生は相変わらず二階で鼻から煙を出している。

　こうと見てとった雑誌社も人が悪い。同じ原稿でも大先生だと三千円、小先生の名目だと八百円、これはシメたと乗出し、

　「大先生、これからひとつ小先生のほうに願いたいもので…」

　まことに乱世にはめずらしい珠玉の子孝行佳話であろう。

司马辽太郎的日本战后民族主义——以其记者时期的思想为中心

すかんぽ
1955年2月10日

未生流騒動

○華道界の名門未生流のお家騒動は、いぜん、果てそうにない。 モトはというのも「家元」の名の能力だろう。 芸術院会員みたいな名貫禄でなく、レッキとした実利がついている。

○未生流家元は、第八世肥原康南氏がそれだ。 ところが、永いあいだ同流実力派の総帥だった中山文甫氏（肥原宗匠の実兄）が宗家を離脱して以来、伝統百五十年の屋台骨にヒビが入りはじめた。 真二つに割れたのならいいが、こんどは「財団法人未生会館」に拠る津山三男三郎がノロシを上げたから、門流は三つに流れはじめたことになる。

○元来「家元」というのは自然人が等するのが社会の通念だが、財団法人未生会館という法人が等したっていいではないかというのが津山氏のプランだった。 この点だけは府教委の意見でボツにはなったが、なにぶん、華道にしろ茶道にしろ「家元」とは社会が伝統的にそう認めているだけで、法律上どうという裏付があるわけでないから、どこの誰が「裏千家家元」と名乗ったところでお□□さんにチョットコイを食う気違いはない。

○法的には「未生流家元」が一億人いたってかまわないわけだ。 「君も家元か」「ああ、貧乏流家元だ」それじゃ人が寄りつかないから「池坊流家元だぞ」と胸を張れば免許料の何がしかは稼げる。 こういうチエが各大流の家老クラスにキザシはじめれば、小原、□坊、草月流あたりも安閑としていられまい。

○が問題は、伝統門流に反逆して新しく一道を拓こうとする人々が、なぜ事大主義的な旗印を好みたがるかということだ。 華道界も戦後前衛挿花の出現を機に、芸術的方向は大きく飛躍しようとしている。 華道も単独の造型分野として、いまや絵画、彫刻、工芸などの世界と同等に肩をならべようとしている。 自然、家元や問題代などという空虚な権威の□□は不必要になってくるわけだ。 肩書よりも一個の「作家」としてきびしく芸術に対決すべき時代に来ているわけである。 「家元」というマンジュウは、今でこそウマくて営養価があるかもしれない。 が、明日ともなれば、それが芸術の生命を枯らす毒マンジュウになることは火を見るよりもハッキリしている。

ペーパーナイフ
1955年2月12日

武者小路画伯

　〇日本の作家の早老ぶりは、世界の文学界での奇跡だろう。還暦を過ぎると、もう閑雲野鶴を友にしたがる。食物のせいか、先祖伝来の東洋的、隠遁趣味の血がそうさせるのか妙に野狐禅みたいなきり口調だけがうまくなり生きた人間への執ような関心を喪失する。文士の干物だけは頂けない。

　〇同じ芸術家でも画家は案外そうでない。鉄斎は八十斎から傑作を描きはじめた。現在でも安井梅原はたゆみなく自分の世界を切り拓いているし大観は八十七歳でなお現役画家だ。川口軌外は六十を越えてから抽象絵画に転向した。「天寿八十と計算して今から二十年この新しい課題を追及したい」意気だけでも見上げたものである。

　〇文壇では老大家のほとんどは過去の名声と印税を食って生きている。ただ武者小路実篤だけは毛並が変ってるようだ。元来この人は「新しい村」などをやって気の多い人だったが、絵が好きでルオーを買って喜んだり手すさびに自分でも描いているうちに、いつの間にか文士から横すべりして画家になってしまった。

　〇どの画家名鑑を開いてもちゃんと載っている。配列は「無所属日本画大家」という項で、等級はまず小杉放庵クラスだろう。画壇や画商の間ではいまや彼を文士とは扱っていない。

　〇なかなかどうして流行画家なのだ。デパートの美術部あたりでも間違いなく売れる絵として定評がついている。「武者さんの絵だけはネクタイや帽子を売る調子で売れてゆきますね」そうU画廊の主人など面白がっている。

　〇時に「馬鹿一まの」を書いたりしているが、これは武者小路実篤画伯の余技に類するものかもしれない。

すかんぽ
1955年2月17日

楢重の25回忌

　〇西鶴、近松と、江戸以来大阪が生んだ芸術家を十人あげるとなると、洋画家小出楢重は当然その一指に加えねばなるまい。さる十三日は楢重の廿五回忌に当る。いま梅田画廊で遺作九十点による回顧展がひらかれているが、正忌の当夜、清交社で近親知己があつまり故人を偲ぶ集いがもたれた。

　〇楢重も、佐伯祐三、岸田劉生と同じく、その名声は多くの部分を死後に負った。とくに戦後は年々評価の重量を加えている。生前の貧窮ぶりは、時にすさまじいものがあったらしい。

　〇明治二十年大阪長堀橋の□問屋の生れ。粋人の父母をもち本人も早くから浄瑠璃、四条派の画に親しんだ。血液の中に大阪の伝統的な町人文化をとけこませていたわけである。

　〇西鶴は大阪でなければ生れない作家だったのと、そっくりそのままの意味が画家小出楢重にもあてはまる。大阪の濃厚、大阪の熱っぽさ、大阪の洒脱それらのすべてが楢重の画風なのである。堺文化以来四百年を重ねて集積された文化と風土の血が、楢重の絵画によって造形化されたとみてよい。

　〇作品の七割までは裸婦だという。量感という点を賛えられるがそれは視覚的なそれよりもむしろ触覚的な量感なのだ。対象にたいする作家のネトつくような執念、そこに小出芸術の異常さがある。

　〇伝統的な意味では大阪文化はすでに亡んだといっていい。すべてが普遍化され、大阪人の気質すら、単なる都会人という以外、他の土地とほとんど差違を認めがたくなっている。自然、大阪出身の芸術家たちに、伝統的な町人文化の血脈の相続を期待することは至難になっている折柄、楢重の芸術は大阪文化の最後の結晶として永く記念さるべきものだ。墓所は大阪南区下寺町の心光寺。没年は昭和六年。

ペーパーナイフ
1955年2月19日

坂口安吾の死

　コツネンと逝ったあたり、いかにも坂口安吾ではないか。おかげで日本は名物男の一人をうしなってしまった。
　いろんな意味でこれほどの戦後男はない。作家経歴としては戦前すでに「風博士」などで特異な作風を認められてはいたが、作家坂口安吾が真に生きたのは戦後だ。
　まるで戦後のために生れてきたみたいな男である。その「戦後」も十年を経歴し、「動乱」の性格をうしないはじめたとなると、もう用済みだよとばかりにさっさとアノ世へ退陣してしまったみごとな退陣ぶりと、ホトホト声をのむほかない。
　底抜けのナマケ者の上にヒロドン時代があったから、作品はさほど多い方ではない。まず小説としては「風博士」「吹雪物語」「不連続殺人事件」が代表作としてあげられよう。が、本来の真骨頂は「巷談師」的文筆業にあったようだ。「堕落論」「道」「安吾巷談のもの」など一連の巷談作品は、坂口安吾のあのフテブテしい面魂と一種の妖気それに徹底的な自由精神の中からでしか絶対生れっこないものだ。一種の天然記念物みたいな文学だった。
　戦後という乱世をバックに人間世界の「秩序」という怪物へ、ナリフリかまわず立ちむかい、徹底的な破壊と堕落の向うに見える絶対自由の浄土を夢見ながら、ムラがる敵をバッタバッタとなぎふせて行ったが、晩年(?)の安吾にはやや「堕落」のキザシがあった。秩序の挑戦者が、不甲斐なくも「結婚」という秩序に屈服し、一子をもうけて、「家庭」という秩序にヤニ下ってしまったのである。作品もかんじんの毒気が薄らいで安吾文学の生彩を失った。むろむろ「退陣」の準備をしていたのかもしれない。

司马辽太郎的日本战后民族主义——以其记者时期的思想为中心

すかんぽ
1955 年 2 月 26 日

通俗作家の誕生

　○□□作家というと、シチ面倒な頭脳の構造や、特異な感覚の持主ではお□は□わない。感覚の□□が□じな人物、それもツクリモノではだめで、シンから大衆と一緒に悲しみ、笑い、わめくことのできる仁でなければ通俗作家としての完全な成功は不可能だ。

　○ヒロインが三尺のツルギをふるって□□な□□ダンスを演ずるばあい、作者も思わず□をなげうって三等席からカケ声の一つもかける無邪気さがなければ読者はついてこない。

　○名前は伏せておこう。いま短編小説の世界で引っぱりダコの作家だが、この人の作家的生立ちが面白い。漫然とヨワイ四十を越えた。生業というものがなく、画家、作家の世界をうろつき歩きただ何となくフンイキに接するだけで満足していたジレッタント暮しである。

　○あるとき仲間が集まって彼のウワサをしていた。

　「野郎、もう四十だが、行先どうしゃァがあるんだろう」

　就職といったところで永いブラブラ暮しの男をやとってくれる奇特な会社もない。何とか身のふり方をきめさせようと一思案したあげく、ある作家が提案した。「まあ、小説家にでもすべえか」

　○「そうか、おれを小説家にしてくれるか」快語した彼、さっそく原稿用紙をトランク一ぱい買込み、勇気リンリン温泉場に出かけた。小説とは温泉場で書くと、かねて聞いていたからである。

　○三週間も逗留して悠々東京へ舞いもどった彼、待ちうけた仲間たちが、

　「どうだ、出来たか」

　「うん…」

　えいとばかりに差出したのは何と原稿用紙四枚半。それが処女作だった。

　○その後、一人が手に手をとって教えるかたわら、他が売りこみに走るといったぐあいで、何とかカタチがついた頃おい雑誌社がガゼンよろこびだした。ヘタクソだが、妙に読者ウケがするというのである。さて冒頭

のリクツを思い出されたい。彼の作る波瀾万丈のロマンは、彼が楽屋で書いたものでなく、観客席で手を叩いたりハンカチをシボったりしつつ作りあげたものだからだ。無邪気こそ通俗作家の身上といえるかもしれない。

すかんぽ
1955年3月3日

母乳の学説

○「精神薄弱児の五割以上は母乳を十分取らなかったことによる」と、人口栄養の全盛時代にバクダン的な学説を発表した学者がある。九大医学部神経科中脩三教授がそのひと。さきごろカナダのトロントで開催された第五回国際精神衛生学会に日本代表として出席、大きな反響をよんだ。

○その学説によると、人間は母の胎内である程度は育成するが脳髄だけは成育せず、母乳に含まれた「ガラケトース」の供給をうけてはじめて発育するという。「ガラケトース」は人口栄養にも多少ふくまれているが、母乳ほど多くはない。

○脳髄の発育は三歳で完成される。それ以後はいくら栄養を補給してもその発育には役立たない。したがって三歳までの間に母乳について乳製品をふんだんに与える必要があると同教授は説く。

○ドイツではすでにこのことが認識され、ケルンには「血液銀行」と同じ組織で「母乳銀行」が設置されているという。健康な人の母乳をあつめ、これを母乳不足の家庭へ毎日配達する仕組みだ。

○この学説が発表されるや人口栄養一辺倒に近いアメリカの母親に大きな衝撃をあたえたが、問題はこの学説の受けとり方にある。

○この学説は「精薄児を調べるとその五割以上が母乳不足だったことが分った」という主として統計的な根拠に立っており、精密な理論的根拠と実験は今後に待たねばならない。また逆マタ真ナリ式に「母乳を与えねば精薄児になりやすい」とはならないから、今の段階では母乳尊重の教訓的な意味として受けとっておくほうが無難なようだ。

○いずれにせよ、同学会の各国代表そろって賛意を表し、ニューヨーク・タイムズ紙は早速これを科学欄に特集することになり同教授はこのほど脱稿、同社へ送ったという。

ペーパーナイフ
1955年3月5日

妖術師石川淳

○石川淳の『虹』が好評を博している。少くとも玄人□の□点は相当いいようだ。

○好評も□□だろう。この作品にはレッキとした芸術の本道がひそんでいる。なるほど小説技術の点では当今の作家たちは明治、大正の文学者のルイを属するどころか、ピース並に世界的水準を誇りうるかもしれない。が、致命的欠陥がある。芸術的想像力の貧乏というやつである。

○ふしぎと日本の文壇では、芸術の本道であるべき想像力があまり問題にならない。描写がアザヤカデアル構成がジツにタクミダ、などの評語がナントか賞の受賞がきまるたびにふんだんに出てくるが想像力をウンヌンした評はまれにもお限にかからない。

○虚構を縦横に駆使して、現実に起りそうなストーリーを巧みに書きこなす小説業者を、われわれの国はふんだんにもっているが、一竿の杖をいだき、黒衣を着て人間世界の一隅にうずくまり、はるか天界を併呑する妖術師のような芸術家をほとんどもっていない。まず石川淳がそれに当ろう。

○『虹』は、父を□殺し継母を殺しその他あらゆる職業をやりながら刑罰をまぬがれている金融業老朽木久太を中心に白日夢のような幻怪奇妙な舞台が設定され大臣、代議士、女秘書、貴族崩れ、労組闘士などある意味では「現代の主役」ともいうべきさまざまな職業者が作家のカイライとなってめちゃくちゃな踊りを演じ、最後に久太が虹に乗って去るところで終っている。

○この作品に現代の神話を感じてもよく、寓意を探ってもよいが最も大事な読み方は読者もまた作者とともに現実を超離して作者が現出した妖術の世界に没入することがかんじんだろう。

すかんぽ
1955年3月12日

幻想の行法

○天平□□四年といえば、遂算して千二百年という昔だ。驚くべきことだが東大寺二月堂のお水取は、この長大な歳月のあいだ、一年の休みもなく連綿とつづけられてきている。

○「走りの行法」から「ダッタンの行法」にいたるまでの諸行は幻影に彩られた古代楽の大オーケストラともいうべきものだ。むろん□□は原始的なものでしかないが、すべての音響が、巧みな音楽演出によって構成され、全般の音響をリードするものとして十一人の「こもりの僧」の沓（くつ）の音がある。

○行法を一個の□□□としてみても、十分に楽しめる。すぐれたパントマイムなのだ。十二日から□願の十四日まで行われる火焔の舞「ダッタンの行法」が古代劇のクライマックスを形作るわけだが、大火焔を持って輪舞する異様な風体の僧たちに日本や中国にないアリアン人系統の体臭が感じられる。

○東大寺の上司海□氏の説ではやはり古代インド□輸入のものらしい。「こもりの□」たちの使う用語もインド語の転化らしいものもあるし「こもり」中の生活様式もインド人がカレーライスを指でたべるように水取の僧たちもハシも使わない。

○十二日は二月堂下の「若狭井戸」から水を汲む日。「水取りや瀬々のぬるみもこの日より」と、行法創始いらい千二百三回目の陽春を迎える。

すかんぽ
1955年3月17日

セクサスの御難

　〇ヘンリー・ミラーの『セクサス』が、ワイセツ文書として摘発された。文芸作品への強権措置としては『チャラレイ夫人』いらい二度目である。

　〇「こいつはやられるぞ」というのが誰しもの予感だった全書ほとんど性描写でぬりつぶされ、その内容はお巡りさん的視角でみれば、たしかに『チャラレイ夫人』よりも徹底的に出来あがっている。

　〇アメリカでは発禁、フランスではオープン。とこうみると日米ともあまりオトナの国ではなさそうである。じじつ『セクサス』は昨年十二月に出ている。ところが思わしい売行きをみせず、大ていの本屋にウズ高く積まれたままだった。

　〇週刊誌などでイカニワイセツデアルカと問題にされるやあとはアサマシシばかりの売行きだった。つまり講読者のほとんどは文学鑑賞よりもワイセツ鑑賞用として購入したわけである。

　〇もしミラー研究のために『セクサス』が売れたとするなら既刊の『冷房装置の悪夢』『梯子の下の微笑』がもっと売れていなばならぬはずだが、それがほとんど本屋でホコリをかぶったままだから、おそれいった次第である。

　〇出版元新潮社や訳者大久保康□氏には一切罪はあるまい。現に十五万部売れるところを二万部で抑えているだけでも態度はハッキリしている。すぐれた文芸作品を世に出したために罪に問われるような文化国家では日本もおぼつかないが、要は読者の態度にあろう。芸術に接するつもりで購入する層が購買者のせめて七割もあれば、お巡りさんもわざわざ六法全書をひねくらずにすむかもしれない。

司马辽太郎的日本战后民族主义——以其记者时期的思想为中心

すかんぽ
1955 年 3 月 19 日

昭和の築城

　〇四月一日、名城松江城が修復を終える。市では一日からシチシチ四十九日のあいだ、ぶっとおしの「お城まつり」をするそうだ。むろん、観光宣伝という大義名分があるから正気のサタだろう。ひとつには、郷土人がお城に対してもつ強い関心のバクハツともとれる。いずれにせよ、郷里のない水草みたいな都会生活者には理解を超えた世界に違いない。

　〇松江城は慶長十六年、出雲十八万石の大守堀尾吉晴の築城になる。姫路城のような塗窯造りではなく、桃山初期の実戦的な望楼造りで、この□の様式としては現存する唯一のもの。実戦にそなえて銃眼がやたらと多く、屋根のソリもうんと傾斜し白かべの部分が少ない。ご自慢は六尺八寸六十貫におよぶ青銅のシャチホコ。

　〇修復は工費五千三百万円、二十五年度でからはじまった。頭痛のタネは築城当時の規模がさっぱりつかめなかったことだが幸運にも築城三十年度に作った実測平面図が発見され、ほとんど完全な形で復元に成功した。

　〇天守閣だけでなく城門や多間ヤグラも新たに造るというから、半ば昭和の築城といえるだろう。昭和の築城といえば、すでに完成した岸和田城の他に名古屋城、福井城の新築も予定されている。その他、城を失った市でもポツポツ築城の声が出ているようだからこの分では津々浦々お城で満ちるだろう。国破レテ山河アリ、城春ニシテ草木深シとは中国の詩人が今日を予想しての皮肉だったのかもしれない。

すかんぽ
1955年3月24日

新しい俳句

　○吟行なら京都、奈良あたりがいいだろうと思ったが、とんでもない、現代俳句にはいたって不向きな土地だそうだ。関西俳壇の理論的指導者の一人S氏にいわせると「歴史が邪魔をする」のだそうである。

　○たとえば嵯峨の祇王寺あたりを候補地に選ぶ。どう苦吟しても祇王祇女のロマンや平家興亡の歴史が亡霊のように□裏を去来しがちだ。その亡霊にとりつかれてしまうと、俳句は単なる花鳥諷詠や従来の詠嘆調に□してしまう。

　○桑原武夫の『第二芸術論』はたしかに俳壇の□眠をさますのに効があった。当時、俳人からいえばあれほど小憎たらしく横行闊歩した『第二芸術論』に対して、俳壇のだれもが真正面から立向って一刀浴びせるほどの理論の武器をもっていなかったのだが、その後試煉を単に試煉にとどめなかった努力は高く認められてよい。

　○『馬酔木』の石田波郷は「俳句は文学にあらず」といい切っている。当否はいずれにせよ、俳壇の前衛部隊が歩を進めつつある世界は、芭蕉、子規につぐ第三革命のきびしい世界だということがいえよう。

　○文学以外の芸術分野、たとえば絵画、彫刻などの造型世界に近いジャンルに俳句は属するというのである。だから音頭の挿話にあるように「歴史」という文学性を断ち切ったのだ。

　○文学性(物語性もしくは説明性)の排除は、絵画や彫刻の世界ではすでにいい古された理論だがこれを大胆に十七音の世界にとり入れた所に『第二芸術論』の混迷から脱却しようとする俳壇の必死な委がある。

司马辽太郎的日本战后民族主义——以其记者时期的思想为中心

すかんぽ
1955 年 3 月 26 日

空想と小説

　○ジャン・バジスト・ペレスなる先生は、一八一七年『ナポレオンは実在したか』という大胆不敵な論文を発表し「断固として架空の人物である」といい放った。

　○ペレス先生によれば、ギリシャの太陽神アポロンとナポレオンの練りに類似性があるところからナポレオンこそ太陽の人格化であり「ナポレオン伝説」は撤頭徹尾ギリシャの「太陽崇拝説話」の焼直しにすぎないというのである。

　○この「名□」は、□のナポレオンが英国の勇将ウェリントンとヴォーターロの野で戦火をまじえた一八一五年からわずか二年後に発表されたというから、度胸のほどには手をあげるほかない。

　○さて、ペレス先生に対すると同様の嘆声を、近ごろの大衆小説家に捧げるべきだろう。まことにはや、他人からみればムダで偏狭な努力に□□しているようにみえる。□□家猿飛佐助は、実は魔法使ではなく優秀なるスパイ技術者であったとか、加賀騒動の張本人は、まことは□悪人でも何でもなく人間味豊かな愛すべき人物であったとかナポレオン架空論よりは雄大でないにせよ、クダラなさは同断だ。

　○せっかく民族の豊かな空想力が生んだ庶民の古典的超人をわざわざ羽をもいで卑小な人間の世界に引きずりおろす必要はさらさらない。ジュ文を唱えればドロンと消える人間など現実にはいやしなかったというぐらい、わざわざ小説家に教えてもらわなくても、小学生でさえチャンと承知している。

　○犬がフンを嗅ぐようなヘタな考証趣味はいい加減にやめて先人に負けない奔放壮大な空想世界を創るほうが、ロマンの創造者としては真ッ当の道ではないか。

すかんぽ
1955年3月31日

ヒロッタージュ

　ヒロッタージュという新語が生まれている。モンタージュやナラタージュといった調子の芸術上の用語らしい。むろん辞書をひいたってない。ヒロッタージュすなわち拾ろったあジュだから。
　解説なんていらない。前衛挿花の展覧会に行ってごろうじろ、ひと目でわかる。あやしげな木のコブや人間の□をした流木、貝ガラの付着した古杭など、よくもまあ集めけると思わす嘆声の出るほどヤヤコシイ物体のオン・パレードだ。
　とにかく拾ったものガチである。ひと様がギョッとする物なら何でもいい。□□存じよりお嬢さんなどハイキングをしてもボヤボヤ歩いてないそうだ。何か落ちてやしないかと、せっかくの明ぼうも近ごろはカナッポマナコになりかけている。
　ところがこういうお嬢さん界の動向を、商魂たくましいお花業者が何じょう看過しょう。店員を八方にバラまいて拾い集めてくる。』何のこたない、文化バタヤ業だが、ネダンは法外に高いときている。大和川尻で拾ってきたコヤシ舟のカケラを「どうです、難破船の破片でっせ。木質が何ともいえずええ色に変色してまっしゃろ」と、五、六千円で売りつける。
　本土の拾いぐらいじゃタカ知れているとあって、資本力のある花屋など遠く屋久島、奄美大島あたりに店員を特派する。島の原生林には百年も経た熱帯樹の朽木などがワンサところがっていて、業界の宝庫だそうだ。
　モダンアートの普及という点からでも、前衛挿花の流行には決してケチをつける気はないが、たんなるヒロッタージュでは芸術の名が泣こう。この辺で各派の有力な作家たちが断固たる態度を示すべきではないか。

司马辽太郎的日本战后民族主义——以其记者时期的思想为中心

すかんぽ
1955年4月7日

カメラ狂

○ちかごろ批評家たちがさかんに最近のカメラ熱を皮肉る。まるでミもフタもないヤジリ方だが、もともと日本人の素質のなかには伝統的に肥ヨクな軽芸術の土壌があるのだ。

○たとえば、俳句、短歌、一□□といった寸詩や軽絵画を、これほど普遍的にもつ民族は、おそらく他にない。カメラ熱はそうした土壌のなかから、今日的な気温条件をえて繁茂したものだ。

○日本のカメラ・マニアの系譜をたどると、案外ふるい。天保十二年というから百年も大むかし、薩摩のトノサマ島津斎彬がご先祖である。

○密輸の本山みたいな藩だったから、これもそのルートからだろう。「ダゲーロタイプ」なる暗箱カメラを長崎の商人から手に入れ家来や腰元をあつめてはさかんにバチバチやった。

○斎彬が撮影中の勇姿？を画家に命じてかきのこさせている。被写体はカミシモ姿のサムライだ。武者ショウギにタン座して息を殺している。その前でトノサマが三脚をかまえ暗幕をかぶっている図である。

○仏人ダゲールが写真機を発明したのが一八三九年、だからトノサマが最初にシャッターをきったのはわずかその二年後だから、当時としては奇跡的にはやい伝来ぶりである。つまりカメラにかぎって後進国ではないわけだ。マニアたるもの、大いに意をつよくしてよい。

すかんぽ
1955年4月9日

精神病と天才

○京大精神科に、芸術と精神問題について興味あるテーマがある。臨床例はかつて二科会出品画家として将来を嘱目され、のち精神分裂症をへて痴呆化し、ついに肺結核で若死したある女流画家である。

○報告書には彼女の作品写真が、年代順におさめられている。初期のものは、きわめて着実な写実画で、モダニズムのハンランする二科では異例なほどノーマルなものだ。

○作品第二は精神障害のまだ軽微なころ少女をえがいたもので、顔が右に傾斜するようにゆがみ前作にはないデフォルマシン（変形）が強くあらわれ、描写もはるかい荒い。色彩の配合、調和は効果的で、全体の調子は凄惨強烈な印象をうける。おそらく彼女の短い制作系譜のなかでは最高の傑作に属するものだ。精神病学者によれば、一般に分裂症患者が生む芸術のうち、この時期の作品が最高の芸術性をもつという。

○病勢がやや進んだ作品第三では写実の性格がますます弱化し、空想的象徴的な要素がつよくなっている。どちらかといえば浪漫的な画風だ。

○作品第四になると完全に対象のカタチが失われ、ただリズミカルな運動が装飾的に構成されているにすぎず、末期症の作品第五では表現形式は極度に固くなり、ほとんど生の躍動がみられない。天才はキチガイと紙一重だという。精神病と天才芸術を考察する貴重な一資料だろう。

司马辽太郎的日本战后民族主义——以其记者时期的思想为中心

すかんぽ
1955 年 4 月 16 日

大阪文化

○まったく不都合なハナシだが、東京で画家が三人寄ればこういう話題だ「すこし大阪へ出稼ぎにゆこうや」あとのセリフが感心しない。「甘い売絵を二十点ばかりこしらえてな」

○傾向は、最近とくにひどい。キビスを接して聞かれる東京在住画家の画展を一見されればわかろう。作品の□が、いかに大阪の□□□をナメているか。むろん例外もまれにはある。

○おまけに高いときては世話がなかろう。「値はウンと高くしろ。お客の見る眼がちがってくるぜ」ひどいのになると、号八千円を呼号して悠然とソファにかまえていたのもある。東京じゃどこにいるかといった画家なのだ。

○この弊風は、東京の画家ばかりをソシれまい。東京すなわち中央といった上位意識、どうせ大阪じゃロクな画家はいまいという劣等感、そうした大阪人心理がこの傾向にあずかって力がある。

○いないのでなくて、逃げてしまうのだ。現に大阪時代不遇だった画家の多くが東京で芽を出しているし、現在大阪で活躍中の有力画家たちも、かつて東京ではられたレッテルのおかげで郷土に安住できるという奇妙なかたちをとっている。

○いまさら西鶴、近松を生んだのが大阪だといったところではじまらない。明日の芸術家をきびしく育てるという見識と努力のほうが、大阪文化にとって今日的な課題だろう。

すかんぽ
1955年4月23日

下村湖人

　〇半生、□□の職業に従事して晩年から執筆生活に入った作家は外国ではわりあい多いが、日本ではほとんどマレだ。下村湖人がそうだった。
　〇名作『次郎物語』は、台北高校長から浪人生活に入った前後、五十二歳から起稿しているが出版のアテもなかった。脱稿後三年というもの、ほうぼうに持ちまわって断られつづけ、やっと小山書店に拾われたのは昭和十六年、五十七歳のとき。以後おびただしい版を重ね、長年間ベストセーラの記録を作ったことは、先刻ごぞんじのとおりである。
　〇『次郎物語』一本アリというのもめずらしい。古稀までに第五部を書きあげ、余生を第六第七部に捧げるとハリきっていたのに、突然の死が意外なところで終止符を打ってしまった。
　〇ブンガクなるコムズカシイ場からいえば、いろんな欠陥も引き出せるだろう。たとえば、その説教臭だ。これが芸術としての結晶度を低度なものにしたといえるかもしれない。長い教職人時代の沈デン物だ。が、これが同時にその文学のフシギなまた時には強烈な個性ともなった。器用な小説の優等生なら掃いて捨てるほどある。しかし特異な作家というのはきわめて稀少だ。惜しいことをした。

司马辽太郎的日本战后民族主义——以其记者时期的思想为中心

すかんぽ
1955 年 4 月 29 日

孔子の再評価

　中国闘争の研究家牛島俊作氏の調査によれば、中共における孔子の評価がちかごろやや好評してきたようだ。
　中共が大陸支配を完成した当時、蔡尚思という人が「中国伝統思想総批判」という本を書いて、孔子をコッピドクやっつけた。孔子こそ「人間の歴史始まって以来の大悪人」であり「その言行は世界で最もでたらめである」というのだから、数千年来□□と仰がれた彼も天国ですっかりドギモをぬかれたにちがいない。過渡期というものはこういう痛快りんりなチャンバラ思想が流行するもので、その点、蔡さんは日本でいえば終戦直後の坂口安吾みたいな存在だったのだろう。
　もっとも、中国で古来孔子をノノシァた言葉が□□であったわけではない。現に老子を至上の神とする道教では商売カタキとあってか孔子を老子の十七□の□神におとし、こともあろうに刺繍をつかさどらせている。
　ところが北京政府成立五年を迎えたこんにち、孔子はふたたび引き出されて、それ相当の礼遇の座に座らされるようになった、小学五年の教科書では次のように教えている。
　「孔子は没落した貴族の出である。孔子は封建貴族に味方した。彼は貴族たちが人民に対して加えているサク取を軽くくさせるとにより、また貴族同士の争いをやまさせることにより、はじめて封建支配を保つことができると考え、書経、詩経、春秋などを編んだ。彼は封建時代の大教育家であり、その思想は中国の封建社会に大きな影響をあたえた」。

触角
1955年11月10日

ある原始遺伝

　風の中で、かすかに黄金（こがね）のふれる音がして、ひょいと見あげると、銀杏並木にさしかかっていた。　先日、京大の北部構内をあるいたときのことである。　晩秋のこのあたりの風景は、関西の学園のなかでも屈指のものかもしてない。　風と光と銀杏と、そして白い学内道路、その静けさは靴音さえはばかられる。
　かつて、同じこの場所で私は何度か学生運動が展開されているのを見た。　蛇行デモ、怒号格闘など、もし彼らが掲げているテーマに知識がなかったとしならば、それはまるで狂人の集団発狂と理解する以外、手のない図であった。　が、いまは、それを回想することすら拒否するほどの静けさがこの銀杏の学園をおおっている。
　脈絡もないことだが、ふと私は「アモック」という言葉を想い出した。字解すれば「熱帯の狂気」というか、インドネシア民族独有の精神発作である。　ふだんおとなしくて気の弱い男が、何かの拍子に突如凶暴になり、血をみねば収まらぬ騒ぎをする。　京大の学生運動の発顕のしかたがアモックだとは決して思わないが、われわれ黒潮民族の血の中に、この無気味なアモックの遺伝が残っていないとはいいきれない。
　その日の夕刊は、茨城大における海軍航空殉職威霊塔の建設反対をめぐる騒動を伝えたもともとこの大学は元霞ケ浦海軍航空隊本部の旧敷地を使用している。　「構内にそんなものを建てるのは学園の破壊だ」と学生側はいう。　なるほど、そうにちがいない。　幸いいまのところアモック的暴発には至っていないが、持ちこまれようとするその塔の中には、学生たちの先輩である戦没予備学生の霊も眠っている。　欧米人の理解を絶したあの特攻散華ノそれをアモックであるとは決して私は思わない。　こういう観察の仕方の不まじめさはぞんぶんわかっているつもりだが、ただ民族の精神生理のなかに、こうした血が残っているかどうかを、だれかにしらべてもらいたい気だけはする。

司马辽太郎的日本战后民族主义——以其记者时期的思想为中心

触角
1955 年 12 月 10 日

ヌード喫茶

　韓国と日本のみの共通現象といえば大ゲサだが、とにかくアチラ様でも大したショウケツぶりらしい。喫茶店の激増現象のことである。釜山あたりを歩くと喫茶店ばかりがやたらと目につき、しかもいずれ劣らず繁盛しているという。ある特派員の観測によるとどうやら住宅事情の悪さに原因するようである。つまり小市民の適当な社交の場所がないのだ。
　これからいくと、喫茶店の流行は、国民経済の貧困に咲いた仇花ともいえよう。豊かな国には豊かに燃えるマントルピースがある。客と用談するにもどちらかが自分の玄関に招ずれば事足りる。家族三人を収容すれば満員札を揚げざるをえない住宅事情では、とてものこと物理的にも心理的にも客を招ずるスペースがあない。
　というわけで喫茶店文化は日本および韓国の国力相応以上に独走して異常な発育をとげた遂げすぎて、ついには突然変異国し、奇妙なオバケ品種を生んでしまったわけである。ヌード喫茶がそれだ。
　あのフンイ気では誰も重要な取引の相談をしたり、結婚申込みの予備会談をする気にはなれない。いわば、喫茶店としては完全な自己否定である。その代り、在来バーが果たしてきたアルコールの欲求と、ストリップ劇場がふえてきた性感帯の刺戟を同時に満足させる。従って新品種は在来の品種とは別の名前で呼ばるべきだろうというのは、大阪府公安委員会ならずとも、植物学者ならそう分類するにちがいない。

触角
1956年1月12日

歴史物の流行

　おそらく歴史物がはやるだろうというのだが、ことしの出版屋さんの見通しである。べつだん根拠というほどの理由はない。キョウカラベッタンがハヤルゾウと餓鬼大将が触れ歩くあのテンである。その理由は流行ってしまってから評論家先生にコネてもらえばよろしい。

　去年の剣豪小説の流行も、多分に出版屋さんのテコが入っていた。予想以上に当ったが流行の本質は単に線香花火的生命である。剣豪ブームのおかげで、史的ロマンを愛する社会的気温は十分に加熱された。次の手をうつのは冷めぬうちとって、考えられたのは歴史。それも剣豪伝式なものでなく、もっと量のタシカな歴史小説またはあ歴史読物といったものである。

　戦後、この民族は、「歴史」を喪った。この間の史的興隆をつないできたものは、多くバチ物の歴史書である。暴露物、エロ物のたぐいだが、これが史書と銘打たされていつまでも横行させてはたまったものではない。読物とはいえ、正しい史観と資料をそなえたものでなければ、もう読者も食いつくまいというのが本筋の見方だ。吉川幸次郎教授の『漢の武帝』（岩波新書）あたりが、堅いものとしては常識やぶりな売行を示しているのをみてもわかろう。歴史小説でも同断なのだ。たんに文学をするつもりなら、作家の生活している現代をとらえればよい。歴史に取材するなら、風俗描写ぐらいで自慰することなく、レッキとした時代精神の把握とその人物の人生に対する透徹した眼と史料とがなくてはかなわない。戦後出た雑多な歴史小説を一把にからげても、鴎外、露伴の一作にも及ばぬ感を深くするのは、ひとつは、歴史に立向う創作制度の差異なのであろう。

司马辽太郎的日本战后民族主义——以其记者时期的思想为中心

触角
1956 年 1 月 26 日

トロイの遺跡

　　大正の中ごろ、高天ケ原を発掘すると意気ごんで、ビワ湖周辺の土地を掘りかえしていたジンがあった。出てきたのはとんどドロばかりだったが、それでも何個かの弥生式土陶と石ゾク、シジミの貝がらなどがクワ先にあたった。が、これだけでは、何とも高天ケ原とはいいにくい。で先生セツを立てた。古代語では「マ」は天であると同時に海をも意味する。高天は高海であり、天孫族が淀川ぞいにどんどんのぼってゆくうちにウミを発見した。「コレゾ、高海ケ原ナリ」と臨んだというのである。残念にもこの民間学者の熱心さは世を感動させたが、カンジンの「高天ケ原近江説」のほうはロマンティックすぎて学界からは一顧もあたえられなかった。
　　これとよく似たハナシが十九世紀末のヨーロッパにもあった。映画「トロイのヘレナ」でお耳馴れの古代都市トロイである。ホーマーの「イリアッド」が語るとおり、それまではまったく神話の国とされていた。ところがここに子供のような塊をもった男がいた。ドイツ人ハインリッヒ・シュリーマンである。古代の英雄詩を信じきり、一八七一年、ついに小アジアの西北部トロアス地方の海岸にあるヒッサリクの丘にクワを入れた。神話は偽らなかった。紀元前三千年ごろのものと思われる壮大な城郭があらわれ、その西門付近から宝庫が出現してトロイの栄誉を実証する金銀装飾品や銅器がぞくぞくと白日のもとに出たロマンティズムも、ときには科学のお役に立つという好例である。もっともこのシュリーマン、これで大もうけして一躍金□家になったハナシは、後日のリアリズムだ。

触角
1956年2月4日

大学制度

　国民皆学士、そういう言葉があるようだ。短大をふくめ、年々二十万の学士、準学士が製作される。やがて日本人を見れば学士と思えという時代がくるだろう。フジヤマ、ゲイシャ、そしてガクシ。そう並べた外人用ガイド・ブックが実在するという。筆者はまだ実見していないが、ガクシが観光資源になるとは、一国の経済上、わるくない話である。が、まさか、そこまで考えて政府が大学制度を野放しにしているわけでもあるまい。

　ある大学の就職係が中小企業者を説きまわって、やっと一人分を開拓した。初任給一万四千円である。が有能な就職係はなおも食い下り、「それを折半して、七千円ずつ二人というのはいかがでしょう」人間蔑視の風潮もここまでがついたかという感がある。

　就職の売込みをやる際、地方の国立大学あたりは、もとの名称を名乗るそうである。「今は茨城大学ですが、モトは宇都宮高農です」とったぐあいだ。徳島大学工学部といっても人は信用しない。「徳島高工です」といえば、ああ、あの工科教育の名門かということになる。

　新制大学が発足してから六、七年になるというのに、文部省の大学関係委員ではいまだにこの制度の論議を繰返している。大ナタをふるうには強力な政治力が必要だが政府に□□がなければなんともならない。

司马辽太郎的日本战后民族主义——以其记者时期的思想为中心

触角
1956年2月9日

紀元節

　ことしは紀元二千六百十六年である。　なんといっても今どきの中学生なら何のこったいと来る。　長くも神武天皇が大和の鳥見山で即位の…とオドシつけても「ウソだい。　神武天皇なんて実在の人物じゃないと先生が云ってたよ。　第一、日本書紀は六、七百年がとこサバを読んでらァ」と、ハシにも棒にもかかったものではない。

　それでも紀元は二千六百年てやつをやりたいという運動が年々盛んになってきた。　紀元節の復活である。　二月十一日、石州浜田市では市として奉祝行事をやるそうだし、東京では木村鵞太郎氏の音頭で神社本庁、生長の家、日本建青会などがこの日正午日比谷公会堂に集まり、「雲にそびゆる高千穂の」を高唱しつつ神田まで行進するという。　大阪でも大日本戦友会などが中之島中央公会堂でにぎやかに奉祝行事を□□げる。　既成事実を積上げて国会へ復活を働きかけるのが狙いだろう。　世にロマンチストは多い。

　皇紀がうそなら西紀だってキリストが馬小屋で生れた日を誰も実証できないんだからいかがわしさには変りはない。　しかし後者には世界共通という合理性がある。　建国の事実だって、歴史家の認めないのを神社本庁が認めるというのも妙なものだ。　どうしても建国祭をやりたいというのなら、すっぱり二月十一日を捨てて、大和朝廷の成立をみた大化元年八月十四日あたりにすれば子供たちをダマさなくてすむ。　明治元年七月十七日だって理屈はある。　「雲にそびゆる」もいい曲にはちがいないが、歌いすぎると頭がぼけてきてそのうち八紘一宇を唱えださないともかぎらない。

付録　資料集

「世相アラカルト」コラムにおける寄稿

(1962 年 8 月 1 日—1963 年 3 月 26 日)

計 29 点

注：
　本節は司馬が『大阪新聞』第六頁「世相アラカルト」コラムにおける未収録寄稿、計 29を対象に翻刻したものである。

司马辽太郎的日本战后民族主义——以其记者时期的思想为中心

1962 年 8 月 1 日

ガタロがいない
だからコドモがギセイになる

　俳人の山口草堂氏が、五十年ほど前の真夏に桜橋のあたりを厳父につけられて歩いていると、川岸の石垣のあいだに、下水口がぽっかりのぞいている。そこから白いこどもが出てきた。草堂氏はおどろいて厳父に、
　「あれはなに?」
　ときくと、
　「あれはガタロ(カッパ)だす」
　平然と教えてくれたという。大阪もむかしはのんきな町だったらしい。
　「そのころは梅田のかいわいは、まだタンボがいっぱいありましてね。田にもならない湿地もありました。そこを埋めておいおい町になっていきよったさかい、ウメタというねえ、と父親がおしえてくれました」
　その桜橋交差点周辺が、日本でも有数の交通量の多い地点になっている。五十年前に下水口から出てきたカッパは、当節どこで暮らしているのかが、気になってくる。
　私の小さいころでさえ、市内の川にガタロがいて、泳ぐと引きこまれる、というのが常識になっていた。
　むろん、見た、という人物も一町内には一人はいならずいて、それがガタロの形や大きさ、色、声、すもう上手なことなどをくわしく物語った。
　こどものなかには、ガタロになる者もいた。松竹の吉田留三郎氏は、新町のそだちだが、こどものころ、西長堀川の□座橋のあたりからとびこみ、おまわりさんに追われつつ、いつも千代崎□のあたりまで流れて行き、ときには松島遊郭のあたりで上陸した。遊郭に住む人々は、石垣にくいついている□さんをみて、あれはガタロや、いつもそこに出よる、と本気でこわがっていたという。
　たしかに、ガタロというのはよくない。泳いでいるこどもの足をひっぱったり、シリコダマをぬいたり、ろくなことをしないが、ガタロにもいいところがあった。かれらは何百年ものあいだ、真夏のころのこどもの仲間に水あそびの恐怖をあたえてきたために、

「あそこにはガタロが出よる」

といえば、こどもたちはその川や池、ふちを避けたものであった。その意味では、ガタロはこどもの守り神だったろう。

ところが、このごろはガタロがいない。

新聞でよんだのだが、大佐府と兵庫県の境界をながれる猪名（いな）川は、昨年までは川西署の公認水泳地だった。とろが昨秋の第二室戸台風で堤防の石堤が川のなかにくずれおち、泳ぐと危険な川になった。

そこで川西署と川西市とが協議して禁止地区に指定し、能勢電鉄鴬ケ森駅に、

「この付近で泳いではいけない」

とカンバンを出した。

ところが、ちっともきき目がない。平日で五、六百人、日曜には二千人もの人がおしかけてくるという。

しかもこの禁止地区の堤防上に、飲食店や貸しテント屋が公認場同然に営業していると新聞に出ていたが、その新聞の写真をよくみると、大半が半オンナである。自動車で乗りつけてくるという。

むかしは、川泳ぎなどはこどものするもので、威勢のいい若者のやるものではなかった。いまは精神年齢がさがったのかいいオンナが晴れやかに禁止地区で水あそびするものだから、こどもがそれをまねる。ギセイが出るのは、たいてい、まねたこどもの例である。

ガタロどもが川筋で威をふるっていたころには、こんなことはなかったろう。こどももキオンナも、ガタロにはふるえあがったものだ。不便になったものである。

司马辽太郎的日本战后民族主义——以其记者时期的思想为中心

1962年8月8日

コレラの今昔
死にかかった初代英大使

　コレラというのはインドの病気で、このバイキンはいつでもインドにいるそうだ。　それがなにかのはずみで海をわたり、ときに世界中に流行する。

　日本で歴史小説でコレラをあつかった小説をまだ読んだことはないが、安政五年(一八五八年)の江戸での流行というのはすごいものだった。　二十万人が死んでいる。

　江戸の人、斎藤月岑の編んだ「武江(ぶこう)年表」によると、その凄惨さがわかる。

　七月(旧暦)の末のころより都下に時疫行なわれて、芝の海辺、鉄砲州、佃島、霊厳島のホトリにはじまり、家ごとにこの病いにかからなかった者はない。　八月のはじめからいよいよさかんになり、路頭にはいつくばって死ぬ者もある。　このころ魚類を食えばこれにあたって死ぬといわれ、このため漁師、魚屋が大いにさびれ、逆にタマゴ、野菜の値があがったが、とくにもうけたのは、カンオケ屋と寺院だった。　各所で死者を焼くためにそのにおいはたえがたかった。　九月すこしくおさまり、十月になると、やっとやんだ。

　このときのコレラは、多くの天才の命をもうばっている。　画家では浮世絵の一立斎広重、作家では山東京山、講釈師の貞山、音曲のほうでは清元延寿太夫、三味線の杵屋六左衛門などがそうだ。　もっとも、広重は六十二、京山は八十八だったから定命ではなかったが。

　安政六年、ふたたび流行した。　当時、日本は鎖国した当座で条約国からそれぞれ使臣がきていたが、英国初代駐日公使ザフォード・オールコックは、さして日本人に好意をもっていない人物だったから、この流行をとくに不快に感じている。

　不快だけでなく、オールコック自身が八月二日の晩に感染してしまい、死の一歩手前でこの世へ引きかえした。

　かれの著書「大君の都」によると、コレラがなおってからの九月、幕府の老中たちとの会見のために仮公使館の東禅寺を出、行列を組んで脇坂淡

路守宅の上屋敷へ行った。

　それでかれは、二人の老中と七人の外国奉行にあったのだが、あいさつはコレラからはじまる。

　脇坂淡路守が、

　「暑い日中の道中がさぞ長かったことを案じるとともに、貴下が先日のコレラ(そのころの日本語では、コロリ)で死なず、暑さその他の悪条件にもかかわらず、期待どおりに健康を回復され、無事にお目にかかることができてうれしい」(訳文・山口光朔)

　いかに安政のコレラ流行がたいへんな騒ぎだったかがわかる。当時開国早々だったから外国人にとっては日本での印象はコレラだったかもしれない。

　しかしそれ以前の日本は鎖国だったから、国際的な伝染病からまもられてきた率がおおい。伝染経路は、中国、オランダのみに対する唯一の開港場だった長崎から、はいってくる程度であった。オールコックが日本のコレラにはらをたてたのはおかどちがいで、安政のとき国をひらいてからコレラがはやったのは、おそらく外国人がもちこんできたものだろう。「夷狄(いてき)とつきあうから天罰でコレラがはやって人が死ぬのだ」という攘夷論さえあった。いまから思うと、ひどく科学的(?)攘夷論である。とにかく、コレラはいやだ。これがはやると、日本の対外貿易は一時期でも潰滅するだろう。国家がうける損害、これほどはなはだしいものはない。国をあげて防疫に熱中しなければならない。

司马辽太郎的日本战后民族主义——以其记者时期的思想为中心

1962 年 8 月 17 日

萩の宿
古い城下町の女

　先日、調べることがあって、山口県の萩山へ出かけた。
　萩は毛利家累代の城下町で、明治維新の揺籃（ようらん）の地でもあるのだが、廃藩置県ののち、都市としての発展がまるでストップしてしまったような町である。
　武家屋敷が残っており、まだ人がたくさん住んでいる。市内に交通信号は一か所しかなく、町でめだつほどの煙突はあわせて三本あるのだが、いずれも銭湯のそれで、工場というのは一棟もない。雲が美しく、町は洗われたような清潔で、古雅で、まるで封建時代の城下町をビンヅメにして保存してあるような都市である。
　高村さん、というのが宿の係りの女中さんだったが、年頃は五十五、六で、大阪の城下町の住人にだけみられる典雅さと明るさをもった人で、身ごなしや言葉のはしばしにどことなく三百年の都市文化というものを感じさせる。こういう人からみれば、風景の変遷の激しい大阪、東京の人種などは、ひょっとすると大田舎者ではないかともおもわれる。つまり、いわゆる都会人などは、着ているものがそのもの流行服というだけのことで、中身には、厳密な意味での文化の折り目がついていないようにおもわれるのだ。
　この人は、萩から一度も出たことがないという。極端な出ぎらいらしい。宿から三丁むこうへ行くのもいやだ、という。
　「女学校を出ました十八の娘に、家が近所でごぜますから、宿の主人がやってみえて、高村さん一週間でいいから電話の交換をしてくれ、と頼まれたのでごぜますよ。ところが、一週間たって家に帰ろうと思いましたら、もう二日たのむ、その二日が過ぎてまた帰ろうとすると、たのむからあと十日いてくれ、などといわれて、ずるずる四十年居ついたんでごぜますよ。なんとまあ、われながらのんびりしたはないでごぜます」
　旅というのは、こういう人にめぐりあうのが楽しみの第一である。
　女学生のころから鈴蘭の花がすきで、一生の望みは、六月に北海道の野へ行って、鈴蘭が野にいっぱい咲きみだれているのを見たいというだけだ

という。そのためにお金も貯めているし、その鈴蘭の情□を夢想すると、いまでも涙がわいてくるという。
「旦那さま、こんど北海道へいらっしゃるとき、ぜひ連れて行ってくだせましよ」
　私はつい本気にして、
「では、来年の六月に大阪からよびますからきっと行きますか」
　というとたちまち尻ごみして、飛行機がいやだとか、汽車なら大阪までとてもこわくて行けない、とか苦情をいう。要するに、萩を出るのがいやで、こわいのである。
　私はただ一泊しただけの客だったが、発つとき、涙をためて送ってくれた。いまどき、こういう人が生きている。というだけでも、暑いながら私は萩まで来てよかったとおもった。
　まったく、この欄に紹介するには、あまりにも「反世相」的なはなしで恐縮だが、都会の薄っぺらいアンチャン文化だけが世相でもなく文化でもないと思うのである。
　世の中には、いろんな人がいる。週刊誌の中間読物にのっている連中だけが日本を構成しているのではない。日本の社会は、これはこれで、じゅうぶんにぶの厚さをもった社会だということを、わざわざ長州萩まで行って知らされた。

司马辽太郎的日本战后民族主义——以其记者时期的思想为中心

1962年8月22日

鉄砲と自動車
昔の若者はこれで泣いた

　だれに話しても実われることだが、私どものその仲間たちは妙な集会に春秋二回、出席することを義務づけられている。
　念の入ったことにその集会は各地に散在している仲間の便宜のために、東京と大阪でひらかれているのだ。いつも、二十人ばかりは集まる。
　兵隊のころの同窓会である。私どもは、学徒出陣のときに兵隊にとられ、満州の四平にあった陸軍の戦車学校で、小隊長としての速成教育をうけた。死んだ者もあるが、大半は運よく生きてもどった。
　「あのころは、ひだかったなあ」
　「もう一ぺん、あんな目にあわされるなら、おれ、首つって死ぬわ」
　などいうことをなげき合い、楽しみそうだけの会というだけで、ほかになんの内容もない。ただ二十年を経ているために、当時紅顔であったこの仲間たちの肉体条件がひどくかわり、たとえば頭髪がなくなる者があったり、早くも血圧が昂(こう)じている者があったりするのを見聞きすることだけが楽しみである。つまり歳月をサカナにして飲むだけの会である。
　そのなかに作詞家の石浜恒夫君もまじっているが、先日の会でふと、
　「よう考えてみたら、この中で一人も、いま車を運転しとるやつ、おらへんな」
　といった。
　なるほど、いない。
　「おらんはずや。あら、苦のたねやったさかいな」
　操縦が一番にが手だった男が、いった。たしかに苦のたねだった。初年兵に入ってから復員するまでのあいだ、戦車と自動車のためにどれだけ泣かされたかもしれない。もう二度と手にふれたくないといった気持ちは、みんなもっている。
　鉄砲もそうである。
　戦前に旧制の中等学校を出た人は、学校教練というものをやらされた。重い三八式歩兵銃や軽機関銃、擲弾筒(てきだんとう)をまたされ、さん

ざんに野っぱらをかけまわされ、いやな目にあっている。だからこそ軍事教練時代には、若い者のあいだにガンブームなどはおこらなかった。

むろん、ネコもシャクシものぼる登山ブームもなかった。なぜといえば、ああいうものは野外教練でさんざん似たことをやらされて、憎悪以上のものになっている。ハンゴウ炊サンなどは、いまでも私は写真をみても身ぶるいする。

ちかごろの大学生のあいだで、もはやそれが大学生活の主要条件のようにさえなっている。自動車、登山、鉄砲いじり、などに対して、戦前派や戦中派の眼が、わりあい冷淡なのは、軍隊や学校教練のにがい思い出があるからだろう。

まったく、日本のオトナたちは、あわれな青春をもった。鉄砲をいやいや射って射ち飽いてしまったし、自動車といえば、エンストを起こして死ぬほどなぐられた悪い思い出しかもっていない。

自動車や鉄砲や山登りのどこかがおもしろいのかと私はおもうのだが、これは体験のちがいである。われわれの時代には、それらの機械に国家の権力がのしかかっていたがいまの連中はまったく自由である。自分で求めてやることなら、何をやってもおもしろいにちがいない。

それでも、あまりの気違いじみたこれらのブームに、つい腹が立つことがある。

腹だちまぎれに、

「あの連中のために学校教練を復活してやったらどうだ」

といいたくなる。むろん、それをやれば、あすからブームは終息する。それでなおかつ鉄砲をもって鳥撃ちなどに出かける男があったとしたら、よほど残忍な人物にちがいない。

1962 年 8 月 29 日

この娘を見よ
父が療養者ならいけないか

　だれだって、病気はしたくない。　しかし、病気というものが、ときには社会的範ちゅうを受けることを、ちかごろ知った。
　私の知りあいに関屋幸男という人がいる。　めずらしいほど顔のいい人なのだが、この人は学校を卒業する直前に結核になり、就職できなかった。
　かれ自身も不幸だったが、かれの頭脳を参加させることができなかった社会も、損失だったと私はおもっている。　数年して多少働けるようになり、ほうぼうの中小企業の経理を見てやることで生計をたてはじめ、やがて結婚し、それでもこどもが二人うまれた。　いずれも、娘である。
　そのころ、兵隊にとられた。
　やがてシナでマラリヤにかかり、その衰弱がもとで、復員してからふたたび肺を痛め、数年療養した。　療養しながらもいくつかの会社の帳簿を見ていたために生活にはこまらなかったが、当人よりも奥さんのほうが大変だったろうと私はおもう。　奥さんにとっては、結婚してからの大部分が亭主の健康を心痛することで明け暮れた。
　最近、また羽曳野の療養所に入所した。　それほど悪くなかったらしいがもはや自分の結核と古なじみになっているかれは、すこし調子が変だと療養所に入ってしまう。　医者も
　「持病ですか」
　「一生、健康体にはならないかもしれないが、大事にしているかぎり健康人よりも長生きするかもしれませんよ」
　そうなぐさめているらしい。
　生活もさほどにはこまらない。　右の次第で療養中も帳簿を見ているからだ。　それに、かれの半生は病気むしろ常態であったために精神的にも強靭（きょうじん）で、「おれはこういう一生なのだ」
　と、じつに明るく暮らしている。　開きなおってその不幸にアグラをかいてしまうしか、しかたのない人生なのである。　覚悟というのは、おしゃかさまのいうサトリのことだが、私の周囲でかれほど覚悟のすわった生

活人をみたことがない。

　とにかく、いままで、その覚悟とその注意ぶかさと、そして奥さんの援けで、一家をなして二十年、なんとか、すごして来れた。

　ところが、伏兵が待っていた。

　娘が、成人したのである。

　来春、高校を出る。きりっとした利口そうな顔の娘で、父親似で顔がいいうえに父親に似ず健康だし、心映えも明るいのだが、どこの会社の入社試験をうけても、最初の家族調査か、最初の書類審査で落ちるのである。

　理由ははっきりしている。父が長年療養生活者だからである。わざわざそういう家庭の娘をとらなくても、ほかにいくらでも志願者がいる。おとしてしまう。

　一種の村八分である。かれは青春のころ、病気のために社会に参加できなかったが、このときは彼自身が働ける健康でなかったために社会から身を引いたのであって、こんどの場合はそうではない。ありありと社会がかれの病気に対して加えた制裁である。その家族さえも社会に参加することを、この社会はするどく拒否している。

　イギリスでは、どの事業所も、全従業員の何割かは身体障害者を雇い入れることを法律で義務づけられているそうだが、日本は身体障害者どころか、病人の娘だというだけで雇わない。その病人も、生き死にに関する病人ではなく、結核療養は今日ではいわば一種の「生活形態」というだけにすぎないのにむしろそれであるからこそ、娘は暗かろうと勝手に憶測して雇わない。

　これが文明か。

　とおもう。これほど、野卑で野蛮で恥知らずで不人情で無知で気狂いじみていて、てめえだけが涼しい顔の人間の寄せ集めの集団を、今日の文明の概念では社会とはいわない。それが、日本なのだ。私は日本をかぎりなく愛しているが、こういう現実を知るとさむざむとしてしまう。

　娘は悲しみながらも、そういう娘でも雇ってくれる社会はないかとさがしている。これが世相とすれば、みなで寄ってたかって足げりにして火をつけて燃やしてしまうことだ。日本の社会は、われわれおたがいの社会だということをわすれてはこまる。

司马辽太郎的日本战后民族主义——以其记者时期的思想为中心

1962 年 9 月 5 日

布施と十三
町の盛衰

　大阪ではむかし、尼崎落ち、十三落ち、布施落ちということばがあったそうである。
　市内で商売をしていて失敗をすると、尼崎、十三、布施に落ちのびたそうだ。つまり、大阪の平家村のようなものである。そこで何年か安い家賃で辛抱し、機が熟すとふたたび市内にのぼってきて商売の旗をたてる。それが、大阪ふうな土根性だったのだろう。
　尼崎のことはよく知らないが、終戦直後今里から布施にかけてあるいてみて驚いたことがある。町じゅうが活気にあふれていた。あれほど活気のある町の光景を、私はその後もみたことがない。
　この時代は、大阪が二度の大空襲でやられて瓦礫（がれき）の町に化していた。布施だけが残っている。戦前の布施落ちとはちがい逆にいろんな商人が布施へのぼってきた。このまま商都大阪が廃都になって布施に遷都するのではないかとおもうほど、この町だけがいきいきしていた。
　しかし大阪が復興するとともに布施の発展はやや頭うちになった。が、かといって戦前の平家村にもどるのではなく、別の布施になり、繁栄をつづけている。
　町というものはふしぎなもので人間の歴史のように盛衰するものであるようだ。
　十三が、いい例である。
　戦前の十三が記憶にある人は、いまの十三の繁栄をみておどろくだろう。まして江戸時代の十三は一望の葦と稲の原で、西国へゆく街道の渡し場があった。宿場というほどのものではなく、渡しをわたる旅人のための腰掛け茶屋のようなものが数軒あった。むかしは街道すじの茶屋ではかならずつきたてのモチを売っていたから、いまも十三にある「きやす」の酒マンジュウなどは、そこから発展したものだろう。
　「布施の発展はいちおう停滞期」にはいったが、十三などは、将来新大阪駅ができたりするとどれだけ発展するかわからない。
　いまでも、ひとの話では、阪急十三駅での乗り換えをふくめた乗降客

は、終着駅京都や神戸よりも大井という。江戸時代の渡し場、大正時代の落人町、とほうもない発展をとげたものである。

あまり発展が急速だったために、じつにややこしい町になってしまった。またナワ張りが確立していないのか、やくざのナワ張りあらそいによる殺傷沙汰が多い。私は、駅前のすし屋さんに案内してもらったのだが、

「この辻は、猟銃ぶっぱなし事件があった所です。うたれた男が、よろよろあの軒まできてがっくり死にました」

と、じつに気味がわるい。

「ああ、あそこですよ、拳銃乱射事件があったのは。そのときは、この辺の店はみんな雨戸をおろしてましたな」

冗談じゃないよという感じだ。まるで十八、九世紀のアメリカである。これから大阪の一中心になる大事な町だから、市民も警察もやくざのおじさんたちも、力をあわせていい町にしてもらいたいものである。

司马辽太郎的日本战后民族主义——以其记者时期的思想为中心

1962 年 9 月 11 日

村の恩師
同窓生、オトナ面忘れる

　私どもが大阪難波第五小学校というところにかよっていたころ、四年生のときに受け持ちの先生がやめられた。
　富田栄太郎というひとで、いまは八尾市になっている志紀村田井中という在所から、関西線で通勤されていたのだが、ある夏、他の学級の生徒たちが水泳にゆくというので、他の先生たちとともに付き添うて行かれた。
　そのとき、不幸にもこどものひとりが水死した。富田先生は学級の受け持ちではなかったが、同行した先生たちのなかでたまたま最年長だったため、引責辞職された。いまなら、
　「なに、やめる必要があるものか」
　というところであろう。そのころの日本人というのは、ずいぶんと諸事□祈りのついたものであったらしい。
　その後、この先生は在所で、詮をして三十年をすごされ、いまは七十四歳になられる。
　いまでもクラス会があって、いつのときでもわざわざ中河内の在所から出てこられるが、ことしは、
　「大阪まで出るのが面倒だから、こんどからわたしがごちそうしてあげる。私の家まで来るように」
　と、当時の級長に命じられた。
　われわれも、すでにいい年になってしまっている。この年になってもなお、小学校の恩師の厄介（やっかい）になるのはどうも□のようで気がひけるが、級長のK君が、
　「あの先生の前では、われわれオトナ面もでけへん。ひとつ甘えったれておごってもらおうやないか」
　といい、みんなが賛成した。
　先日、そういうことで、あつまった新聞記者をしているS君などは、わざわざ名古屋からやってきた。
　映画のフィルムを売りあるいているN君などは、四国での出張仕事を早目にきりあげてやってきた。

行ってみると、田井中の村のまわりは、私のこどものころとはすっかり変わったが、村そのもののたたずまいは、あまりかわっていない。
　富田家は、江戸時代、宗門改帳（戸籍簿）を大津の代官所から保官させられていたというから、土地の庄屋だったのであろう。
　いまでも多少その面影の残った古いたてもので、広い屋敷に、先生老夫妻がただ二人きりで住んでおられる。
　「ようきたな」
　といわれたとき、みなこどものようにぶきように頭をさげた。
　私などは物覚えのわるいこどもで、しかも行儀がわるく、いたずらばかりしていたから、つい、いまでも先生の前では行儀がわるい。
　だから出されたビールを何度もひっくりかえしたり、こぼしたりしたが、そのつど、
　「いいよ、いいよ」
　とにこにこといわれる。むかしからやさしい人で、こどもをしかるということがあまりなかった。しかしなんとなく、こどもはこの先生を畏（おそ）れた。
　ふしぎなもので、いまでも、教え子たちは先生の前に出ると、むかしにもどってしまう。
　「O君」
　と、先生はその人物のほうをむく。
　「いま、なにをしている」
　「はい、商いをしています」
　まったく、むかしの生徒だ。
　「なにを売っている」
　「自動車の部品を売っています」
　「もうかってるか」
　「はい、あんまりもうかりません」
　こういう調子である。ずいぶん商売で人をだましているはずなのに、恩師の前に出ると少年のようにういういしくなる。妙なものである。

1962年9月19日

山やくざ
人口過剰の悲喜劇

　私は、吉野、□野の山岳地帯がすきで、少年のころ、叔父に連れられて大峰山に登って以来、すっかり病(や)みつきになった。
　学徒出陣で兵隊にとられることになったときも、とても生きて帰れまいと思ってこのあたりを徒歩で歩いた。
　山を踏みわけるようにして、やっと日暮れに山間の村にはいると、村の人は、
　「どこへゆく」
　ときいてくれる。
　「もう寝るだけです」
　「どこで寝る」
　異常な親切さである。川原でも野宿しようかと思う、と答えると、
　「うちの納屋(なや)で寝ろ」
　といってくれる。私は乞食(こじき)のような作業服をきていたから、きっとそういう者にまちがえられたのだろう。
　人情醇厚という言葉が、文字どおりあてはまるところだった。
　なにしろ、猫のひたいほどの平地もないところで、家は、山の傾面に、鳥の巣のようにかけられている。
　十津川村などは隣家へゆくにも一里あるというほど人口密度の希薄なところだが、それでも村の面積だけは、旧東京市とおなじほどあるという話を聞いた。
　秘境というべきところだが、そのわりにこの地の人は中央の政治的変動に敏感で、吉野朝時代から明治維新にいたるまで、いわゆる十津川郷士が歴史の本舞台に登場している。僻地(へきち)のわりには、日本史的なロマンにみちた土地なのだ。
　ところが、先日、この土地を踏査してきた友人にきくと、電源開発がすっかり進んで、秘境とされた十津川郷も北山郷も、すっかり様相がかわってしまっているという。
　いたるところにダムができ、二級道路が走り、山林道路はどんどん伸び

付録　資料集

ている。
　「秘境どころか、大阪の郊外や」
ということだった。
これには一驚した。
　「山奥に、バーまであるぜ」
　むろん、工事場の労働者相手のあいまい酒場だが、そういう女性もいる。
　「それどころか、大阪、三重、名古屋あたりからヤクザまで集団的にはいりこんでいるわ」
ときいていよいよ驚いた。かれらは特殊酒食家に結びついてはいりこんでいるのだというのである。
　しかもあまり雑多な系統がはいりこんでしまったために利害争いがはげしくなり、そういうけんかが絶えないという。
　むろん、かれらは地元の人たちには何の利害関係もないからそこから利益をしぼるわけにもいかず、飯場の労働者は酒場の大事なお客だし、しかも武力的に？労働者集団のほうが強いからうかつに相手にできない。結局かれらのけんか相手は、もっぱら同じやくざだというのだ。つまり、あまり多勢はいりすぎて生存競争の問題になっているというのである。
　まったく、やくざが銀座や道頓堀だけでなくとうとう奥山まではいりこんでしまうならば、これもやはり人口過剰の悲喜劇のひとつだろう。

司马辽太郎的日本战后民族主义——以其记者时期的思想为中心

1962年9月27日

変な置き物
この不便なもの「テレビ」

　その日、周防町通りで散髪をしたついでに、心斎橋筋を歩いてみることにした。たいてい、散髪の帰りはそういうコースになる。
　すると、ある店のショーウインドーに、ひどく小さなテレビ受像機がかざって、
　「これがテレビか」
とすっかり感心してしまった。
　心斎橋筋の北のはしに、私の外国のころの友人が、本屋をやっている。但馬から出てきた男で、外語を六年もかかってしかも卒業したという豪傑である。
　その店で、私はたったいま見た小型テレビ受像機のはなしをしてやると、
　「お前は時代小説をかいとるさかい、えらい世の中にうとうなっとるなあ。あれがいま有名なソニーというもんや」
　「そうか」
　その日、やっかり、私は買ってしまった。買ってみると、ちょうど小型のつけ物石ほどの大きさのものだから、机の上におくことにした。
　なるほど置いてみると、ふつうのテレビ受像機のあのミカン箱のようなどろくささがなくて、ひどく風切りのよさそうなかたちなのである。もっとも、テレビ受像機が風を切る必要はないのだが。
　（これは花ビンがわりになるわい）
とおもった。さっそく机の上の置き物を一つかたづけて、それを置くことにした。
　ところが、最初の一日は、それをつけたり消したりして楽しんでいたが、だんだんばかばかしくなって、その後半月ほど、置きっぱなしになっている。
　じつをいうと、私は、錯覚していたらしい。
　けっして、井深大氏の偉大な発明品にけちをつける気はないし、この受像機のおかげでわれわれ日本人は、ずいぶんと外貨をもうけさせてもらっ

ていることも十分に知っているのだが、これほどのテレビ受像機でも、いまのテレビ放送会社の番組みしか受像しないということに気づいて、ばかばかしくなったのである。
　その後、また散髪がえりに心斎橋の本屋に寄ったとき、そのことをいうと、
　「あたり前やないか」
　と、笑われた。
　私は、正直なところ、野球や角力（すもう）にあまり興味がないのだ。阪神や巨人やとさわいでいる人間をみると、すこしこの人たち頭が変なのではないかとおもってしまう。
　「せやけど」
　と本屋のM君はいった。
　「せやけど、テレビでは野球や角力ばかりもやっとらんでえ。　ドラマもあるでえ。　そういや、お前の原作のもずいぶんやっとるやないか」
　それも、ついぞみたことがない。　自分の原作のは、すじを知っているから、見たところでなんの興味もないからだ。
　「せやけどお前、テレビも、ええの、やるときあるでえ」
　と、M君はいうのだ。　たしかに見ごたえのあるものを見た記憶もある。
　しかし、そんなものはわずかで、どうも私の印象では、いつもチャンネルをひねっても、島屋にクビを締められて騒ぎたてているニワトリみたいな歌謡曲うたいばかり出てくるようで、しかもあれを聞いてしまうと、あと二、三時間仕事ができなくなるのだ。
　「そらお前、努力が足らん」と、M君はいった。
　「朝と晩に、よう新聞のそういった欄をみておいて選んでおいたらええ」
　「なるほど」
　しかし私の一日の覚醒時間は十五時間ぐらいしかないのだ。　そんな不便なものとつきあっていられない。　だからいまだに卓上の道具は沈黙したきりなのである。

司马辽太郎的日本战后民族主义——以其记者时期的思想为中心

1962 年 11 月 1 日

えらいやつ
T君の硬骨

　この大学ラッシュの時代に、料によっては先生数人に学生数人という私学がある。　京都の大谷大学がそれだ。　東本願寺がつくっている僧侶の育成機関だが、一般の学生もときどきはいっている。　女子学生もいる。　国文科や史学科など、一般大学とおなじ科があるからだ。
　この大学の学監の竹田淳照氏が私とふるい知りあいで、先日も、
　「おもしろい学生がいるんですよ」
　といった。
　T君としておこう。　今年の卒業生で、去年、旧財閥系の大会社に受験し、いい成績で学科試験は通った。
　ところが、面接試験になってから、担当の重役さんが書類をのぞきこんで、
　「なんだ、大谷大学といえばボーズの学校じゃないか。　そんな学校を出て、この会社につとまるかね」
　といったから、T君、大いに憤慨し、
　「おっしゃることが解（げ）せません。　この会社では卒業学校によって人間を差別することになっているのですか。　第一、日本でも最も古い私学の一つである大谷大学の歴史、内容、現状もご存じなくて、そんな大学を出て当社につとまるかとはなにごとです。　よくわかりました。　そういう会社だとわかれば、私の大事な一生を賭（か）けるわけにはいきません。　もし採用してくださってもおことわりします」と退場してしまった。
　おどろいたのは、会社のほうである。　日本の青年のすべてが就職乞食のようになっているとき、こういう骨っぽい青年はめずらしいし、それに「傭（やと）われる」というより、「自分の大事な一生を賭ける」といった能動的な精神がうれしい。　会社が求めているのはこういう青年だ、ということでT君を合格と決め、国もとへ採用通知を出した。
　ところがT君である。
　いよいよ憤慨して、
　「あのとき、きっぱりことわったじゃないか」

と、会社に採用はいやだという旨の返事を出した。会社のほうではいよいよおどろき、
「これは大変な男だ」
と、人をやって説得に行かせたが、Ｔ君は動ぜず、ついにＴ君の恩師を動かしてやっと入社してもらうことになった。
Ｔ君の硬骨もさることながら、たかが青二才の新卒生に対しそれが人材とみれば三顧の礼をもって遇したこの会社もみごとというほかない。発展する会社とは、こういう会社のことをいうのだろう。
Ｔ君も、会社が期待したとおり、非常な才幹のもちぬしで、かれがいったとおり「一生を賭けた」ような執務態度だそうだ。
「若いやつには、びっくりするほどえらいのがいますよ」
と竹田学監がいう。なるほどえらいやつがいるにちがいない。またこういうえらいのがどんどん出てくれないと、世の中は面白くないのだ。

司马辽太郎的日本战后民族主义——以其记者时期的思想为中心

1962 年 11 月 9 日

無線アンマ
「宇宙アンマ」とハナ高々

　城崎の宿でもみ療治をたのむむ頼んで二分もたたぬまに、
　「ごめんやす」
と、屈強の偉丈夫がはいってきたのにはおどろいた。
　「早かったねえ」
　「いや、なに」
　もう、私は横にころがして肩につかみかかっている。
　ふとみると、その偉丈夫のひざもとにトランジスタラジオのようなものが置いてたったので、
　「なるほど、音楽でもききながら療治をするというわけか」
　「音楽やおまへん」
　「すると、落語でもきくの」
　「いや、この器械はラジオやおまへん」
　「何や」
　「無線電話通信機だす」
　「ふうん」
　私は、枕ごしにそのくろぐろとした小さな器械をしさいにながめた。
　なるほど、ヒマラヤ登山隊などがもっているあれである。最近では、登山隊長がこの携帯通信機で隊員を指揮できるために非常に楽になった。現に、この六月、京大登山隊がサルトロ・カンリを征服したとき、この無線機が非常に役にたったという。
　自衛隊の斥候などももっている。少々本隊から離れても、指揮連絡が可能なのだ。指揮の機械化のゆうたるものである。
　それを、アンマさんがもっている。だから驚くにたえたことである。
　「城崎ではみんな持ってるの」
　ときくと、
　「よそは知りまへん。わしとこのクラブ員は、みんなです。クラブ員は二十人いますが、入会するとき、自弁で買います。たとえばいまこの旅館がおわった、となると、すぐクラブの事務所へしらせる。クラブで

はうけとっている仕事を折りかえし教えますから、そのまま次の仕事場所へ直行できます。時間にムダがないさかい、この通信機代ぐらい、すぐ浮いてきます」
　（無線装置つきのアンマやな）
　タクシーだけではないかと感心した。
　「商売だけやおまへん」
　と、そのマッサージ師がいう。
　「カンのわるい仲間などが、よう人通りのない夜道を歩いていて土堤からころがりおちたりします。そんなときは、さっそくこれで、いまどこそこで落ちたから来てくれ、といいます」
　「事故防止にもなるわけやな」
　「そうです。えらいもんだっしゃろ」
　「えらいもんや」
　「まだ便利がおます。ときどき女房の声がはいってきて、今夜は夜食がいるか要らんか、なんていよります」
　「奥さんのヒモがついてるわけやな」
　「まあ、鵜（う）飼の鵜みたいなもんだッさ」
　「鵜でもあるまいけど」
　「いや、鵜は鵜でもモダン鵜というとことだすな」
　「無線操縦の鵜か」
　「そうだす」
　大得意で、
　「ひとつ、役場でこれを城崎の宣伝に使うてもらおうかと思うてます」
　「どう宣伝するねや」
　「宇宙アンマ、ちゅうのはどうだっしゃろか」
　「城崎名物宇宙アンマか」
　「肩のこりがようほぐれまっせ」
　「そやろか」
　このアイディアは、あまり感心しなかった。

司马辽太郎的日本战后民族主义——以其记者时期的思想为中心

1962年11月16日

戦車と貿易自由化
池田さん、大丈夫ですか?

　いまから十九年前の十二月、私は当時兵庫県加古川の奥の□野ケ原に屯営していた戦車第十九連隊(その後、比島方面で戦没)に入隊した。
　その初年兵時代に、教官が、
　「戦車の砲□をヤスリで削ってみろ」
と命じて、その鋼板の固さを認識させた。むろん、傷もつかなかった。
　当時、国産で戦車を生産しえた国は世界でも六、七か国で、なるほど日本の実力も大したものだと思った。とくにディーゼル・エンジンの心臓である三菱製の噴射ポンプの性能は世界一だ。
　「お前たちはこんな戦車に乗れて幸福だ」
と、教官はいった。
　ところがその幸福な戦車のネジをスパナで□めあげると、スパナがすぐあまくなって使いものにならなくなった。
　(戦車は幸福でも、日本の工具は不幸だな)
とおもった。
　しかし、おなじ工具でもシンガポール攻略のときに分捕ったという英国製のものを使うと、すこしもアマクならない。そこで初年兵の一人が、
　「工具は英国のほうが幸福でありますな」
と教官にいい、あとで下士官から死ぬまでなぐられた。
　この九七式中戦車というのは昭和十三年、日本軍がノモンハンでソ連戦車にさんざんやられたあとに出来たものでマレー攻略戦に使用され、英軍の装甲車などはブリキかんのように踏みつぶされた。
　が、それも一時のあだ花で、アジアの全戦場にアメリカの戦車が出まわりはじめたころには、手も足も出なくなった。
　当時、米軍のM4式中戦車などは怪物のようなもので、備砲、装甲とも、日本の「幸福戦車」とは格段の差があった。
　このM4式中戦車が出現した瞬間から、日本の戦車などはクズ鉄砲同様になったといってもよかった。かといって、それを新型にかえるような資

材も生産力も、日本にはない。
　もっとも、この「幸福戦車」は、アメリカの軽戦車(M3型)にさえ負けた。豆腐をハシでつつくようなもので、むこうから射った弾丸がどんどんこっち側の装甲を貫通するわりには、こちらの弾丸は、いくら射ってもむこうのほぼ同じ厚さの鋼板をつらぬけなかった。鋼質のちがいである。
　この豆腐戦車が、日本陸軍の敗戦までの主力戦車であった。
　私が三度目に所属した部隊が、当時東満国境にいた戦車第一連隊で、これが終戦直前に内地防衛ののために移動し、関東地方に配置され、米軍が相模湾に上陸してくる場合の迎撃用の戦力となった。
　あるとき連隊に大本営の少佐参謀がやってきて、八十両の中戦車の威容(?)を見、
　「すごいものだ」
　と感嘆した。
　すごいのはこの少佐参謀の頭であった。日米戦車の性能表を一見すればわが戦車は豆腐よりも劣るということがわかるはずだのに、しごく楽天的だった。当時われわれ戦車隊員は、一兵にいたるまでその点で虚無的になっていた。しかし、この大本営参謀の楽天ぶりをみて、こんなのが日本の作戦を指導しているのかと思うと、いっそう悲観し、早く米軍戦車の弾丸にあたって死にたいと思った。
　最近、タクシーに乗るにつれて、このころのことをよく思いだす。
　私は経済の音痴で、貿易自由化のことなどは何もよくわからないが、果たして日本経済の最高作戦指導者(そんな機関があるのかどうかもしらんが)は、日本列島にぞくぞくと敵前上陸してくる外国製品に対し、どういう手を用意しているのだろうと思うと、あのころのことを思いだして命がちぢむ思いがする。
　池田さん。
　まさか、おたくは、あのときの大本営参謀みたいな楽天屋さんではあるまいな。

司马辽太郎的日本战后民族主义——以其记者时期的思想为中心

1962年11月23日

団右衛門会社
そっくりのイノシシぶり

　県南部に、樫井(かしい)という古い紀州街道ぞいの村がある。
　先日、このあたりに画室をもつ陶芸家のT氏を訪ねたとき、私はふと、
　「この村(新家)は、樫井に近いですか」
　ときくと、
　「近いです。案内しましょう」
　気軽に連れて行ってくれた。
　なるほど、行ってみると、かねて想像していたのとまるでちがう村で、大阪府下にも、まだこんな古格な味わいをもった村が残っていたのか、という感じだった。大和か、信州の村里に、どこか似ている。
　私の頭に、一片の古地図がある。
　この村は、元和元年豆ノ陣の古戦場なのである。というより、塙(ばん)団右衛門戦死の地といえば、よりわかりやすかろう。
　塙団右衛門というのは私の大好きな豪傑で、かれほど日本人の短所と長所を巨大にあわせもっていた男もめずらしい。
　見栄坊で、短慮で、しかもばかばかしいほどの行動力をもっている。
　この男は、ながらく浪人していたが、東西手切れとともに大阪城にやとわれ、兵隊格でいえば大隊長格になった。
　豆ノ陣の大阪方の最初の作戦は、いまの南海電車の標識を南下して和歌山城に拠(よ)る浅野勢を討つことであった。
　敵方の軍勢を繰りだした。
　それが、数千の浅野勢に、この樫井のあたりで敗れている。
　この日、大阪方の行軍隊形で、先鋒大将は岡部大学ときめられたが、同格の団右衛門大いに怒り、
　「わしほどの男をなぜ先鋒大将にせぬ」
　と、大将の大野出馬に詰め寄り、ついに容(い)れられぬとなるや、強引に先駈けした。
　岡部もおどろき、岡部隊と塙隊が、せまい紀州街道をひしめきあって南下した。

敵よりもむしろ、塙にとっては、隣隊の岡部の先(せん)を越すことであった(このことは、今日、国際市場の調査もろくにせずに、国内の同業会社間の競争意識だけでぼう大な設備投資をし、その設備がいまでは新品のまま未操業になっている日本の大メーカーと似ている)
　塙団右衛門は、敵情の調査などはしない。
　敵よりもむしろ、味方の同僚との競争意識があるばかりで、ただひたすらに紀州街道を駈けた。
　岡部大学も負けていない。
　ついに大将同士二騎だけの競走となり、さすが団右衛門は豪傑だけに勝った。
　勝ったときはあまり突っぱしりすぎたものだから、たった一騎、敵軍のまっただ中に駈け入ってしまっていた。
　そこが、樫井である。
　奮戦して討死し、武名を後世に残したが、このため大阪方は先鋒崩れのために敗退し、豆ノ陣全般の作戦に大きくひびいた。
　日本のメーカーは、塙団右衛門型の会社が多いというはなしだが、私はそういうことには無知だからいわない。
　この樫井の思いに行ってひどく感動したのは、塙団右衛門の墓が、よく掃除されていて、いつも村人の手による香華があがっている、ということだった。
　べつに団右衛門の墓が、俗な観光資源に売りだされているわけでもなんでもない。村人たちは、ここで愛すべき豪傑が死んだということだけで、四百年香華を絶えさないのである。
　人情地に墜(お)ちずと思ったが、ただし日本の会社が、過当競争のあまり団右衛門になってもらってはこまる。早いはなしが、新聞社だ。
　東京の大新聞か三つも人口稀薄の北海道に進出して食いあいをしているそうが。そういうはなしをある新聞社の人からきいて、
　「団右衛門は生きてやがる」
　と思っておかしかった。みんなが団右衛門会社になっちゃ、日本という最巨家はつぶれるよ。

司马辽太郎的日本战后民族主义——以其记者时期的思想为中心

1962年12月4日

ボーナス
どうも印象がキハク

　ある雑誌の婦人編集者がやってきて、あなたはボーナスをもらった経験があるだろう、という意味のことをいった。
　「ある」
　と答えたのは、私には勤めの経験が十数年あったからである。
　「どうお使いになりましたか」
　「さあ」
　覚えていない。
　「では、うれしかった思い出、それにちなむ変わった体験、その他はありませんか」
　「ちょっと待ってください。それはどういう企画なんです」
　「ボーナスの利口な使い方いついて」
　そんな企画なんだそうである。
　「それはあかんわ。お門ちがいですわ。私はそのほうの音痴で、お金に関する濃厚な思い出があまりありません」
　そういいながら私は戦後十四年ばかり勤めて、その間、ボーナスは二十八回はすくなくとももらったはずだが、なんの思い出もないことに気づいて、われながら驚いた。
　私は借金をしない主義だから、ボーナスをもってその赤字を補填（ほてん）し、ひさしい泥沼から解放された遊女の気持ちになる、というああいう気持ちも味わったことがない。
　服飾に凝（こ）らないほうだから、それをもって新しい服を調製した、という記憶もない。
　そのくせ、別に金持ちのおやじを持ったことはないから、月給ぐらいなのである。ボーナスは大いにありがたかったはずだ。
　（妙だなあ）
　まことに妙で、（おれはそんな記憶を喪失するほど金銭音痴なのか）とあらためて寒気がさす思いもしたが、ふと、
　「そうだ」

と、その編集者にいってやった。
「かえりみるに、おれは戦後十数年間、ボーナスといえるほどのボーナスをもらったことがなかったんや。どうも印象が稀薄（きはく）なのはそのせいにちがいない」
編集者はあきれて帰ってしまった。
なるほど、ボーナスというのは、やはり衝撃的な金銭でなければ記憶にも残らないわけで、私のような場合は、じりじり小銭を出して使っししまう。と、ポケットにはどれほども残っていないというのでは、あらためて感想などをきかれても答えるトッカカリがないわけである。
ここ数日、どの新聞をみても、「ボーナス」という活字が目につく。
「ボーナス胸算用」
「かしこいボーナスの使い方」
「最高は何会社の何万円」
などというぐあいだ。新聞やテレビの広告をみても、
「ボーナスでこれを買え」というような商品広告がめだつ。
かと思うと、
「ボーナスは貯金しろ」
というような銀行広告もある。世間はまるで現ナマ落でちているような錯覚をうける。
（なるほど、おれもボーナスをもろうた時期があったなあ）
編集者を帰してから、寝ころんだ。
（やっぱりたくさん買っておいたほうがよかったなあ）
ドン感でいっているのではない。
思い出のなさがきびしいのである。
世の経営者諸氏、かわいい社員の私に、こういうさびしさを味わせなさんな。

司马辽太郎的日本战后民族主义——以其记者时期的思想为中心

1962 年 12 月 11 日

作戦要務令
悲劇はもう一度おこる

　趣味道楽というものは才能がいるもので、私などは、酒座を愉快にする術をもたず、歌舞音曲はできず、運動神経はさして無く、書画コットウに執着できるほどの眼識がなく、人と勝負をあらそって十度に三度は勝てるほどのバクオもない。
　「君はなんのために生きてるのや」
　と、ときどき才能ゆたかな知人が、本気で心配してくれる。そういう人からみれば、よくよく貧困な人生を送っていることになるのだろう。
　たびたびそういわれると自分でも心配になってきて、自分ができる道楽はないかしらんと真剣に考えてみた。
　心身の健康保全のためでもある。
　家内は、歩け、という。家の近所をうろうろ歩けというのである。それしか能がなかろうというのだが、これには踏みきりかねている。犬ではあるまいし、人間というのはただうろうろ歩くだけで自然と愉快でシッポが振れてくる、というぐあいにはできていない。
　あるときふと思いついて、これならおもしろそうだ、という道楽をみつけた。その知人にいうと、
　「なんや」
　という。笑われるから内容はいうまいと思ったが、つい白状した。
　「大東亜敗戦史の研究や」
　これには友人は腹をかかえて笑った。
　「アホか」
　それは道楽ではないという。道楽の定義から遠く離れとる、という。道楽とは、当人の仕事とは全く無縁の場所で、発芽させ、育成させるべきものである、というのだ。
　「いや、こら無縁の場所や」
　私は、歴史時代を舞台にした小説をかいているが、大東亜戦争などを小説にするつもりはさらさらない。
　とくに陸軍をやる。アメリカの公刊戦史と日本の戦史とを比較し、な

ぜ日本が負けたかというのももう一度机上のゲームの上でやってみるのだ。日本の大本営と、アメリカの統合参謀本部との頭脳の良否や質の可否を、勝利という一点にしぼってやってみるのである。つまり名人戦の棋譜をたどるようなものだ。

しかし少々それをやってみると、だんだんはかばかしくなってきた。どの作戦をとりあげても、盲人が杖(つえ)をふりまわしてノミを遣っているようなもので、日本の大本営というのは、アメリカ軍というものについて何の知識もない。ノミだと思ってとびかかってゆくと実はダンプカーだったりして、無残にタイヤの下で轢(ひ)かれている。

どの作戦をとりあげても、その敗因をさかのぼってゆけば、こんな戦争をおこすべきでなかったという一点におちいってしまう。

一体、こんな戦争をおこそうとした将軍連のあたまを疑いたくなってくるが、これは将軍たちの頭脳の質がわるいのではなくて、かれらをつくりあげた教育がわるいのだ、とおもった。

旧日本軍の世界に冠たる実力は、小隊戦闘や中隊戦闘のうまさであって、それ以上のものではない。いいかえれば、将軍連は、せいぜい中、少尉の軍事教養しかなかったのではないかと疑われてくる。

さて、ながながとここまでかいてきたのは、あることをいいたかったあためだ。最近の「作戦要務令」ブームである。あれを読んで経営のタシにしようという空気が、一部の会社の経営者のあいだにあるらしい。

とんでもないことで、作戦要務令などは、下士官や下級将校の指揮法、心得などをかいたものであって、会社の経営者というのは、どんな小さな会社の主でも、軍隊でいえば一国の総大将なのである。大げさにいえば、世界史的な動向から発想して、自分の新作戦を考えるべきものなのだ。大東亜戦争当時の日本は、下級指揮官必携の「作戦要務令」しかポケットに入れてなかった将軍連に指導されたからこそ、ああいう悲劇の結末になった。

貿易自由化でどっと押しよせてくる世界の商品を前にして、作戦要務令的頭脳で勝負しようというのなら悲劇はもう一度おこる。

司马辽太郎的日本战后民族主义——以其记者时期的思想为中心

1962年12月20日

狸の分野
退屈がこうじると…

　先般、阿波の徳島へ行ったとき、土地に愉快な人がいて、
　「ちかごろは、世間が悪くなって、阿波の狸とももだませなくなったといっています」
　という。
　「狸がそんなことをいっていましたか」
　「いましたとも。げんに私の屋敷にいる狸も昨夜、物かげからじっと見ていますと、よほどヒマをもてあましているのか、キンタマのシワをぼんやりのばしていました」
　阿波の人は、人がわるい。本当かうそか知らないが、大まじめでいうのである。
　「シワなんかのばして、どうなるのかしら」
　「さあ、退屈だから、そんなことでもしているしか仕様がおまへんねやろ」
　阿波八百八狸といって、むかしから阿波には狸がたくさん住んでいる。徳島市の内外には、金長狸その他高名の狸のホコラが無数にあって、それぞれの命日には、ノボリが風にはためいて、なかなかにぎやかなものだ。
　この町に、アンマでは名人という老婆が住んでいる。又聞きだから真偽のほうはわからないが、この療治の名人は、いきなり客（ただし男性）の股間に手を入れ、そのホーデンのほうをつかんでゲッと垂下させ、二、三度キリキリとまわしておいて、ポンとはなす。
　これを数度やると、たちまち肩のコリがほぐれるという評判で（まったく、ばかばかしいが）東京のある大学の先生などは、驚嘆してその効果を触れまわっている。
　レジャー・ブームというが、人間まったくヒマになると、なにを考えだすかわからない。狸は自分でシワをのばしているが、人間はわざわざ他人に金をはらってシワをのばしてもらっているのである。
　「まったく退屈ブームだ」
　と感心してしまったが、人間は退屈がコウじてくると、いよいよ自分に

対する関心が病的になってくるものらしい。
　占いのブームなども、その一つだ。自分の性格や運命を他人に教えてもらって悦に入っている。
　いろんな健康療法がはやるのも、人間の強烈な自分への関心につけ入ったものだろう。
　ヨガの流行が、いい例である。
　本を読んだり、講習会から帰ってくると、すぐ変な体位で立ったりすわったりしているが、あれも狸にだまされているようなもので(失礼だが)常人の眼からみると、正気の沙汰(さた)とは思えない。
「むかしは」
と、その阿波の知人はいうのだ。
「ああいう人だましは、みな狸がやっていたものです」
　狸の分野だったそうだ。しかし狸はその職能を人間にうばわれ、ちかごろは人にも信用されなくなり、退屈のあまり、屋敷の庭のすみで自分のキンタマのシワをのばしたりちぢめたりして、薄ぼんやりしている。
「可哀そうすぎますよ」
　その阿波人はいう。
「世間では、動物愛護だとかなんだといってコウノトリの巣を作ってやったり、越冬ツバメをわざわざ温かい土地に運んできてやったりしていますが、狸のことははちっともかえりみてやろうともしません。人間が、かれらの領分を奪っておきながら、ですよ、あんまりです」
「どうすればいいんです」
「返しゃ、よろし。狸の職分をですよ、人間が狸にかえせばよろしおます」
　阿波人には阿波人らしい動物への愛情があるものだと感心した。

司马辽太郎的日本战后民族主义——以其记者时期的思想为中心

1962 年 12 月 28 日

ああ、わが社会党
そんな高い本は買いません

　昨夜、人も寝しずまった十一時ごろに、こちらは社会党です、という電話がかかってきた。　むろん、未知の声である。
　「社会党？」
　私は、自民党とも社会党とも、なんの関係もなく、その世界に知人もいない。
　「この夜ふけに、どんな御用です」
　「本を買っていただきたいのです」
　社会党というのは、非常に風変わりな政党だときいていたが、深夜に本を売るために未知の家に電話をかけるとは、おどろいてしまた。
　「ほんとうの日本社会党ですか」
　「はい。　日本社会党大阪府連事務局の○○です」
　落ちついた声である。
　「どんな本です」
　「なくなった浅沼書記長の伝記で、驀進（ばくしん）という題の本です」
　「いくらです」
　「三千円です」
　（阿呆）といいたくなった。　きけば、頁数はわずか四百頁だという。　せいぜい、三、四百円のものだ。　いくら悪徳商人でも、常識値段の十倍なんて暴利をむさぼるまい。
　「なぜ、そんなに高いんです」
　「遺族へのカンパもございますし」
　「遺族？」
　私の親類にも、戦争未亡人や交通事故による未亡人がたくさんいる。広い世間をみわたせば遺族だらけで、それからみれば浅沼さんの御遺族などは未亡人が国会に出ていて、われわれの税金でちゃんと暮らせているはずではないか。　その上なお、縁もゆかりもないわれわれが深夜に交渉を受け、十倍の暴利で読みたくない本を買わされねばならないのか。
　「著者はだれです」

「党の首脳部の方がお書きになりました」
「お書きに?」
なったかどうかは知らないが、その首脳部の類を道頓堀の角屋の舞台にならべて、とっくりながめてみたいものだと思った。
「私は、日本憲法で保護されている日本人ですからね。どの政党を支持してもいい自由をもっていますし、どの政党も支持しない自由ももっています。だから、買いません。また、もし社会党が憲法による立憲政党なら、深夜、平和な市民の安眠を妨害したり、不当な値の商品を納税者に売りつける権利はないはずですよ」
「いや、おっしゃることはわかります。ですが、その」
と、急に声の調子がひどくなって、
「府連としては、こまるのです。東京から千部おしつけられているのです。年末をひかえてこまっているのです」
「その東京というのは、日本社会党の書記局ですか」
「はい」
「府連というのは、大阪ですな」
「はい」
（可哀そうに）と思った。私は大阪人だから人情で大阪の局をもつが、その東京の社会党とやらば、なんという反常識な人間のあつまりだろうと思った。その連中が、本に三千円の値をつけて、しかも下部編集に売らせようとしているのだ。
「しかしあんた」
と私はいった。
「政治は、常識ですぜ。政治が常識をふみはずしたら、旧日本の軍部とか、ナチとかいうようなえらいことになりますぜ。文明社会で常識をふみはずした政治社会感覚は、それは悪漢の感覚ですぜ」
「はい」
「人類の敵、世界史的な敵ということになる」
「はい」
声が、小さくなってきた。私は、この声の持ち主が、世界史的な敵どころかたぐいまれな西人にちがいがいと思うようになった。
「差しでた口をきくようですが、その千部を社会党府連が何人手分けして売りさばいているのです」
「…」

「何人でやってるのですか」
「私一人です。 それでこまっているのです。」
「なるほど」
社会党府連とあれば、府、市会議員もたくさんいるはずだが、みな逃げ散って、いちばん善良な人だけが残ったのだろう。
「あんたは、いい人だ」
私も、だんだん涙声になってしまった。

1963年1月9日

煙霧へのノロイ
星がみえない

　私は胃腸だけはつよいとむかしから思っていたのだが、ちかごろ妙に食欲がなくなり、腹のゼン動がとまったような感じがして、
　（これは病気かな）
と、考えこんでしまった。お医者さんにきくと、まあ過労でしょう、とか、ノイローゼですよ、といわれる。
　そのうち、近所に住む同年配の友人が、おれもおなじ症状や、これは煙霧のせいや、と教えてくれた。私どもの住居は西区にあり、煙害のもっともはなはだしい場所のひとつである。
　その友人が、最近、叡山で一泊したところ、その日のうちに食欲が回復し、見るのもいやだったビフテキを、べろりと食べた。というはなしをきいて、
　（それが療法か）
と思い、その夜に私も六甲山ホテルに移ったところ、翌朝からまったく回復した。あれほどしきりと出ていたタンも出ないし腰痛もない。
　その日の午後から食欲も回復し、平素以上の大めしを食った。まったく人間のからだなど、たあいないものだ。
　むかし、住友の別子鵜山（新居浜）の煙突がしきりと亜リュウ酸ガスを吐きだして、付近の草木を枯らしたために精錬所を瀬戸内海の孤島に移し、さらにそれでも広島県側に煙害があるというので、とうとう化学的に処理していまでは、わるいガスは出ないようになっている。
　生産工場の側にそれだけの誠意が、あれは、というより国が、国民の生命をまもるために煙害防止のきびしい法律をつくりさえすれば、ある程度はふせげるらしい。
　とにかく、市中の植物はどんどん青色をうしなっていっている。
　植物も人間もおなじことだ。われわれの細胞も、だんだん生色をうしないつつあることはたしかである。
　六甲では星を見た。
　私にとってはひさしぶりの星見物で、

（あれは星や）
　と女房にいって笑われた。　先日、市立大学のある先生からきいたことだが、その先生の御子息が、この夏中学校から志摩のほうの臨海学舎に行ったという。
　そこで星を見、しかも天ノ川まで見て、もどってきてから、
　「天ノ川て、ほんまにあるやないか」
　といったという。　大阪の子にとっては、天ノ川は、もはやオドキ話の世界のものになっているのかもしれない。
　東京の煙霧もすごい。
　先日、築地の魚河岸（うおがし）のあたりを歩いていると、演舞場の煙突から、日露戦争当時の軍艦のような黒煙がもうもうとふきあがっていて、そのあたり七、八丁にわたって暗くなっていた。
　天日、タメニクラシ。
　というのは、漢文的誇張ではないことを知って、むしろ勇壮苛烈（かれつ）におもえた。
　が考えてみると、演舞場などというものは勇壮苛烈を必要としない施設だ。　バルチック艦隊を全滅させて国民をまもる必要のない施設なのだ。この施設が、もう、ビルが荒波でもけたてているのかと思うほどに猛烈な黒煙をあげているのだから、まったくばかげている。　この黒煙一つをとりあげるだけで、文化の名において演舞場は閉鎖（へいさ）させてもいい。

1963年1月19日

碑について
歴史を忘れた日本人

　錦小路東洞院といえば、京都の大丸百貨店の裏あたりになる。
　先日、京都へ行ったついでに、そこを通ってみた。木造二階建てのわりあい大きな建て物があって、古風な玄関も残っており、建て物全体は、どこからの会社の倉庫になっている。
　これが明治維新の策源地の一つであった薩摩屋敷のあとである。功罪はべつとして、幕末の日本史はこの場所からかわったとさえいえるほどだ。しかし、史跡碑もない。
　そこを通行している人人も、おそらくこれがどういう場所かということを、ほとんど知るまい。
　京都市役所には、観光局というその名称からみればなかなかおもしろそうな部局がある。私は、個人的な興味から、友人にたのんで京都の幕末関係の史跡碑のある場所の地図をつくってもらいつつあるのだが、私の友人がこの観光局に行ってたずねてくれたところ、
　──よく掌握（しょうあく）していません。
　ということだった。
　──現在、再調査しているところです。
　これはいい。
　が、学生アルバイトにやらせているのだという。まったくいいかげんなはなしで、役所というのはこうも権威のないものか。
　それに、京都ほどの土地が、史跡碑となると、おどろくほどすくない。その碑も戦前のものばかりで戦後、観光都市になってからたてたものは、おそらく一本もないはずである。
　戦後、観光京都でさえ史跡碑がたたぬ、というのは、これは、われわれ日本人全体の不幸に根ざしている。
　われわれ日本人は、明治以降、終戦まで、ばかげた水戸学派の尊王攘夷史観の国史教科書を教えこまれ、終戦後、米軍の軍政者がそれを捨てさせると、こんどは大あわてで日本史そのものも捨ててしまった。この日本の珍事は、地球つづくかぎり人間文明史上の最大のコッケイ事件として記

録さるべきだ。

　もっとも、この滑稽はなおも続いている。　学校ではなお堂々たる態度で日本史は講じられておらず、日本史といえばヤヨイ式土器と米騒動のようなものだ、という印象だけで生徒たちは社会に出てゆく。

　歴史感覚がない、ということは、文明感覚がない、ということで、現代人としてはもっとも応ずべきことなのである。　私は、日本が最近繁栄をとりもどしたが、なお戦後の荒廃のまっただなかにあるといいたいのは、歴史をわすれていることである。

　なにも、史跡に石を一つ置くことが、歴史でも文明でもないが、市民がそれを愛している証拠にはなる。　すくなくとも、効用としては、それを通りすがる人にその巨大なものを考えさせる契機にはなる。

　大阪は、多少ちがう。

　私のすんでいる西区西長堀には「木村蒹葭堂史跡」というちかごろ建てられたりっぱな碑がある。

　——ケンカドアとは、何者だろう。

　と疑問をいだく市民やこどもたちのために、その碑のそばにある新築早々の大阪市立中央図書館が、わかりやすい解説書や、ケンカ堂の著書、肖像などを保存し、ときには展観している。

　すべて、都市の精神や活動は、ここまでゆきとどくべきものだ。　京都市はこの点、大阪市に□じねばなるまい。

1963年1月23日

経営者と無能
珍奇きわまる事件

　先般、客がきて、
　「A君は、りっぱな人です」
　と、私の知らぬ中年の人物のことを口頭で紹介した。
　「学生時代から秀才で、スポーツは万能選手であり、世間に出てからは大変な活動家で、しかもよき家庭人であり、妻子をネコかわいがりにかわいがっております」
　「そうですか」
　A氏がもし若ければ、縁談の条件としては最高に近い。
　「ただ、よく商売訴えをする人でしな、それに経営能力がありません」
　こういって、客は笑った。「りっぱな人」といったのは、反語だったらしい。
　「事業に失敗するごとに従業員を解雇しますから、あのひとのために口頭にほうりだされた人数は、累計、五十人をくだらないでしょう。しかし、人□ですな。だれもあの人を恨んでいません。やはり、りっぱというべきでしょう」
　「それで、また新しい事業をはじめるというのですか」
　「はじめます。あらたに、従業員をあつめています」
　「罪作りですな」
　「左様、罪作りなことです」
　といって、客はもう一度笑った。
　無能というのは、それ単独ではときに「いい人」であり、ときに「味のある人物」であり、友人間で、マージャンや相撲のかけをするときはこの上もないよきカモになるものであるが、こういう人が経営者になるのはこまる。罪悪であり、悪徳であるといっていい。
　人間、善人になることは修養次第で容易だが、しかし有能な経営者になることはむずかしい。無能で経営などをするのは、狂人に刃物をもたすようなもので、自分が傷つくのは一向にさしつかえないが、他人を傷つけてしまう。

とおもいながら、きょうの夕刊をみていると、それどころではない。世間には、珍奇きわまる経営者もいるものだと思った。

この男は、京都市北区紫宮町にあった小さな建設会社(倒産)の元専務である。業種はどうやら電話架設のしごとらしい。

三十四歳。新聞での顔写真とみると各紙ともなかなかいい男で、のんきそうな人相であり、口をあけて大いに談じている。

この人物が二百万円の持ちにげをしたのである。それもただの命ではない。

昨年三月、この男の部下が電話工事をしいたところ、電柱から落ちて死んだ。業務上の事故死である。

当然、労災保険金と生命保険金とがおりた。前者が百一万円余、後者が九十九万円余で、あわせて二百万円余であった。

それを気楽そうな専務が、被災者の未亡人に、

「ちょっとあずかる」

といったまま、昨年の八月以来金をくらましてしまっていた。じつは、名古屋で会社勤めをしていたという。

被災者の未亡人は、八尾市の母子寮でくらしていたが、あまりのことに□□にとだけ□、それが新聞にのった。

男は、新聞をみて、大阪の西署に出頭し、同署ではサギの疑いで逮捕した。

この男の談話がふるっている。

「あの金は、すでに会社の役員会で赤字をうずめるのに使うことに(!)きまった。だから決して個人では消費していない」

経営者の無能はそれ自体が罪悪だといったが無能もケタがはずれてここまれ低能になると、いうことばがない。江戸時代のお奉行なら、だまってこの男の気楽そうな首だけを獄門におくるだろう。

1963年1月29日

市長さん
その名も知らない

　市長選挙というのがちかぢか行なわれるときいて、
　「いったい、どこの市です」
というと、話し手はあきれた。
　「あんたの市ですよ、大阪市ですよ」
　「それはおどろいたなあ、すると、いま現在の市長さんはどなたです」
　「あなたはどうかしている」
　話し手は、口をつぐんでしまった。まったく私はどうかしている。しかし夫婦というのはよくできたもので、私は家内をよび、
　「お前、市長さんはどなたと思う」
と威張ってメンタルテストをしてやると、こいつも思案首をなげ、
　「さあ、区役所の印鑑登録の人なら知ってるけど」
と、無知なことをいった。区役所の印鑑登録の人なら私も知っている。私がここ数年来みたことがないほど権力的な風ボウの持ち主で、その印象はありありとその似顔を描けるほどのものだ。やはり「権力者」というものは、これほど強烈な印象を市民にあたえないと、おぼえてもらえないのかもしれない。
　その翌日、人が、市民税府民税の領収証書をもってきてくれたので、
　(ああ、ここに刷ってあるか)
と思い、しさいに読んでみたが、発行人は区役所の収入役になっており、市長の芳名は出ていなかった。
　江戸末期、大阪の町人川柳家が、
　「お奉行の名も知らんずに年を越し」
だったかどうかの川柳を発表して「上(かみ)をおそれざる者」として罰せられた話がある。江戸時代なら、私なども罰せられる□であろう。おそらく印鑑登録が、十手□りの□をもってやってきて、
　「神妙にせい」
と、ひったててゆくことであろう。
　しかし考えてみれば、私のような逸民が、お奉行の名も知らずに日をす

ごしているというのは、市政がよほど波立たずにうまく行っている証拠であるにちがいない。

　古代中国にもそんな故事がある。ある農民が「おれは日の出とともに働き、日の入りとともに憩(いこ)う。帝王の行政力なんぞ、おれにはなんの縁もない」といった。それが太平のしるしだというのだ。この農民が小生である。しあわせな町の仕合せな市民というべきだ。

　しかし、それだけでは、どうも市民としてきびしすぎる。なんとか市長の名を知る方法がないものかと思っていると、その翌日、来客があった。この人は新聞記者だからきっと知っているだろうと思い、市長はどなだだ、ときくと、

　「いまは市長とはいいませんよ」

　と意外なことをいった。

　「では、どういうんだい」

　「都知事というんです」

　「ははあ」

　私はそこで気づいたのだが、この客は東京からやってきた人物だった。東京都知事のことを訊かれたのだとカンちがいしたのである。東京都知事の名なら私はそのこまかい経歴まで知っている。こんど都知事選があることを知っているし、その候補者についてのこまかい知識まであるつもりだ。私が利口なのではない。マスコミが私どもにそれを教えるのだからしかたがない。

　東京からみると、市長候補さんも、世間的にはよほど地味な存在にちがいない。すくなくともスター的な存在ではない。これは、大阪のためによろこぶべきことか、憂うべきことか、どちらだろう。いちど、市政連にきいてみたいと思っている。

1963年2月6日

ある終戦っ子
えらい子がでてきた

　A君はことし高校をうける。　成績は上の部で、機械をいじるのが大好きである。　「将来は電子関係の技師になりたい」というごく具体的な野望をもっている。
　——そのためには、大学へ行くコースとして普通高校にゆくか、それともすぐ技術の世界にはいれる工業高校にゆくか。
　というのが、A君のなやみだった。
　学校の先生は「きみほどの学力なら、どんな高校にも受かる。　ぜひ名のある普通高校に行け」とすすめるが、いま、電子技術への興味がわいている時期に、その世界へジカにはいりたい、と考えている。
　——どう助言すればいいでしょう。
　というのが、おとうさんの悩みである。　学校の先生のいうとおり、大学の工科に行ったほうが、将来エラクになれるのにきまっている。
　「しかし、ぼくは工業学校へ行くんだ」
　というのが、自立のA君が到着した決意である。　大学の工科卒業生と工業高校の卒業生とのちがいは、語学力の差だけのことだ。　語学の読解力がなければ、各国の技術の進歩からツンボサジキにおかれる（もっとも、簡単なカタログもろくに読めない大学出もいるにはいるが）
　——しかし、それだけのことなら、世の中に出てから、うんと語学の勉強をすればいいではないか。　外国語を読むのは、結局はなれだ。
　と、A君は、自分なりに解釈した。　この解釈は、寸分もまちがっていない。
　A君の家は、両親が働いている。　家計は豊かではないが、困りもしていない。
　ところが、A君は、中学一年生ときから二年間サンケイ新聞の日本橋地区の新聞配達をやった。　べつに苦学とか、アルバイトとかという気持ちからではなく、体を作ろうと思ったのである。
　はじめは、夕刊だけを配った。　つぎは朝夕刊をくばるようになった。　うけもちは二百軒である。

はじめはすこしはずかしかったが、アメリカでは富裕な家庭の子が新聞配達をやるという習慣がある、ときいて気が楽になり雨の日も風の日も、一日も休まずにやった。

みるみるうちに体ができてきて、背丈は五尺三寸、足腰のよくしまった立派な体格になった。

給金はぜんぶ貯金し、三年生になってから勉強がいそがしくなってやめた。そのときすでに十万円になっていた。それを定期預金に入れなおした。そろそろ大きくなったので、自分の勉強部屋がほしい、とおとうさんにせがむと、おとうさんは気前よく建て増ししてくれた。

「そのかわり、寝台とか、ツクエとか、カーテンはぼくのお金で買うよ」

と、ひとりで百貨店に行って、自分の気に入ったものを買ってきた。

A君は現金を計算し、

「このぶんでは、工業高校の三年制の授業科は、ぼくのお金でやれる」

と、いかもうれしそうにいった。

私はA君を知らない。このはなしはA君のおとうさんからきいたのだが、ききおわって、

（日本にもえらいこどもが出てきたものだ）と感心した。これが終戦っ子である。

終戦っ子の過剰人口についてはどの方面でも悩みのタネになっているが、こういう気分の子がもしそのうち一％でも占めているとすれば、この連中の洪水が世間にはいりこんでくるときが楽しみになってくるではないか。

1963年2月13日

医学時代
自己診断過剰

　新聞雑誌で、通俗の医学の知識をずいぶん普及させているから、たいていの人は、健康問題では、大正時代の代診程度の知識をもっていて、
　「私は肝臓でしてね」
　などと、日常茶飯に自己診断している。
　「そうですか。私は慢性ビタミン欠乏症なんですよ」とか、
　「なにしろ心臓がよわくて。私の心臓は解剖学的にいうと、人の半分ぐらいの大きさなんです」
　「そういうことなら、ナニナニ薬をのむにかぎります。あれはききます」
　などという会話が多い。それに新聞広告の内容なども非常な進歩をとげているから、あれを丹念によむだけで、右のごとく大正時代の代診さんぐらいにはなれる。
　私の知人に人間通のお医者がいるが、ちかごろの人は、まず自分で自分の病気を診断して、その臨床初見をトウトウと発表してから、やおら、はだかになるそうだ。こういう愚者がいちばん始末がわるい。
　その自分の診断所見と、お医者さんのそれとがピタリとあわないと、
　——あの先生はだめだ。私がこんなに重症なのに、どうも悪くない、などという。あれはヤブ医者です。
　などと、こぼす。
　「そういうのはこまるんですよ」
　と、知人のお医者さんがいうのだ。
　「われわれは愚者の体をみせてもらえばいいんで、その学説をききたくないんですがね」
　しかし上手な流行医は、
　「なかなかおくわしいですね」
　と一たんは、ほめてやる。
　「しかし、あなたの場合にはあてはまりません。こうなんです」
　と、医者も「学術発表」をする。場合によっては、新刊の洋書までもっ

てくる。

「ここにこう書いてあるでしょう？だからここはこうで」

と、説明してやる。患者は大いに満足するそうだ。もっともその洋書は、医学書でなくアメリカの競馬予想法だったりするそうだから、お医者さんも人がわるくなっている。

とにかく、一億総医者時代である。

私などは、こどものころから無病息災で専らしてきたが、やはり時代の影響というものはおもしろいもので、先日、にわかに食欲不振におちいったときなども、

——これはスモッグの影響である。

と、すぐ社会医学的観点からわが健康を診断したが、その直後、腹のあたりに（それが正直にどこであるか、わが持ちものながらくわしくは知らぬ）ゲンコツのような重みのようなものができて（！）

（さては、ガンだな）

と即座に診断した。三十九歳でガンとはまったくくやしくもあったが、しかし、人間はおちつきが大事だと思い、遺言のあれこれを考えてみた。案外、遺言というものは創作しないとないものだと思った。

二、三日して、すっかり忘れた。わすれたころに女房が私の顔をつくづくみて、

「よかった」と大真面目でいった。

「やはりガンではなく、糖尿病ぐらいのものだったんだわ」

まさに、むちゃくちゃ医学時代である。

1963 年 2 月 19 日

走る、飛ぶ、服装
生命をあずかる人の場合

　あるいなか町の飛行場の待ち合い室で、大阪への飛行機を待っていると、横合いから、私と同じ飛行機に乗るらしいおばあさんが、
　「ちょっとおたずね申してますけンど」
と、声をかけてきた。
　はあ？と返事をすると、彼女は、息をひそめ、すぐそばいにる男ふたり、女一人の仕事仲間らしい一群を指さして、
　「あの人たちが、飛行機を運転するのでっしゃろか」
と心配そうにきいた。
　私も、そちらをみた。
　なるほど、制服、制帽の姿で、どうみても乗務員とおもわれる男女である。ガスストーブをかこみ、たがいにマタをあぶるようなかっこうで、なにやら楽しそうに談じあっている。
　「さあ」
　私にも、よくわからなかったが、ただ、帽子をアミダにかぶり、胸のボタナを二つ三つはずし、腰に手ぬぐいをつっている。まさかそうではあるまいと思った。
　やがて、
　──さあ
と、三人は勢いよく立ちあがった。「出発や」、と一人がいった。それをきいておばあさんは青くなり、
　「出発や、いうてまっせ」
といった。やっぱり飛行機を飛ばすのだ、とおもったのだろう。
　しかし、その人たちは、場外に出て、カラのバスに乗りこんだ。
　バスのほうの人だったのである。
　「よかった」
と、おはあさんはいった。私も、なんとなく、ホッとした。
　むろん、現実の飛行機の乗務員というのは一分のすきもない服装をし、挙措動作も堂々としていて、人に信頼感をあたえる。

人間、そういうことは大事なことらしい。航空士、航海士、銀行員などという、他人の生命財産の安全にかかわる仕事をしている職業人というのは、服装、言動の点で、紳士の代表とされてきた。

　しかし、考えようによっては、バスの運転手も、おなじであるはずである。地方のバスなどは、千山万岳の切所を走破するからその危険度は、航空機や船よりも高いといわねばならない。

　都会のタクシーの運転手も、おなじことである。他人の生命をあずかっている。しかしそのわりには、乗客に重厚な信頼感をあたえる服装というものにはあまり接しない。

　真夏などは、下着一枚で走っているタクシー操業者もあり、ダンプ・カーの場合などは上半身全裸で都会の雑踏を乗りまわしていることもある。

　もっとも、飛行機の操縦者でも、頭によっては、様子がちがうものらしい。

　ヒマラヤのサルトロ・カンリの登高隊長だった京都大学の四手井教授からきいたはなしだがインド北部の空をとんだときの民間航空のパイロットはたまたまパキスタン人であった。

　かれは、土地から熱心な回教徒で、礼拝の時間がくると、ハンドルを離し、操縦席からすべり落ち、床にひざまずいてながいあいだ祈祷をした。

　それでも、飛行機は飛んでいた。

　むろんそれは、アラーの神の加護と、自動操縦装置のおかげだろう。

　乗客のなかでも、回教徒国の人は、それを見ても平然としていた。しかし回教徒でない乗客たちにとってはその間、じつに長い恐怖の時間であったという。

　これも、なれの問題かもしれない。われわれの国では、旅客自動車の運転手の服装のまずさについては、なれている。なれているから、これはこうだ、と安心しているが、そうでない国の人間の日本のバス、タクシーの乗客になれば、やはりぶきみな感じがするかもしれない。

1963年2月26日

腰が抜けている
もっと体力がほしい

　私は満で三十九歳で、数えれば四十一歳になる。
　自分ではそれほどのおやじだという実感はなく、ごく自然な気持ちで、まだ二十二、三ごろじゃないか、と思っている。言語動作の軽率さ、思慮分別のなさ、どうみても、私はその程度のとしらしい（らしいといったのは、家人、友人もそういうからである）。
　しかし、どうやら中年らしいと思うことは、オドロキという感情がすくなくなっていることである。
　驚かなくなったらもう墓場が近い、という言葉があるが、人は四十年生きてきてみれば、もう大ていのことは自分の知識で類推でき、自分の人生観や世界観にてらして、どんな身辺の事象も、世界の動きも、物食いのいい雑魚のように胃袋におさめてケロリとできるものだ。むろんそれは、人間として一種の不幸な状態で、ほめたことではないのだが。
　まあそういうぐあいに、新鮮なおどろきのとぼしいままに暮らしているのだが、最近びっくりぎょうてんすることがあった。
　私は、背は五尺四寸、体重十六貫、無病息災、学校時代、体力□検定は中級で、兵隊は甲種合格である。しかも、ここ五年来、かぜというものをひかない。
　右のデータでも知られるごとく、ふつうかもしくはそれ以上の健康体であるが、ただ年少のころから疲れやすかった。
　父親は「お前は母親の体質ににて、ビタミンが欠乏しやすいのやろ」といって、入営するとき、そのころ武田薬品が出していたメタボリンを持たせてくれた。もっとも、一錠ものみはしなかったが。
　とにかく小説を書くのは、かつて自分が考えていた以上に重い労働で、これに耐えるだけの持久力が自分にほしくなってきた。
　「どや、それなら、一ぺん」
　と私に、整体術という、いまの医学とはまったく発想からしてちがう体系の健康法をすすめてくれたのは、バーバリズムをもって大いに世間を横行している今東光氏である。

「まあだまされたと思って、やってみいな」という。
　よくよくきいてみると、東光大口も、まだやりはじめたばかりで、さほどの先輩というわけでもなさそうであった。
　その団体は社団法人になっており、大阪の文部長は、森長雄氏で、柔道界の人ならだれでも知っている。七段で、若いころ、寝わざでなく立ちわざのままで相手を落とす術を工夫した人である。
　この森先生が、私をうつぶせにして、背骨のぐあいを一つずつ点検してから、
「ははあ、腰が抜けとりますな」
といわれた。
　えっ、と驚いたが、これは整体術のほうの一種の術語で、背骨が腰骨に力強くすわっていない、という意味であるようだあ。そのため体力の発動が十分でない。
「それは、なおせます。根気よく私のいうことを守ってくだされば、みちがえるほど力のある体になるでしょう」
　それで、ひとまず、安どした。念のために、
「どれほど、つまり私の体が力がないのでしょう」
「そう、先生のはね」
と、森さんは椎骨の一つ一つをさわりながら、
「今先生の半分ぐらいしか、体に勢いがありませんな」
（じょうだんじゃない、先方はいかにがんがん健とはいえ六十五年をすぎた老人じゃないか）
と思ったが、あるいはそうかもしれぬと、だんだん思いはじめた。最後に私は、余力をふりしぼるようにしていった。
「しかし私は、四十年間、病気などはしたことがありませんし、熱も出たことがありませんが」
「それがよくないんです。体が鈍感だから病気をしないんです。かぜでもひいてうんと熱を出したあとは、体が若返っているはずです。そういう体にしてさしあげましょう」
　とにかく、自分の知らない発想法や、まったく未知の思考体系にぶつかるというのは、じつに楽しい。おどろきがある。
「腰があ抜けている」
といわれたときの新鮮さ。そういう新鮮なことが、ほかにもないものか。

1963年3月5日

風景の賊
わがもの顔の像

　二十年ほど前、初夏の夕暮れに高崎市の郊外を歩いていると、遠く左手の丘陵に月が出つつあつのをみて、しばらくぼう然とした。
　が、その月の下の丘陵に、巨人が、天空を背景に、首を垂れ背をまげて立っているのをみて唾液（だえき）がとまるほどの恐怖をおぼえた。
　「なんだ、あれは」
　と、横の兵隊にきくと、
　「あれは高崎の観音ですよ」
　そう答えた。このときの恐怖と不快は、私はまざまざと覚えている。
　「だれが建てたんだろう」
　「知りません」
　と、兵隊も、腹にすえかねているようだった。この国の風景は国民の共有のもので、だれもそれを破壊したり、改変したりする資格は、法律的にはともかく、本来、道徳的にはもっていないはずである。たとえ、その土地が自分の所有地であっても、はるか一里むこうからでも、ありありと望見できるほどのぶきみな像をたてる自由が、はたしてあってよいものかどうか。
　十年ばかり前、京都の東山山麓（ろく）のうつくしい風景のなかに、またまた銀座のコンクリート大仏（観音像）を建てた理由があり、あたりの風景をめちゃめちゃにしてしまった。むろん、これを押しすすめたのは、京都の観光坊主たちである。
　観音力を信ずるのはいい。観音のもつロマンティズムは、私もすきである。しかし、その巨大な像を山に据えて、天を占領するという風景に対する暴力は、いったいだれがゆるしたのか。
　大船にもある。巨大な人面類似の像を彫って、正常な神経のもちぬちたちをおどろかしている。ちかごろは、団地にもある。
　これは仏像ではなくて、仏像類似の母子像であったり、天女像であったりしている。馴れるまでは、こどもが虫をおこしてこまるそうである。
　芸術というのは、自己を主張しすぎると俗臭ふんぷんたるものになる。

ただ自己を主張していというあさましい動機だけのために、風景にむかって挑戦している。こういう調和というものに対する鈍感さ無神経さは、もとより芸術とは無縁のものである。

　去年の秋、兵庫県の日本海海岸を通った。

　また、世間には知られきっていない海岸美、道路は、ガケの上を通り、ガケの下は、波が洗っている。道がまがるごとにあたらしい風景が展開し、とくに岩の群れが美しかった。

　そういう風景の中にさえ、私は異様な彫刻を二つ見た。

　味もそっけもないコンクリート製のもので、いわゆる抽象彫刻である。変に腸の垂れさがったようなかっこうをしていて、同乗の人はみなぶきみがった。

　（なぜあんなものがあるのだろう）

　とちかづいてみると、なんだか「交通安全の祈り」とかかった理由のもので、そういういわば大義名分の上にデッカリと腰をおろして風景をわがもの顔に占領している。まったく、景賊とでもいうほかない。

　建て物というのは、飛行機、電車、工作機械などとおなじように、有機的な美しさがあってそれはそれで風景に溶けるものだが、彫刻というものはそういうものがない。よほど周囲と調和し、しかもすぐれた作品でないかぎり、公共物である風景を犯してもらいたくない。

1963年3月12日

幕末軍艦咸臨丸
名著によってその名永遠に

　歴史、地誌、伝記、実録、といったたぐいの古本がひどく高くなっている。 明治、大正、昭和初期に出たものなどは、もはや、骨トウ品の値段である。 一冊一万円というものは、ザラである。
　むろん、これはごく経済学的な原則によるもので古籍商が暴利をむさぼっているわけではない。 書物としての価値が高い上に、市場に出まわっている数が少ない、というだけの理由なのだ。
　「幕末軍艦咸臨丸」という昭和十三年に刊行された名著がある。 著者文倉平次郎という人は、学者でもなんでもなく、古河鉱業の定年社員であった。
　文倉氏は、明治三十一年に渡米し、サンフランシスコで、土中にうずもれた一日本人の墓を発見した。 しらべてみると、幕末の万延元年勝海舟が艦長になり、日本人の海員の手ではじめて太平洋を横断して米国に使いした幕末軍艦咸臨丸(かんりんまる)の乗り組み水夫の墓であることがわかった。
　文倉氏は、土地の新聞社の資料室をたずねて、当時の新聞をみせてもらった。 同年三月二十四日土曜日刊行のアルタ・カルフォルニア紙に、こんな記事があった。
　「咸臨丸に属する日本水夫が去る木曜日に艦内にて死去した。 同人はかねてより病臥していたのであった。 同人の死骸は当市の海員病院の区域内に埋葬せられるはずである。 昨日艦長と二名の士官は水夫数人と米海軍ブルータ大尉と同行で当市パイン街の石材店に行き、墓碑にするための白大理石一基を注文した」
　文倉氏がなおも他の資料によってしらべてみると、記事中、艦長とあるのはむろん勝海舟、二人の士官は、公用方の吉岡勇平、牧山某であり、死亡した水夫は伊予塩飽群島出身の源之助であることがあわかった。
　咸臨丸への文倉氏の興味は、このときから出発した。 その著書が完成するまで二十数年かかった。 意外に資料が少なく、その資料の欠は、足で埋めようとした。 二十数年、仕事の余暇をみて日本中に散在している

司马辽太郎的日本战后民族主义——以其记者时期的思想为中心

咸臨丸乗り組み員の子孫をたずね、遺品、言いつたえはないかと聞きまわった。
　定年で社をやめるとともに、執筆にとりかかった。昭和十二年に脱稿、十三年、東京神田の巌松堂から出版、その生涯の事業を完了している。
　好事家が書いた歴史というのは、視野がせまく、えてして主観的なものだが、この書物は、大学の史学の教授でもこうはいくまいと思うほどの客観的姿勢をとり、資料の取捨選択は厳正であり、かつ、文章はきわめて平明である。しかも自分が生涯をかけた咸臨丸への愛情にみちている。日本史のなかでその船名をとどめながらしかも資料はほとんど壊滅していた咸臨丸はこの名著によって浮かばれた。
　これほどの名著だが、当時少部数を刷っただけであり、すぐ絶版になった。だから、いま、古書としてひどく高い。一冊二万円ぐらいはするのではないか。
　私はこの本を、手に入れたとき、いつも出入りしてくれている道頓堀の古書店「天牛」の若番頭さんが、
　「むかしから書名だけはきいているのですが現物をみたことがありません。一度みせてください」
　といった。
　私が書架からとりだしてくると、番頭さんがまるで宝石をあつかうような愛書でその本を何度もなでた。
　いまの出版界は、こういう本を出したがらないようである。企業体が大きくなっているからどうしても大部数の出るポピュラーな本が企画されがちになる。
　著者のほうもそうだ。学者でさえ大向うをねらう本を書きたがり、百年残るような本を書きたがらない。
　「幕末軍艦咸臨丸」のごときは百年どころか、日本がつづくかぎり、これはいつの時代の研究者にとっても、原典になって残ってゆくにちがいがい。
　その名著が、一鉱山会社の定年社員によって書かれたことに、おもしろみがある。
　「サラリーマンの余暇の使い方」とか、「定年後の設計」とかという記事が新聞、週刊誌による出るが、この種の行き方を説かれた記事をみたあことがない。

文倉平次郎氏は、二十数年かかっている。　男子の偉業とはこういうものをいうのであろう。
　志のある若い会社員諸氏にも多少の参考になると思って、右を紹介した。

1963年3月19日

落第回顧
東北で味わった悲痛感

　私は旧制中学のころ、ひとなみに高校（旧制）へ行きたくて、自分でもはいれそうな学校がないものか、と物色した。
　そのころ、東北のはしの弘前に高校がおかれており、そこならばやさしい、といううわさを受験雑誌でよんだ。
　念のため日本地図をひろげてみると、なるほど遠い。さらにしらべてみると、青森県は、本州でもっとも人口密度の稀薄な県の一つとされている。これはいけるかもしれない、と希望をもった。
　そこで父親から旅費をもらい、大阪からはるばる二十数時間かかって弘前へ行った。
　宿は、すでに学校側で出身県別に割りあててくれてあり、私は、鈴木屋という旅館で旅装を解いた。おどろいたことに、私と同じ発想でこの奥州のはしまできた大阪の受験生が、二人もいた。二人とも、あまり勉強などしたことがなさそうな、のんきな顔をしていた。
　（よくまあ、こいつもおれも、ここまで落ちてきたものだなあ）
　というお互いへの思いやりが、われわれを仲良しにした。最初の夕食がすむころには、もう百年の知己のようになっていた。二十数年前のことだから、いまも、かれらの姓名、顔つき、出身校、それに父親の名までおぼえている。
　四条殿出身の男ならば、ポケットから自分の写真をとりだして、
　「おれの形見や」
　と、くれた。この男にすれば、どうせたがいにここも落ちて、ふたたび行くえも知れぬ身になることを予感していたのだろう。
　住吉区出身の男も、写真を一枚くれた。このほうがどういうわけか、自分の写真ではなく、女学生の立像だった。
　「恋人や」
　と、その男は誇らしげにいった。
　「顔はまずいが、うしろ姿のええ女でな。わしは結婚しようと思うんてんねや」

こんな性根だから、この男は、はるばると本州の北のはてまで来ざるをえなかったのだろう。
　□い宿だった。
　町にはまだ残雪が軒下を埋めていたし、宿の女中には、三人の大阪語がまったく通じなかった。食事のたびに、納豆が出た。納豆という東国の保存食をみたのは、三人ともこのときが最初だった。大阪者の口には、とてもはいらなかった。
「えらいとこに来たなあ」
　三人は、抱きあうような気持ちになった。
　試験がはじまった。受験場から宿に帰ってきても、三人とも、試験のことなどはひとこともいわなかった。
　いえば、不快になることはお互いにわかっている。どの顔をみても、合格しそうな顔つきのようにはみえなかった。
　ただ最初の日だけは、語った。
「えらい、見当はずれやった」
と、恋人持ちの男はいった。
「大阪から弘前までくれば、どうせあほうばかり住んどるやろと思うだが、受験でみた土地のやつの顔は、みな利口そうやったなあ」
「そや」
と、四条殿がうなずいた。
「阿呆面は、おれら三人だけやった。地元の利口が、遠方の阿呆を迎え討ちくさった。」
「ほんまや」
恋人持ちが、いった。
「汽車賃だけが、大損や」
「あほらし」
　そんな会話をそばできていて、旅館の女中が、
「漫才、漫才」と手をたたいてよろこんだ。
　この女中は、音にきく大阪漫才でもわれわれがやっているように思ったのだろう。さすがに温厚な四条殿も、
「ええかげんにせえ」
と、女中に叱りつけていた。
　われわれは、予想どおり、不合格だった。
　つぎの受験校へさして、それぞれが、弘前から散って行った。

弘前駅頭で別れるとき、恋人持ちが、
「退屈やろ」
　といって、小説本を一冊車窓からほうりこんでくれた。それが「ジキル博士とハイド氏」だった。私が、小説らしい小説を読んだのは、このときが最初だったように思われる。
　とにかく、落第は悲痛なものだ。いまちょうどそういうシーズン中だが、私と同一体験をしている諸君に、私は、いいかげんな慰めことばで肩をたたく気にはなれない。

1963年3月26日

町寺雑感
ド根性のいやらしさ

　祇園車道の小料理屋の二階にあがって、酒をのんでいると、やがて陽がかげる。　下を疎水の水がながれている。　闇が濃くなるにつれて、流れの音が高くなる、というふうである。

　店は、いまどきの大阪ふうな牛肉屋で、ごく安直なかまえだが、こういう安直さのなかにも、やはり、どこか京都文化にとけたところがある。とけるように、店主がさまざまと建て物のぐあい、部屋の配置などを配慮している。　ここで酒をのんでいると、ふと、京都文化のただなかで酒をのんでいる、という気がしてくる。　京都人のこわいところだ。

　先斗町(ぽんとちょう)を歩いていると、ずいぶんといかがわしいバーも出来たが、それでも、先斗町の軒下の□□がりというのは京都独特のもので、やはり町が自分の美しさを守っているという感じがする。

　町の美というのは、それを創るためには大胆な破壊精神も必要だが、それだけなら、じゅうぶんではない。　それを守る強烈な保守精神が必要である。

　先斗町には、幾十かの露次がある。　江戸時代から、番号がついている。　二番露次、二十一番露次、といったぐあいに。

　木屋町へ出るために、三十九番露路をぬけ通ったが、途中、京格子のふるい家がならんでいる。　出格子の柱に、刀傷が四点ある。　一点は切りこんで二寸ほど。　あとは、そぎおとして三寸ほどのきずをのこしている。幕末の剣戦のあとである。

　文久二年八月二十日の夜、越後浪人本間精一郎が、先斗町三条下ル「近喜」に登楼し、すぐ□授をつれて外へ出た。　雨傘で身をかくし、わざと酔ったふりした。　すでに刺客があるとをつけていることを知ったからである。　本間は京都のいわゆる勤王の志士のなかでも秀抜な理論家で、しかも議論をはじめれば相手を屈服させねば気のすまぬ性格があった。　相手はつねに、議論を失なうと同時に名誉をも失なった。　自然、同志から憎まれた。　デマがねつぞうされ、佐幕派の公卿に近かづいているといううわさが立った。

司马辽太郎的日本战后民族主义——以其记者时期的思想为中心

　　当夜の刺客は、人斬りの異名で知られた薩摩の田中新兵衛、土佐の岡田以蔵らである。
　　この三十九番露路で前後から刺客にかこまれ、激斗した。狭い。それだけに本□にとってやや優位であったが、途中刀がソツバモトから折れ、斬られた。
　　そのあとが、平然とまだ残っている。平然と、といったのは、町民がべつに改造もしないというだけのことである。出格子は、きれい好きの京都人らしく、いつもきれいにみがかれている。それも、住まいを□□にしておくというだけの動機で、磨いていくらか金をとるという魂胆ではない。
　　京都には、そういうおそるべき保守性がある。これが、町の美しさの秩序を破壊からまもっている。これはパリでもそうであろう。
　　大阪はちがう。
　　全市、破壊の魔人のようなものだ。大阪の都心部の緑地帯は、寺町のあたりだけだったが、いまはむざんなものだ。
　　昨日、人がきた。町で写真をとりたいという。同行して寺町の源聖寺坂をのぼった。この石畳みの坂は、私の中学のころ五年間往復したところだからかつての記憶がある。大阪でも最も美しい坂の一つである。
　　それが無残にやぶれている。両側の寺が、土地の切り売りしているせいである。寺の境内地は、宗教目的以外には使えないことになっているのだが、いまの僧侶には、道心どころか、遵法精神もないのであろう。
　　坂をのぼりきって、寺の塀のつづくあたりに出たのだがあ、このあたりの寺の俗□無類の風景ときたら、ちょっとすご味がある。
　　なにかの理由で古い美をすてねばならない場合は、こういう機能第一主義の都会ではじゅうぶんありうるのだが、それはいい。破壊もいい。が、美をつくりだすための破壊ならいいが、なにも生んでいない。醜（みにく）さだけがそこにある。
　　これが、われらが町、大阪のド根性というものだ。ド根性のいやらしさを見ようと思えば、寺町で散歩されることをすすめる。おそらく市民としての自己嫌悪を感じることなしに、この町を廻りすぎることはできない。

仏教雑誌『信仰』における寄稿

(1948年6月―1956年12月)

計3点

注：
　司馬が「福田定一」という本名で京都にある仏教雑誌『信仰』に計3点の寄稿をした。本節はそれらの未収録作品を翻刻したものである。

司马辽太郎的日本战后民族主义——以其记者时期的思想为中心

1948 年 6 月 10 日

一記者の眼

福田定一

　恐らく私の雑文はこの雑誌の性格に合わないだろう。　私は宗教のくろうと(こういう言葉もあります)でもなければ別段これという信仰を持つ者でもない。　安っぽい現実主義で宗教を社会現象の一つとして職業眼を光らせている一新聞記者にすぎない。　その職業眼に写った宗団の映像を断片的に綴ろうとするのであるが紙面の不体裁になるなら無論すてていただくのである。

　最近日本視察に来た米国外国伝道関係者を歓迎するある席上で一日本人牧師がこう語った。　「仏教の寺院から墓を除いて一定の共同墓地に集めるとしたら日本人にとって寺院はもう無用のもので誰も寄りつきはしなくなるだろう…京都には仏教の二十数派の本山がある。　我々の伝道もここに日本的中心を置いてまず京都の仏臭を払って然る後日本の仏臭をぬぐうべきである。」

　こんな話を持ち出して仏教人に"もって如何となす"と大見得を切って見た所で「またか」

とアクビされるがオチであろう。

　「仏教人は眠っている」と明治以来あらゆる機会でいわれ通したが現在はこれが暗示となって催眠作用をおよぼし本当に眠りこけてしまった向もなきにしもあらずである。　「坊主ってこんなものさ」と頭を叩いて笑っているのだから宗教に"しろうと"の若い新聞記者はちょっと戸惑う。

　流行の坂口安吾の言葉だが、「学校教師というものは自分等の仲間を生馬の眼を抜く世間で一番クソ真面目なヒ弱い正直者で世間の奴等など泥棒かサギばかりだというおかしな錯覚にとらわれているから"こんなことぐらい世間の奴等に比べたら"と思ってやる悪が常人ではとても出来っこないえげつないことを仕出かしてしまう」といっているがお坊さまはどうでしょう。　犯罪面に浮かび上がってくる人々の多くは自分の悪の能力について卑小感にとらわれているのを私はいつも感ずる。

　ご本山といえば門徒には大した権威と聞くがご本山の宗務所を一日廻ってもお念佛を唱える声は一つも聞かない。　近代的行政機構の中で労務を

提供して賃銀をもらう御坊さまたちはマルクスに遠慮してソロバンをはじく間だけはお念仏を遠慮しているのかしら。わざわざ仲間同志の間でお称名でもあるまいと照れ臭いのかな。

　編集局長の命令で各宗各派の新しい信仰運動をまとめて書けといわれたが近頃こんな困った企画はなかった。材料はないのではなかろうけれどもニュース面にとりあげるだけに表面化し具体化した運動が見つからないのである。お東の真人社運動はあるけれども一つじゃ記事にならない。探しまわったが、ついに書けなかった。むろん信仰は集団合唱じゃないんだからタテヨコを結んで、あえて運動を起こす必要はないじゃないかといわれればそれまでだけど「何処そこに何の太郎兵衛あり篤信にして一隅を照らす」だけでは雑誌「信仰」の話題にはなっても新聞記者にはならないのである。私の当惑顔を顧て某本山の中堅が首スジを平手で叩きながら笑った「ここではそんなことを起こそうものなら早速これだよ」。

　宗教を担当するようになって最も驚いたことの一つはこの世界の売官制の徹底ぶりだ。ここまで徹底すれば何かそこに天真爛漫さを感じて笑って了うより仕方がない。こんなのを「お釈迦様でもご存じなかったろう」と憤慨するのも野暮だ。数百年来凝りに凝った不感性をよく認識してからこの世界を観るべきだろうとも極言して見たい。極言をいかる人には私の瞳孔があまりビックリでひろがりっぱないになっている所為だからかもしれないと辯解しようか。

　悪口がすぎたようです。もっと毒ずきたいのだけれどもそれではますます雑誌の性格から遠のきます。

（大阪新聞記者）

1953年5月10日

"門前の小僧"五年

福田定一

「へーえ、新聞記者でお寺を廻る役目の人もいるんですか」
と返答に困る質問に遭った経験がしばしばある。冗談じゃない、こっちは二十代青春時代を京の古寺名刹の中で埋めたようなもんだ、と胸中ひそかに苦笑する。

最初、デスクからこう命ぜられたときは、正直、どきりとした。まだ、紅顔、血気の年である、血なまぐさい事件でも追っていたころだ。むろん、宗教的素養などはこれっばちもない。

京都にやって来て間もないころだから、地図をみてやっと東・西本願寺を分別し、あいさつにうかがった。当時西本願寺は佐々木才正、石原芳正、鹿苑宇宙、東本願寺に竹田淳照の諸師が渉外関係におられて、闇から牛を突出したような物知らずの若僧記者を懇切に教導して下さったことは一生忘れない思い出である。

教団を知ることにはまずその歴史を知ればよかろうと思い、本願寺関係の史料は手当り次第に漁った。

最も感銘したのは中世末期から近世初頭にかけての本願寺勃興期の歴史だった。

当時の民衆にとって真宗思想は信仰生活の充足はいうにおよばず、はじめて与えられた世界観、宇宙観として実に絶烈な魅力であったにちがいない。

さらに彼は「講」という形で、日本史上はじめて「社会」というのを持った。それまで彼らが持ち得た社会は収奪を通じて村の領主との間に結ばれたタテの関係のみであったのが、信心という新しい世界を媒体にして隣村のお安婆さんとも隣国の松蔵どんとの間にも強い結びつきを持った。

また、彼らは正信を得ることによって「おのれ」ということを知った。いい換えれば違った意味での個我の自覚といえる。

以上からみれば、この時代の一向宗が果した役割は日本の歴史の中で最も重大なものではなかったかと思う…

といった形の、いわば本願寺にとっては迷惑至極な素人歴史をひねくり

廻しただけだったが、五年間、ニュース取材の片手間にやったこの歴史遊びはずいぶん楽しかった。何しろ本願寺では歴史が断続せずに、生きて続いているのである。たとえば、鷺森以来顕如上人の兵糧方として奉公し、銘菓「松風」を作った史上の人物の子孫が、今も「こんちわ、きょうはお菓子の御用はおへんか」と本山に出入りしているんだから愉快だ。この辺に本願寺の強い底流があるのだろう。

　新聞記者仲間は同じ担当の各社記者と半公半私の親睦機関であるクラブをもつ。警視庁記者クラブ、大蔵省記者クラブといった類だが、京都では宗教使者クラブというものが存在する。むろん、宗教クラブなんてのがあるのは京都だけ。新入りはここで先輩記者から教団社会の特殊な慣例と技術の解説を聞くわけだが、宗教界そのものの動きがかんまんなだけに各社との競争も比較的にはしげくなく、実に楽しい交友関係をもてた。

　面白いことは大ていの宗教記者は最初は脱兎である。教界の沈頽をなげき、僧侶の怠慢を慷慨する。ところがほとんど例外なく二、三年後には処女になる。教界の実態がわかってくる一方、仏教が内蔵している素晴しい宝庫に気付いて来るからだ。この「素晴しい宝庫」には仏教がもつ哲学的なものもあろうし、芸術的なものもあり、巨大なその歴史の足あともそうだろう。が、もっと直かに触れてくるのは、教団の歴史と環境が生んだ「人間」である。

　私は、とくに素晴しい人をセレクトしてこういうのではない。ごく当り前の宗務員、平凡な田舎のご院主を指しているのだ。

　むろん教団の人々は決して信、徳ともにすぐれた人ばかりではない。われわれ凡人と同様の人が多いのは当然だが、しかしわれわれと、どっか違う所がある。それは美点か長所かは知らない。それはどんな点だともはっきりいえない。しかし折にふれて交際っているうちにはッとさせられることがある。

　――幼いころからお仏飯を給仕して知らず知らずの間について来たツヤというものだろう。

　ある人はこう説明しながら――

　「私の友人がある日花街で地震に遭った。逃げまどう人々を尻目にその男だけは部屋の中でじっと坐って忘我で念仏を唱えていたという。彼は寺の次男坊だが、平素は念仏どころかそういう気配もない男だったがね。君の違う点というのはそういうことじゃないか?」

　この説明と例でもまだ釈然としにくいが、とにかくこれはひと目見てわ

かるツヤではない。永くつきあっていても余ほど些細に観察でもしなければ、一生つきあっても気付かず済んでしまうほど、皮下の奥にかくれたツヤである。

　ツヤは後天的な環境にもよろうが、遺伝的によって来ったものであるかもしれない。何代も何代も続いた信仰の血の集続が皮膚ににじんでいるでもいおうか。むろん、こんな推測は、科学的でもなければ、宗義にも全く無関係なあてずっぽうである。しかし、もし信心によって性格異変が起り、それが遺伝として子孫に多少でも伝わるとすれば、血脈相続を続けて来た真宗人は、先祖に負うところの多い、恵まれた資質の持主ということがいえる。繰返していうが、こんな意見は科学的でもなく宗義的でもない。

　私は、京都での五年間、人間としての多くの先輩をもつことができた。こういう幸福はだれでもがもてる性質のものではない。この人たちは、こちらから質ねたときのほかは、とくに改まって宗教的な話しをしたようなことはない。門外の小僧に向かって押しつけはしなかったが、小僧はおのずから、相対して温く豊かな気持にひたった。小僧を新聞記者としてでなく、小僧を小僧として交際ってくれた。

　仏教大師の遺録に「一偶を照らす者、これを国賓という」旨の言葉があるそうだ。京都で仏教界衰えたりといえども国賓的人物は必ずしも少くない。この「国賓」をつぶさに拝見？出来ることも楽しみの大きな一つだった。

　私は、不幸にも審美的音痴だから、古美術の宝庫のような京の寺々を歩きまわっていても、これはと感じたことはほとんどない。文化人の皮は一応かぶる必要があるから、同行の人々の賞嘆に和して調子は合わせたり、古美術書を読みかじって心にもないことを口走ったりするが、内心、荒涼たるものである。気障ないい方かもしれないが洛中洛外の寺々を訪れる楽しみの大半は、その建物の中に住む「人」にあった。

　終戦直後から二十三、四年までは宗教記者にとって実にニュース量の多い時代だった。国家と社会の大変動に比例して、宗門にもいわゆる「民主化時代」が訪れたときである。宗門とは封建の牙城の別名であり「民主化」こそ宗門改革への道であり、宗門改革こそ宗義昂揚の唯一の道であると一がいに思いこんだ時代であった。むろん私だけではない。世間の多くも、いや宗門人の何割かも、そう信じて疑わなかった。

　この民主化のために宗門内に巣食う封建悪を叩くことがすなわち宗門再

飛躍の逆縁となるものと純一無雑に信じていたから世話はない。堂班問題、職組問頭、何とか期成同盟、など、書く材料は次から次と出て来た。
　しかし幾ばくか経ってこの考え方がいかに浅薄であるかがわかって来た。
　宗門機構を近代的に合理化することはなるほど必要かもしれない。宗門の組織そのもの、あまりにも前近代すぎるからだ。また、冗漫、事大的な宗政機構を簡素化することも大事であろう。明治以前とはくらべものにならぬほど僅少な予算の上に組立てられた立法、行政の組織があまりにもこけおどし的でありすぎるからだ。
　しかし、それらの改革は決して第一義的ではない。
　それら法制面の改革に血の道をあげ、もしほんものを忘れることがあれば、宗門の明日は決して安らかではない。
　ここ数年、宗門人は、「封建」という言葉をあまりにも畏れすぎた。世間が無反省に投げつけた封建という言葉に、宗門もまた、時には無思慮でありすぎた。いな、宗門の上下で、このことについての反省が鋭く行われつつあるようだ。それは決して逆コースではない。
　世間が、いかに宗門に対して無思慮であるか、それは、かつての法隆寺失火の責任の一部があたかも法隆寺当局にあるのかのように述べられていたことを思いだされたい。さらにその後、舎利器調査にさいして、当初、あくまでもそれを拒んだ佐伯貫主の態度が、いかにかれらによって攻撃されたかを思いだされたい。その「頑固」に対してまるで学問の敵、真理の敵のように、よばわれた事実を思いだされたい。
　いわゆる世論は、千数百年来、あの世界的古建物が、全く奇跡的に護られて来た事実を忘れている。そして、その「奇跡」がだれによって、また「誰」の「何」によって護られて来たか、という最も重大な事実を、故意か、無智かによって忘れてしまっていた。
　「誰」というのは、法隆寺を護持して来た代々の僧侶であり、「何」というのは、それら僧侶が受け継ぎ、受け渡して来た信仰の伝統というものであろう。その金堂を護持して来た「最後」の住職が不幸にも佐伯老師であった。老師は事に処して、その護持者、信仰者としての気魄を十分にあらわした。老師にとっては、建物は、文化財であるから尊いのではなく、仏法の道場であるから尊いのだ。仏像に対しても、むろん、そうである。
　この点、学術調査団の一部および、それにバック・アップする世論と

は、根本的に立脚点を異にしていた。世間は、老師の態度を、頑迷、固ろうとよんだ。科学的真理のみを偶像のように祭壇に祭りあげている似而非文化人や一部学者、これに三味線を合わせる一部ジャーナリズムにとっては、老師の精神が住む世界は、およそ理解を絶したものであるばかりか、ほとんど一顧の価値もない、曇陋な、非近代的な、滑稽ですらある存在だったに違いない。私は、ここで宗教と科学というシチむずかしい問題について語ろうとするのではない。いいたいことは、世間があまりにも、宗教的世界に対して、無遠慮であり、無理解であり、非礼であるということだ。さらに一方、宗教的世界に住む人々もまた、多くは、世間に対して不必要なまでに謙虚であり、自信がなさすぎるということだ…。

　宗門が「封建」という言葉を畏れすぎた、ということから、下らぬおしゃべりが出てしまった。

　宗門の今日を憂え、宗門の明日を考える人々は決してシステムの問題に気を取られ、「ほんもの」を忘れるようなことがあってはならない。もっと端的にいわせてもらえるならば、宗門人は、宗門の今日、明日を憂えるよりも、むしろ、自らの信についてひたすらな道を歩むべきであろうと考える。

　西六条にうねるイラカの波を、限りない懐しさをもって、いま私は静かに思い浮べている。その大厦の中に、不滅の信火が今もなお燃えつづけていることを折にふれて私は人に伝えている。その信火が、何百年前は、どれほど熾んだったかということは、くわしくは知らない。しかし、信火は、今後、何百年、何万年後もなお強く燃え続けるであろうことは、いまその大厦の中にいる人々を通して、はっきり汲みとることが出来た。門前の小僧五カ年の観察の収穫である。

（産業経済新聞記者）

1956 年 12 月 10 日

誰でも知っている風景

福田定一

　祖母が死んだ。私はその二番目の外孫にあたる。何しろ、曾孫が十六を頭に各系統をまぜて五人もあるのだから、一種の、生の奇跡ともいうべき長寿だった。八十四才、香樹院妙図。戒名だけは孝養のつもりでここにとどめさせて頂くが、さて私が語ろうとするのは、彼女自体のことではない。そのお葬式についてである。

　都会住いも父祖三代ともなると、田舎のひとびとは、生活習慣や生活感情がすっかりちがってしまって、時には、民族が違うほどにまで感覚の断層を作ってしまう。たとえばお葬式である。妙な話だが、私は、田舎のお葬式を見たのはこれが最初だった。だからちょうど、エトランジェが異国の事物に接するほどの新鮮さと驚きがあったのである。

　その村は、大和の北葛城郡、竹ノ内峠のふもとにある。郷土史誌では白鳳時代に拓けたというが、実際は、もう千年ばかりはずだ。近在の丘陵から石鏃や弥生式の土器が出るし、横穴式の古墳も多い。面白いことには、祖母の家の裏に、ナガスネヒコの墳もある。むろん、村人だけに通用するいい伝えにすぎまいが、北に金剛・葛城をのぞみ、山地の湾といった影で丘陵にかかえられたこのあたりは、地形的にみても天孫人に追われた原日本人の最後の拠点ではなかったろうかとも思われる。

　そうした史的低徊を頭のスミでくりかえしつつ、私は、礼装一式を小脇に、ながい坂路をいそいだ。

　通夜の夜が明け、出棺になる。墓地は、村から三町ばかり離れた、小さな丘陵にある。葬列はえんえんと陵上へ続き、帰路は一定のコースをたどって山をおりる。そのコースの終りあたりに、板屋に四脚の黒木柱をたてただけの、粗末な構築がある。その中から近親の者が参葬者へあいさつをするのだが、私は、伯父の後ろにかしこまり、伯父、つまり葬主は白衣の裃を着けて前列に立ち、その横には伯父の長子が白丁姿で侍立していた。

　参葬者へ丁重に腰をかがめている伯父の背を見ているうちに、私は奇妙な感慨におそわれた。二十年前、伯父の父、つまり私の祖父が、いま伯父が立っている位置で、八十五才で入寂したその父を送ったのである。

司马辽太郎的日本战后民族主义——以其记者时期的思想为中心

そっくりそのままの装束、場所で、曾祖父もまたその父を送ったであろうし、また逆に、今ここに立っている伯父もまた、今の彼と同じ装束を着けたその長子に、やがては見送られねばなるまい。　見送られて入る場所も厳然としてきまっている。　何代か前の当主がたて、数代の父祖が眠っている一基の墓石の下なのだ。　驚くべきことだが眼の前に「死」が歴然と存在しているのである。　累々と過去の「死」が横たわっているのである。　そして今この瞬間こそ「生者」として伯父は立っているのだが、その「生者」である定義は、いまの瞬間では、「死者」を見送ることによってのみ、成立しているにすぎない。　お次には「未来」という名の長子が順を待っている。　順をいそがれるようにして彼もまた今送っているその母と同様「過去」の列に追込まれてゆくことを、彼自身感じているだろうか。　いや感ずる暇もないはずだ。　彼の頭を去来しているものは、母の死の悲しみのほかに、次の番組である酒席のマネージメントのことであろう。　「生者」というものはそうしたものなのだ。　自分の「死」だけを置きざりにしている。　死というものを考えるといまもなく、さまざまに去来する現象を追い、空虚な狂奔のまま、あっけなく一生を終ってしまう。　もし、伯父が自分の「死」を考えていたとしたら、それは何とおそろしいことだろう。　彼にとって「死」は抽象ではなく、ちゃんと形をとって自分の前に立っているのだ。　墓という形であり、それを強制しているものは。　長子という「未来」である。

　私はいま、児童文学者であり真宗僧侶でもあるHさんの奥さんが、あるとき、ふと洩されたことばを思いだしている。　「田舎にいますと、死のことを考えることが多うございましてね。」田舎は、日常現象が緩慢にしか流れず、しかもその種類もすくない。　眼前には千古変らぬ山河が蔽うている。　三代前の曾祖父も、十代前の祖先も、同じくこの山河をながめ、定命がくればその山河に融けこんでいったことだが、山河は、見様によっては、それらの、るいるいたる死の累積を表わすものに外ならない。　不動の山河が、雄辯な伝道家よりもさらに雄辯に、無常の迅速を叫んでいる。　この、るいるいたる死の表徴、山河にむかって堂々と対決しうる精神は何だろうか。　安心、そのものにちがいない。　あんしん、これよりほかにないのだ。

　祖母の、「死」の演出はなおも続く。　単調な田舎にとって得がたい機会である酒席がくりひろげられる。　その前に、伯母が、何か忙しそうに蔵から運び出している。　黒い、葬儀のとき以外は使うことのない、膳部と椀である。　幾組かづつ、桐の箱に入っていた。　桐の表皮は、才月が灰

色に染めている。表書きをみると、万延二年何月…。つまり、伯父から数代前の当主が調製したものである。調製してから、幾度、この黒い什器は、この家の「死」を送ったろうか。この膳部がとり出されるたびに、古い世代は亡び、新しい世代が家権を継ぐ。いわば、死による世代の交替をこの膳部は表徴しているのだ。伯母の手は、いそがしく動いている。彼女は、死を悲しむいとまもないほど、忙しいのである。ほとんど無我に近いような表情で、その什器をとし出しては、揃えている。しかし、視点を変えてみれば、その伯母もまた、やがてはその什器をとり出される立場にたちいたるのだ。おそらくそのときは、長子の嫁が、彼女と同じ場所で、同じ調子で「忙しい、忙しい」と呟きながら、箱のホコリを払いのけることだろう。人は、忙しいことにかこつけて、めったに死を考えることをしない。余人の死を悲しみ、余人の死の事務を司るだけで、自分にも死が来ようとは、案外思っていないものだ。たまに思ったとしても、一瞬後には忙しさがその理念をさらってゆく。しかし、黒い什器を入れた箱のホコリは、いつまでも積りっぱなしではない。必ず、間違いなしに、払われるときが来る。が、それを真ッ正面から考えることは、生身の人間には、おそろしすぎることなのだ。そのおそろしさと対決しうるものは、やはり、あんしん以外にあるまい。

冒頭にのべたように、私は父祖三代の都会人である。死という問題については、きわめて軽忽に出来上っている。何しろ、都会ときたら、刺激の連続なのだ。日の高いうちは仕事で追われ、夕闇が迫ると、ネオンが画以上に華やかな世界を現出する。退くつすれば映画があり、寄席があり、テレビがある。ふと、心に空虚が忍び寄っても、次の刺戟が苦もなくそれを消してしまう。すべてがスピードをもって流れ、すべてが多彩に変化してとどまる所がない。都会の、どの一点を押しても、死を考える契機などは出て来そうにない。現世、それぽっきりが存在するという恐るべき世界に都会人は住んでいる。そして刺戟から刺戟へ、その空虚なタイムの流れのどこかの点で、あっけなく死んでしまう。実にあっけなく。まるで虫のように。それが都会人なのである。

死をつきつめ、生を豊かにする、そうしたことの痛切な必要さを、私は、たまたま田舎をのぞいてゆくりなくも持たされた。同行祖母の導きであろうとも思う。

（産業経済新聞記者）

参考文献

A 司馬遼太郎の作品

『司馬遼太郎全集』全68巻（文芸春秋、1971—2000）
『司馬遼太郎短編全集』全12巻（文芸春秋、2005—2006）
『司馬遼太郎が考えたこと』全15巻（新潮社、2001—2002）
『司馬遼太郎全講演』全3巻（朝日新聞社、2000）
『司馬遼太郎対話選集』全5巻（文芸春秋、2002—2003）
『司馬遼太郎が語る日本　未公開講演録』全6冊（朝日新聞社、1996—1999）
『司馬遼太郎短篇総集』（講談社、1971）
福田定一『名言随筆　サラリーマン金言』（六月社、1955年）
司馬遼太郎『歴史を紀行する』（文芸春秋、1969）

B 参考書誌

斉藤慎爾編『司馬遼太郎の世紀』（朝日出版社、1996）
新人物往来社編『司馬遼太郎全作品大事典』（新人物往来社、1998）
NHK、朝日新聞社編集『「司馬遼太郎が愛した世界」展』（朝日出版社、1999）
松本勝久『司馬遼太郎書誌研究文献目録』（勉誠出版、2004）
志村有弘編『司馬遼太郎事典』（勉誠出版、2007）
司馬遼太郎記念館編『遼』第1号—第42号（2001—2012）

C 司馬遼太郎論

(1) 思い出

三浦浩編『レクイエム司馬遼太郎』（講談社、1996）
三浦浩『菜の花の賦』（勁文社、1996）

文芸春秋編『司馬遼太郎の世界』(文芸春秋、1996)
『「司馬遼太郎が愛した世界」展』(NHK、朝日新聞社、1999)
産業経済新聞社「新聞記者司馬遼太郎」(産経新聞社、2000)
『司馬遼太郎について：裸眼の思索者』(NHK出版、2006)
三浦浩『司馬遼太郎とそのヒーロー』(大村書店、2008)

(2) 論考

谷沢永一『司馬遼太郎の贈りもの』(PHP研究所、1994—2001)
谷沢永一『司馬遼太郎』(PHP研究所、1996)
関川夏央『司馬遼太郎の「かたち」』(文芸春秋、2000)
山野博史『発掘司馬遼太郎』(文芸春秋、2001)
磯貝勝太郎『司馬遼太郎の風音』(NHK出版、2001)
松本健一『三島由紀夫と司馬遼太郎』(新潮社、2001)
延吉実『司馬遼太郎とその時代』戦中編・戦後編(青弓社、2002)
関川夏央『「坂の上の雲」と日本人』(文芸春秋、2006)
成田龍一『戦後思想家としての司馬遼太郎』(筑摩書房、2009)
小林竜雄『司馬遼太郎が書いたこと、書けなかったこと』(小学館、2010)

D　新聞年鑑雑誌

『東京日日新聞』(1922、1941)

『産経新聞』(1950)

『大阪新聞』第六頁文化コラム(1953—1963)

『朝日新聞』(1950—1965、2010)

『読売新聞』(1950—1965)

大阪外国語大学モンゴル語研究室編『朔風』(1929—1999)

大阪市立図書館編『大阪市立図書館時報』創刊号、第二号(1940,1941)

『信仰』(百華苑、1948—1956)

日本新聞協会編『日本新聞年鑑』(日本電報通信社、1953—1955)

新大阪新聞社編集『大阪府年鑑』(新大阪新聞社、1957—1960)

大阪市立図書館報『図書館通信』第38号 1971年12月

『日本国語大辞典』(第二版)第七巻(小学館、2004)

『戦後史大事典』増補新版(三省堂、2005)

E　その他

『大阪外国語学校一覧』(楠屋印刷所、1922—1941)
高須芳次郎『名文鑑賞読本』(厚生閣、1937)
文倉平次郎『幕末軍艦咸臨丸』(厳松堂書店、1938)
岡田恒輔『宮本武蔵五輪書と剣道の精神』(内閣印刷局、1940)
『会員名簿』(大阪外国語学校同窓会本部、1943)
日本文学報国会編纂『文芸年鑑』二六〇三年版(桃蹊書房、1943)
吉川幸次郎「むすび」『漢の武帝』(岩波新書、1949)
宮本又次『大阪町人論』(ミネルブァ書房、1959)
宮本又次『大阪商人太平記』(創元社、1963 年)
渡辺龍策『馬賊——日中戦争史の側面』(中公新書、1964)
尾崎秀樹『大衆文学論』p.155(勁草書房、1965)
『戦後日本思想大系』全 16 巻(筑摩書房、1968)
大阪市立図書館編『大阪市立図書館 50 年史』(大阪市立図書館、1972)
清水正三『戦争と図書館』(白石書店、1977)
清水正三『戦争と図書館』(白石書店、1977)
『大宅壮一全集』第 15 巻(蒼洋社、1982)
橋川文三『橋川文三著作集』(筑摩書房、1985)
長浜功『国民精神総動員の思想と構造』(明石書店、1987)
富士正晴『富士正晴全集』(岩波書店、1988 年)
宮﨑市定『東洋に於ける素朴主義の民族と文明主義の社会』(平凡社、1989)
『大阪外国語大学 70 年史』(大阪外国語大学 70 年史刊行会、1992)
大阪新聞社編集『大阪新聞 75 周年記念誌』(大阪新聞社、1997)
金原左門『「近代化」論の転回と歴史叙述』(中央大学出版部、1999)
青木保『「日本文化論」の変容』(中央公論新社、1999)
『GHQ 日本占領史』「第 21 巻　宗教」(日本図書センター、2000)
青木彰『新聞との約束——戦後ジャーナリズム私論』(NHK 出版、2000)
波多野勝『満蒙独立運動』(PHP 新書、2001)
アンドルー・ゴードン編『歴史としての戦後日本』(みすず書房、2001)
小熊英二『民主と愛国——戦後日本のナショナリズムと公共性』(新曜社、2002)
大阪府立中之島図書館編『中之島の百年』(大阪府立中之島図書館、

2004)

澁谷由里『馬賊で見る「満洲」張作霖のあゆんだ道』(講談社選書メチエ、2004)

寺内大吉『史脈瑞応──「近代説話」からの遍路』(大正大学出版会、2004)

佐藤忠男『増補版　日本映画史2』(岩波書店、2006)

森久男『日本陸軍と内蒙工作』(講談社選書メチエ、2009)